U0902056

中国文联出版社
http://www.clapnet.cn

图书在版编目（CIP）数据

猎狐 / 最后的卫道者著 . -- 北京 ： 中国文联出版社，2017.4（2018.8 重印）
ISBN 978-7-5190-2418-5

Ⅰ. ①猎… Ⅱ. ①最… Ⅲ. ①长篇小说－中国－当代 Ⅳ. ① I247.5

中国版本图书馆 CIP 数据核字 (2016) 第 320951 号

猎狐

作　　者：最后的卫道者

出 版 人：朱　庆
终 审 人：奚耀华　　复 审 人：胡　笋
责任编辑：蒋爱民　　责任校对：傅泉泽
封面设计：郑金将　　责任印制：陈　晨

出版发行：中国文联出版社
地　　址：北京市朝阳区农展馆南里 10 号，100125
电　　话：010-85923066（咨询）85923000（编务）85923020（邮购）
传　　真：010-85923000（总编室），010-85923020（发行部）
网　　址：http://www.clapnet.cn　http://www.claplus.cn
E - mail：clap@clapnet.cn　jiangam@clapnet.cn

印　　刷：天津旭丰源印刷有限公司
装　　订：天津旭丰源印刷有限公司
法律顾问：北京天驰君泰律师事务所徐波律师

开　　本：787×1092　　1/16
字　　数：180 千字　　印张：18
版　　次：2017 年 4 月第 1 版　　印次：2018 年 8 月第 2 次印刷
书　　号：ISBN 978-7-5190-2418-5
定　　价：39.80 元

Contents

猎狐·目录

自从海边的贝壳被赋予了货币流通的意义之后，人们对它的态度就不再是对美丽的眷恋，而是一种丑恶的觊觎。

楔　子

钱子寅口袋里只有八块钱了，但他需要偿还的债务超过十亿七千万。

拉开窗户，办公楼下面示威的人已经开始在大门口聚集，手写的条幅在经过几个人的折腾后才缓慢展开，字迹颠倒、扭曲，充满了喜剧效果。看到这里，钱子寅原本焦躁的心情变得轻松了不少。

这帮笨蛋，连个条幅都不会打，活该被骗。

是的，骗了这群人血汗钱的就是钱子寅本人，准确地说，是钱子寅开办的济源公司。而这群家伙就是为了高额利息，专门把钱送来被他骗的一群傻瓜。

一想到短短几年时间，就骗了数额如此巨大的一笔钱，这让钱子寅心中不由得萌生出一股自豪和得意，不过，得意仅仅持续了一瞬间，却又被脑海中的忧愁拉了回来。

骗局总会被揭穿的，否则就不能称之为骗局。眼前就是如此，因为资金链的断裂，原本三个月一次的兑付并没有兑现，这立刻让某些敏感的人察觉到了什么，纷纷聚集到公司门口要求解释。

事情原本可以妥善解决，但手下的那群笨蛋，却把原本很简单的可以解决的问题弄得越发复杂起来。

想到这点，钱子寅将手里的窗帘重重地一摔，回到自己的座位上，一屁股坐了下来。

群众现在闹事或许还能压服住，可如果事态扩大了怎么办？想到这里，钱子寅就仿佛穿了一件蚂蚁织就的衣服，浑身上下刺痒得难受。

“告诉小周，准备车，我要去见一下领导。”对着电话吩咐了一句之后，钱子寅思索了片刻，拉开衣橱，挑出其中一件看起来很朴素的西装，换在身上，然后快步走出办公室。领导喜欢朴素低调，投其所好是必须的，尤其是现在这个时候。

原本热闹的办公区，此刻冷清了很多，管理中心的人都已经被下派到各个分公司去负责维持分公司的秩序。不过对于能起到什么效果，钱子寅却不抱任何希望，这些依靠裙带和关系走上来的家伙们，除了拿工资时稍微显示出一点儿智商之外，其他时刻蠢得像块木头。

钱子寅一边气恼着部下们的愚蠢，一边走到电梯口，可就在电梯门刚刚开启的瞬间，一个人影忽然扑了出来。

“同志，钱总的房间在哪里？”来者是个六十多岁的老大娘，因为灯光幽暗，加上钱子寅身上的衣服远比往日朴素，老人并没有第一时间认出这个时常在电视上露面的公司主持者，而是眯缝着眼睛向他询问道。

“直走，左拐！”钱子寅应了一声。

他不知道这个人找自己有什么事情，在他的记忆里完全没有印象，本想一口打发掉她，却鬼使神差地为对方指了个方向，然后绕过对方按下向下键，快步钻进电梯。

门关上的刹那，他看到老人的脸上写满了焦急、悲伤和绝望，不过对于钱子寅来说，这一切和自己毫无关系。

楼下，小周早已经站在车门口，仍然是往日的毕恭毕敬，这让钱子寅感到很满意，在钻进车门前，他友善地拍了拍对方的肩膀。

钱子寅发现，他只拍了一下肩膀，下一秒钟，整个车忽然爆了一般，所有的玻璃骤然碎裂。

一个熟悉的面孔，带着一脸的血迹，就那么忽然地出现在钱子寅面前，眼睛一动不动地睁着，死死地盯着他看。

刚刚那个老人，跳楼自杀了！

第一章　开　始

钱子寅到达咖啡馆的时候，领导已经等在那里。对于钱子寅的迟到，领导表现出略带一丝关切的不满，可在钱子寅看来，对方这种态度正是最让他拿捏不准的。他不清楚对方表现出来的关心和不满的混合，到底是因为他某些行为上的失误，还是其他原因，而这直接导致了钱子寅对于领导的态度始终处于一种忐忑的状态之中。

“来了就坐吧。”

领导的问候与其说是温和的关切，倒不如说是官样的开场白。

“今天怎么这么有空找我呀？”

看到钱子寅忐忑的样子，领导最终收起了自己轻微的不满，用招牌式的微笑看着钱子寅，那样子就仿佛对方是自己某个亲密的下属或者是晚辈。

“公司出问题了，贷款还是没下来，说是国家收紧调控，省行那边不放，所以我寻思能不能找您帮忙解决一下。”

钱子寅隐晦地说出自己的要求，他话里另外一层意思也是在暗示领导，事情已经到了有点儿无法控制的地步，一荣俱荣，一损俱损的事情，想必领导应该比他明白。

“您也知道，公司最近比较紧张，各方面压力也很大，资金方面单靠我自己解决实在有点儿心有余而力不足了，我这也是怕咱们的利益都受损，所以才过来麻烦您。”

听到钱子寅的话，领导皱了皱眉头，表现出一副若有所思的样子，在思索一会儿之后他抬头看向钱子寅。

“我知道了，贷款这件事你先不用管，我来和他们接触，毕竟要经过省行，解决起来需要时间。本来今天你不找我，我也想和你沟通一下这个问题。我听小刘说，你们那边有闹事的了？”

领导调整了一下面部表情，原本的和蔼瞬间被严肃取代，这看起来与电视上的他有几分相似。

“其实，原本之前没什么，只是拖延了一期的兑付，可谁知道，下面的人处理得不好，结果成了现在这个样子。”钱子寅无奈地说道。

“他们现在闹得有点儿大了，如果真出了什么问题的话，恐怕连我也挡不住，国家的国情你是知道的，涉及老百姓抗议的事情就是大事了。所以，无论如何你要把这件事平息下来，只要事情平息了，贷款也好，资金也好，地皮也好，都不是问题。”

领导的话语在笃定与模棱两可之间轻微地转换着，但这样的口吻却让钱子寅心里惴惴不安。

在以往，钱子寅如果有什么问题，领导通常的态度都是真实而有效的，或者愤怒，或者喜悦，但无论是愤怒还是喜悦之后，问题都会被解决。可这一次，领导与其是在与自己交谈，倒不如说是在做一场即兴的工作报告，钱子寅从他的嘴里听不到任何承诺或者是与承诺有关的东西。

长期与政府官员打交道的他，很清楚这意味着什么，如果领导这根最后的救命稻草不能解决眼前的问题的话，那么他只剩下唯一一条路可走了。

想明白了这点，钱子寅觉得，与其继续在这里和领导互相试探，倒不如给对方一个警告。至少，今天刚刚发生的事情就是个很好的警钟，反正瞒不住是真的，倒不如直接告诉他。至于有什么后果，他无法预料，也不想去预料，作为一条绳上的蚂蚱，也该轮到他为这根绳子蹦跶蹦跶了。

“嗯，我想跟您说个事儿，就是今天发生的……”

钱子寅挠了挠脑门儿，同时整理了一下措辞。

“咱门口不是有闹事的嘛，结果谁知道，有个保安疏忽，不小心把一个老太太放进来了，谁知道她怎么就摸进了我的办公室，然后就……”

钱子寅说到这里停顿了一下，然后看向领导。

“然后怎么了？”

领导终于露出关注的神色，能让钱子寅欲言又止的事情，显然不是小事。

看到领导关切的样子，钱子寅心中忽然生出一种满足感，能让领导认真起来，这让他找到了一些主动权。看着领导略带焦急的样子，钱子寅觉得没必要继续吊胃口了，他在犹豫了一下之后，将实情讲了出来。

“那什么，她跳楼了！”

“什么？跳楼了，人死了吗？情况怎么样？有没有马上送医院，死了的话，尸体在哪里？”

领导平稳的情绪终于失常了，站起来连声质问道，他出格的动作惊起远处服务员的注意，在看了好久之后，才明白似乎和他们无关。

领导出格的反应，让钱子寅都有点儿迷茫了。在他看来，死个人而已，况且是自杀，自己充其量不过是在管理上有些担待，何至于如此激动？

可是领导的态度却让他觉得自己是不是把问题过于轻描淡写了，如果说之前他还把这当作一件无足轻重的小事的话，那么现在他不会这么想了。

“嗯，具体事情我还不太了解，保安正在处理，人可能没死吧？”

钱子寅编了个谎，其实人在砸到车上的时候已经没气了，尸体被送到医院的时候，已经僵硬成一团，保安队长刚刚电话告诉他，医生只是大概摸了摸那人的脉就让他们直接送到火葬场去了，估计现在车还在路上。虽然在他看来，死了一个人，而且是自杀，跟他没什么关系，但他仍然本能地觉得，这事不该直接告诉领导。

“那还不快去，在这里等什么？一旦真出了人命问题，公安局必然会介入，到时候你我谁都处理不了？知道吗？记得，一定记得，无论如何务必让她活下去，懂了吗？哪怕隔几天再死也可以。”

领导的紧张终于让钱子寅也重视到这个问题，他似乎明白点儿什么，人命或许不值钱，甚至可以说和他没有直接关系，但如果公司的财务纠纷牵扯人命，那么一直游离在公司外面，如同豺狗一样的公安局就会有合理合法的理由介入调查。钱子寅现在谁都不怕，他就怕公安局，这三个字的威力，在他看来比紧箍咒还有分量。

“那……如果人死了呢？我是说，万一不小心死了呢？”

钱子寅真的有点儿担心了，于是忐忑地看向领导，为了怕对方看出自己的心虚，他说这话的时候眼睛不禁看向别处。听到钱子寅的话，领导的眼睛在他身上扫了几遍，最后停留在他的面孔上，虽然领导没说什么，但钱子寅明白，对方已经知道事情的结果了。

“生要见人，死不见尸！”

领导抓着杯子的手紧了又松，然后淡淡地吐出几个字。

“好，我马上去！”

钱子寅慌忙地站起身，随手伸进口袋，才想起自己的钱包已经空空如也，看到他尴尬的样子，领导不耐烦地对他摆了摆手，示意他离开。钱子寅略带歉意地笑了笑，快步走出咖啡厅钻进车里。在他的催促下，车子用最快的速度冲向公司。

目送着钱子寅离开的身影，领导终于放下面具，皱起眉头。虽然事情还没爆发，但是却已经到了不可收拾的地步，现在需要考虑的不是如何为钱子寅解决掉一个又一个的麻烦，而是要考虑和钱子寅这个麻烦脱离关系。

林峰觉得自己刚刚进入睡梦中，就被人一把从梦里揪了出来。他抬手看了看手表，上面的指针显示着他只奢侈地睡了两个小时，对于已经连续四十个小时没有睡觉的他来说，两个小时的时间等于给一个已经饿了两天的人一口米汤，除了能让人更加饥饿和困倦之外，完全起不到任何作用。

揉了揉昏昏沉沉的头，仍然感觉木木的，林峰用眼角的余光看向茶几，上面放着昨天喝剩的半瓶矿泉水，林峰随手拿起来，摇晃着洒在脸上，冰冷的感觉顿时如阳光驱散阴霾一般，一扫脑中的昏沉，让人变得清醒起来。

“说吧，又出什么事儿了？”

林峰揉了揉被冷水激得有点儿发青的脸，刺痛的感觉终于压住疲倦。

“济源大厦出事了，有个人跳楼。”

同事小陈一边说着一边将手机递了过来，小小的屏幕上呈现出一个人从楼上跳下来的画面，虽然视频晃得厉害，但仍然可以辨认出跳楼的是个头发花白的老年妇女。

“目前什么情况？”

林峰问这话的时候，随手脱掉身上已经三四天没换的衬衫，闻了闻之后，嫌恶地扔在一边，套上一旁的警服。

“刑侦大队的人已经去了，但杨队长那边说情况有点儿复杂。局长让我们过去看看，他的意思是，无论谁插手，最后都要轮到我们经侦科接手。”小陈看着林峰，迟疑着说道。

“现场什么情况，跳楼的人身份查清楚了吗？谁报的案？”

林峰询问的时候，人已经出了宿舍，从脚踏出宿舍门的刹那，他仿佛换了一个人一样，一扫之前的疲惫，目光似乎也亮了几分。

“从视频上看，应该可以排除自杀的可能性，但问题是，人不见了，杨队长他们说连人是死是活都不知道。”

小陈看向林峰，虽然隶属经侦科，侦查的多是经济犯罪，但同为警察，大家都很清楚，人不见了对案件意味着什么，通常这种情况只意味着两种可能：第一，对方手眼通天；第二，对方胆大妄为。

“局长什么态度？”

走过走廊，林峰从一旁经过的同事手里拿过半杯喝剩下的豆浆，掀开盖子一饮而尽，就当充作不知道哪一顿的餐饭，同事笑着想要递给他一个烧饼，却被他摆手拒绝。

“局长的意思是，这应该和济源公司非法集资的事情有点儿关系。”

同事说得很隐晦，声音也刻意压低了不少。

“济源公司，到底还是来了！”

济源公司的事情林峰两年前就知道，社会上的疯传让林峰早就将注意力集中到他们身上，但是因为没有报案人，加上从上面莫名而来的压力，让林峰他们只能眼看着，却不能插手处理。但林峰很清楚，济源公司闹得太凶了，早晚要出事的。早在两年之前，林峰一直在搜集着与济源公司相关的资料，因为他相信，只要是疖子，肯定有冒头儿的一天，他只是没想到在眼前这个时候。

“准备车，我马上过去。”走到电梯门口，见电梯仍然缓慢地上升着，林峰索性转到安全梯，一边快步向下走，一边对身后的小陈说道。

公安局大厅里，刘局早已等在那里，看到林峰过来，立刻快步迎上来。

刘局全名刘援朝，虽然身为公安局的局长，但却有一副与职业毫不相称的外貌，如果脱下警服换上汗衫和蒲扇，刘局长的样子更像是化装的弥勒佛，而此刻，他正用与弥勒一样的笑容注视着林峰，但口中吐出的话语却冷冰冰的，没有任何情感色彩。

“大林子，济源的事情可以动了！”

长期的接触中，这样的态度代表什么，林峰很清楚。他没有回话，而是点了点头，然后就快步跑到楼门口。

门口刚刚叫来的车子还未停稳，林峰已经一头钻进车内，尚未熄火的发动机随即发出一阵压抑的轰鸣声，推动着车子驶出大门。

车上，林峰仍然回味着局长刚刚的话。作为直属领导，刘局一直以来比他承担着大得多的压力，有数次，林峰为了收集济源公司的相关证据碰到了某些无形的压力，都是刘局帮他承担下来，而这一次，局长直接开了口，那意味着两种可能：第一，济源公司的事情确实很大；第二，上面的人恐怕也已经罩不住了。

第二章　抢　尸

林峰到达济源公司的时候，公司门口仍然聚集着大量的人群，不过相比于早晨的喧嚣，此刻的人群沉默了很多，之前拉起的条幅已经被放倒在一旁。人群前面，一名身着西服的年轻男子正对着人大吼着什么，林峰摇下车窗，也只能隐约听到几个字。

“公司新规定，所有参与聚众、扰乱公司正常经营的人……只退本金……不享受上市红利……”喊声在警车驶到门口的时候戛然而止，喊话的男子在扶了扶眼镜，看了林峰一眼之后，转身走进院内。

在林峰的示意下，车子并没有驶进大门，而是停在门口。看到从车上走下来的林峰，穿着制服的保安立刻迎了过来。

林峰张望了一眼，发现在大门里，几名保安正在努力地擦拭着地面。尸体早已经不见，剩下的只有留在地面上仍然鲜红的血迹，在保安的擦拭下越变越淡。看到林峰的警车过来，保安犹豫了一下走到门口，对林峰摆了摆手道：“您有事吗？”

“业务！”林峰走下车回答道。

“我……我们公司能和公安局有什么业务啊？”保安结巴地说道。

“我们刚接到报案说这里有人跳楼，这就是我们的业务！”

“跳楼，谁跳楼啊？我怎么不知道？”

保安一边说着一边故作迷茫地左右看了看，然后转头看向林峰和他身后仍然站在门口静观事态的平民。

“你们看到了吗？”面对人群，保安的口气忽然变得凶恶起来，或许是他的态度唬住了众人，人群一时间寂静下来，这让保安越发嚣张起来。

“没看到你们胡说什么？谁报的案，自己最好心里掂量掂量。”

林峰回头看了看，没人说话，大家就这么静静地看着，仿佛事情和他们毫无关系一般。

见此情景，保安露出得意的笑容：“您看，没什么事。早上你们的人已经来过一次了，也没查出个什么来。要我说，你们是被骗了。”

“那地上的血迹是怎么回事？你知不知道，隐瞒案情导致被害人死亡的，属于严重的罪行！不要在这里隐瞒，事情我们都已经知道了，你还在这里撒谎，你觉得你拿的那点儿工资值得你付出这么大的代价吗？”说到最后，林峰已经神色俱厉。

林峰的话，让保安的嚣张气焰降下来不少，眼神中也流露出一丝恐惧的目光。但最终还是低下头，什么也没有说。

看着对方摆出一副死猪不怕开水烫的样子，林峰心下了然，就在他考虑着要从哪个方面下手的时候，身后忽然传来一声喊声。

“人被送到二院了！”声音中气十足。但在人群的阻挡下，却不知道是谁所为。

听到喊声的林峰连忙回头：“你怎么知道是二院？”

“救护车是我小舅子开来的。”声音再次传来，这回，所有人都连忙向后看，但对方的身影却“刺溜”一下不知道钻到哪里去了。

“立刻去二院！对了，现在我正式口头传唤你，限你两小时内到公安局接受调查。”林峰对车里的司机一摆手，然后又对保安说道，不等对方有所反应，就迅速跳上车向二院的方向驶去。

人被送到二院至少让事情有了眉目，但结合保安的反应，林峰却绝对不相信这是一件好事，对方明显是要将这件事隐瞒下来。如果活着还好，可如果死了呢？

林峰忽然觉得，那个喊了一嗓子的人未必真的是存着好心，相反，如果人已经死了，那么林峰到医院的话很有可能连尸体都见不到。

“联络火葬场驻地派出所，所有送来的尸体都暂停火化。”林峰掏出手机，拨通号码之后，迅速命令道，然后转头看向司机：“快点儿，再快点儿！”

在他的催促下，车子打开警灯一路疾驰向二院的方向驶去。

事情果真如林峰预料的那样，在他到达二院的时候，意料之中地扑了一个空。

“人已经死了，因撞击导致的颅脑损伤，合并出血性休克。”急救中心的医生看到林峰之后，立刻介绍道，“人已经送到火葬场，我们开具的医学死亡证明。”

医生的一番话，冷酷无情而理直气壮，仿佛两人讨论的不是一条人命而是某个操作流程一般，但林峰却从中听出了一些不一样的味道。

“没有家属到场吗？你们把死亡证明开给谁了？”林峰质问道。

“这个我就不知道了，我只是负责急救，具体事情你联络院长。”听到林峰的质问，医生却一点儿也不买账，而是回应了一句之后，转身离开。

中国人的关系网，让人在愤怒之余，有种无语感，这种人情之间的互相照顾和偏袒，有的时候所产生的困难远比办案时分析案情更加让人伤神。似乎在部分人的脑子里，照顾认识人，照顾有关系的人，是远远排在法律之前的，或者说，情和法，也是情在前，法在后。但有的时候，林峰真的希望，法律是不容情的，也只有这样，才能让那些依靠关系的人明白，他们的所谓关系，其实就是在犯法。

对于医生的态度，林峰却无可奈何，虽然医院明显存在失职行为，但林峰既不是调查部门，也不是处理部门，他唯一能做的也只是斥责两句，还要看对方愿不愿意听。

“希望他们能及时赶到。”林峰一步跨上汽车，一边心里默念着，一边催促着司机前往火葬场。

对于这个所有人的终点，林峰却已经去过很多次了，虽然是经侦单位，但接触到的案子的凶狠程度却比某些刑事案件还要触目惊心，人们对金钱所表现出的贪婪让他们甚至忽视了生命的珍贵，这让人在唏嘘之外也感到一丝悲哀。

车子驶进火葬场大门，林峰立刻看到一群人在互相推搡着，人群中，身着警服的同事与身着便服的平民纠缠在一起，互相厮打、谩骂着，场面混乱至极。

林峰见此情形，立刻让司机把车子停到一边，自己一步跨下车冲了过去，还没等他走到近前，喊声和谩骂声已经充斥着耳朵。

“你们警察还是人吗？死也不让人死得消停。告诉你们，如果你们再近一步，别怪我不客气。”人群中一个扎着孝带的男人叫得最凶，一边叫着还一边推搡着面前的警察。

“同志，请配合我们的工作。”一名警察大声说道，可惜他的话对于这群人来说毫无作用，相反却显出一丝让对方更加嚣张的软弱。

“你们谁是刘老太太的亲属？”林峰见此忽然大声喊道，喊声传来，立刻将众人的目光吸引过来。

“我，怎么了？”叫得最凶的男子立刻走了过来。

“你是刘老太太的什么人？”林峰看着对方，不经意地问道。

“我是她儿子。怎么，你有意见啊？”男子蛮横地说道。

“哦，你叫什么名字？身份证拿出来我看看。”林峰看了他一眼，然后说道。

“我叫刘老三，身份证没带。你什么意思啊？”对方迎着林峰的目光看去，挑衅地问道。

“没什么，你怎么随你妈姓呢？”林峰不在意地追问道。

“我……要你管！我妈没结婚生的我，我爹是谁她也不知道。”自称刘老三的人被问得结巴了一下，忽然明白掉进林峰陷阱的他恼羞成怒地说道。

“没什么，问题是我压根儿不知道那个老人姓什么。”林峰略带笑意地说道，但随着话音落下，他脸上的笑容也随之散去。

“抓住他，一个妨碍公务就够他喝一壶了。”还未等对方有所反应，林峰一脚将对方撂倒，然后大声命令道。

派出所的民警立刻冲了过来，三两下制住了对方。突如其来的一幕顿时镇住了众人，看着已经被压在身下的刘老三，原本阻塞着道路的众人，也不自觉地闪开一条路。

林峰已经没时间去跟这些人逐一计较了，他几乎是小跑着冲进焚化间，可迎接他的是已经空了的停尸床。

“人呢？”看着一旁的工作人员，林峰急忙问道。

“里面呢。”工作人员一愣，不过看到林峰身上的警服后，立刻指着一旁已经在燃烧的焚化炉说道。

透过观察窗，熊熊燃烧的大火已经将死者的尸体彻底吞噬，林峰甚至能够清晰地看到尸体在烈火下变形、燃烧，至于他想要的证据，也随着烈焰付之一炬。

“妈的！”林峰重重一拳打在一旁的墙壁上，沉闷的响声吓了身边的司炉工一大跳。

“谁让你们烧的？手续齐全吗？”林峰看着身边的司炉工，忽然大声质问道。

“烧个人有什么大不了的，又不是活人……”对方嗫嚅了一句，“他们手续都挺全的，来得又急，连遗容都没整，光换了身衣服就推进去了。再说，上面让烧，谁敢不烧？”

听到对方的话，林峰深吸了口气，压抑着心中的愤怒：“哪位是领导？现在他在哪儿？”

“领导？去办公室找田主任，领导哪能在这里！”司炉工指了指焚化区外面的那栋小楼对林峰说道。

听到他的话，林峰快步走出焚化区，向办公楼走去。

又一次是人情上，或者是自认为合情但却违法的关系。林峰有的时候，真想抓住这帮人的脖领子问问，他们这么做的时候，有没有考虑到有一天会因为这些小小的人情上的便利被送到监狱？

当然，这最终也只能是想想，停留在思想中，不能实现。他去办公楼的目的不是想发泄愤怒，而是想接触一下最后接触死者的人。虽然人已经烧没了，但作为最后接触她的人，林峰觉得有必要了解一下。

对方显然也料定了林峰会来，毕竟一群警察在广场与家属冲突起来这样的事，可大可小。所以便早早地打开了房门，站在门口，看到林峰到来，立刻一脸笑容地走上来，热情地握着他的双手用力摇晃着，看起来就仿佛是熟识多年的老友。

"楼下焚化的那个人的手续齐全吗？"林峰轻轻甩开对方的手，随后问道。

"手续肯定是全的，除了他儿子没带身份证以外，其他要求的手续都有。"田主任搓了搓手向林峰说道。

"那怎么证明他们是亲属呢？"林峰不屑地看着田主任反问道，"假如哪天咱俩喝多了，我就近把你烧了行吗？"

"这个玩笑开不得，开不得。活人、死人我们还是分得清的，而且殡葬师都检查过的，放心，不是死人我们不烧的。"田主任被林峰出格的问题问得满头大汗，掏出纸巾擦着已经半秃的头，慌忙摆手说道。

"那我哪天随便拉个死人过来也能烧吗？"林峰继续追问道。

"不会的，不会的，手续肯定是要有的。只是今天人家这边确实着急，而且我看着哭得也挺伤心，就……况且，济源公司的赵老师亲自打的电话，面子肯定是要给的。"田主任越发紧张起来，连连摆手。

"我带人过来烧，你就不同意，那个赵老师你就答应，你不够意思啊。"林峰站起身四下打量了一圈，笑呵呵地看着田主任说道。

"怎么会，怎么会，一定有优惠，一定有优惠的。"田主任语无伦次地说道。

"把最后接触死者的那个殡葬师找来，我想和他聊聊。"对方的回答让林峰很清楚，这个人完全不知情，他自然没兴趣继续纠缠下去，开口要求道。

"好，我这就去找。您稍等，稍等。"田主任如蒙大赦，连忙三两步跑了出去。

对方离开没多久，门口就传来了敲门声，林峰抬头看去，发现殡葬师竟然出乎意料地年轻，三十岁不到的女孩子，轻飘飘的，脸上挂着与这个年龄不相符的沉默。

“您是最后送走老人的，能给我说点儿老人的情况吗？”林峰收起之前对待田主任的态度，神色庄重地问道。

“他们送死者来的时候挺急的，该有的程序都没有，直接要求进炉，我们也只能听从家属的意见。”女孩儿想了想说道。

“老人身上有没有什么特征，或者其他的什么东西？”林峰点点头继续问道。

“没有，人摔得很厉害。”女孩儿以为林峰想问他伤口的问题，茫然地摇摇头。

听到她的话，林峰心里骤然一凉，女孩儿的话算是为这条线索画了个句号，也代表线索到此中断，老人的所有信息都在此刻戛然而止。老人的家人只知道她失踪，而对于林峰来说，他所想知道的一切也都随着烈火化为一阵青烟。

看到林峰良久无语，女孩儿似乎感觉到了什么，在略微思索了一下之后，再次开口：“不过他们很奇怪，对老人的尸体连看都没看一眼，放下就走了，想要把老人的遗物交给他们都找不到人。”

“遗物？”这个词骤然点亮了林峰心中的黑暗，他忽然抬头追问道，“不是都烧掉了吗？”

“那倒没有，因为老人身上的衣服太破烂了，而且沾满了血迹，所以我就擅自给她换了一身衣服，毕竟……人死为大！”女孩儿说到这里，不由得低下头，似乎对自己的善举感到不好意思。

“快，带我去看看，快！”

女孩儿的善良举动，给了林峰一个希望，就仿佛一道光，一瞬间驱散了密布在身边的绝望所带来的黑暗，对方的话还没说完，他已经迫不及待地拉起对方向外走去。

第三章　交　锋

殡葬间有着与预想中不同的光明，停尸床上停放着几具尸体，但对于林峰来说，这都不能分散他的注意力，他三两步跟着女孩儿走到她的工位，看着她从一旁的柜子里掏出一枚戒指递给自己。

“就这个？”林峰拿起戒指反复看了看，薄薄的一个金圈，有点儿变形，内圈沾了点儿血迹。

“是啊，就这个。”女孩儿点点头，仿佛觉得林峰问得很白痴。

“还有其他的吗？”林峰不甘心地追问道。一枚戒指根本不能称之为线索，充其量只能从血迹中确定对方的 DNA。

“嗯，换下来的衣服算吗？”女孩儿说着，指了指一旁的垃圾桶，里面摆着一团被包在塑料袋中的沾满血迹的衣服。

林峰没说话，直接伸手掏出来，衣服是一套略显陈旧的女士单排扣西装，衣角已经有点儿磨损，看样子已经穿了很多年了。上面暗红色的血迹渗透在呢子布料中，看着仿佛一个个刻意修饰的图案。

林峰习惯性地检查了一下口袋，什么都没有。显然对方已经先下手拿走了口袋里的一切，但林峰仍然不甘心地仔细检查起每一个边边角角。

“那边好像有个口袋。”见林峰检查，一旁的女孩儿指了指衣服的内衬，一个不起眼儿的口袋似乎被刻意地缝上了，林峰看了看针脚，缝得很仔细。

左右摸了摸，却再没什么特别的，可是当他折叠了一下衣服之后，衣服却传出一阵与面料不相称的响动。

有东西！

“剪刀！”林峰说道。

女孩儿慌忙递来剪刀，林峰剪开口袋，一叠折得整整齐齐的纸张被端正地放在口袋里。林峰小心翼翼地打开，一行字迹立刻展现在他眼前：《食用油产品销售合同》。

红字头的文件看起来那么正式，但里面的内容却总是让人感觉不妥当。但看到这个的林峰，却忽然感觉到一直悬在心中的石头忽然落了地。

“谢谢你啊，以后少不得麻烦你。”林峰匆匆告别，告别词却让女孩儿哭笑不得。

快步走出殡葬间，招呼着还在看押那群所谓家属的同事，林峰迅速跳上车，飞快驶离火葬场。

“去济源公司，我们会会这个钱子寅。”林峰低头看了一眼合同上钱子寅的印鉴，微笑着说道。

钱子寅算是鲁北市的一个名人了，虽然目前掌握的情况根本不足以对他产生威胁，但林峰仍然觉得有必要接触一下对方，这不是鲁莽，而是敲山震虎。对于犯罪者来说，他们通常都是敏锐甚至敏感的，任何一点点的不平常在他们过度的联想下都会被无限放大，而就是这样的心理动势，会让他们不自觉地暴露出一些蛛丝马迹。对于现在的林峰来说，无论钱子寅暴露出点儿什么，对他都是收获，即便不暴露，于他也毫无损失。

车子再次来到济源公司的时候，原本热闹的门口此刻已经冷冷清清。那些聚在一起打着条幅的群众也已经消失不见。至于门口的血迹更是被保安擦得干干净净，就仿佛这一切从未发生过一般。

这一次，新换的保安没有再阻拦林峰的意思，看到警车到来，立刻拉开大门将车子迎进院子。林峰下了车，大步流星地走进气派的办公楼，刚一进大厅，他就敏锐地感觉到楼内的冷清与楼外的奢华之间有着怎样迥然不同的反差。整栋建筑就仿佛一只巨大的气球，看起来光滑丰满，但内在却毫无生气。

顺着电梯来到济源公司所在的楼层，冷清的走廊里，只有钱子寅办公室的门微微敞开着。

“不是让你跟大家说吗，公司即将在香港上市，因为需要验资，所以资金链出了一点儿问题，但等我们上市之后，钱就是最不是问题的问题。告诉所有人，如果还想继续闹的话，那么以后只退本金，不退利息。”

钱子寅的声音被走廊放大了数倍，听起来空虚虚、轻飘飘的，不带一丝可靠的感觉。

林峰走到房间门口，轻轻用手指叩了叩半开的房门，然后还未等对方有所反应，就径自推开门走了进去。

“钱总，是吗？我是市局经侦科的林峰，想找您了解一下情况。”见钱子寅目光投向自己，林峰径自走过来说道。

“哦，林科长。”

林峰没见过钱子寅，但钱子寅却在第一时间叫出他的职位，这让林峰感到些许意外，不过看到对方嘴角挂着的那一丝自信的笑容，林峰的意外瞬间荡然无存。猎人和猎物之间永远是最最熟悉对方的彼此。

“今早，在您这里有位老人跳楼自杀了，我们想来了解一下情况。”林峰没有等钱子寅礼让，就自己坐在大班台对面的椅子上，向钱子寅说道。

“哦？林科长，您是经侦科，还是刑侦科？”钱子寅反问道。

“呵呵，经侦、刑侦，都是保护国家、人民生命财产安全的，换句话说，损害老百姓利益的事，我们都管，不分彼此。”

林峰“呵呵”一下，回应了一句，并且刻意在“生命”“财产”两个词上加重了语气。

“好啊，您这样的警察真是难得。”钱子寅赞赏地点点头，然后坐回到自己的位置上。

“好警察很多，只是能见到他们的都是坏人。”林峰不动声色地反击了一句，微笑着看着钱子寅。

“林科长，咱们就别绕弯子了，您有什么事就直说。我们作为公民，配合您的合法调查是我们的义务。”钱子寅哂笑了一声，抬起头正色地说道。

“钱总，我们想向你了解一下关于济源公司募集资金以及分红的事情。今天早上，那位老人就是因为分红没有按期到账，选择从楼上跳下来自杀了，这件事你应该知道吧？”林峰说得很客气，但是语气中却透露着不容置疑的口吻。

“哦，这个事？我还真不知道。您知道，我最近忙着公司上市的事情，有很多事情需要亲力亲为，这样的小事，恐怕不是我该考虑的。”

钱子寅故作惊讶地说道，虽然他很清楚，那位老人就是在自己面前摔在自己的车上。

“这算小事吗？”林峰看着钱子寅，忽然反问道。

“这算大事吗？一个正常的公司，正常的财务纠纷，甚至算不上纠纷问题，非要无限放大它吗？”钱子寅看着林峰，针锋相对地反问道。

气势很重要，钱子寅觉得自己不缺这个东西，对方来的目的虽然明说起来是为了追究老人的自杀事件，但钱子寅很清楚，自己才是他们真正的目标，但无论是猎物还是猎手，在结果没有揭晓前，都没有认命的必要，至少在对方没有揭开底牌之前，他不认为自己应该表现出哪怕一丝的怯懦。

“我看我们还是回到正题吧，我希望您能配合我们调查一下。”林峰死盯着钱子寅，希望能看透对方，但却始终有一个坚硬的外壳阻挡他这么做。

听到他的要求，钱子寅收回目光，随手拿起桌上的电话，拨通了一个号码之后对着电话用刻意的大声说道：“喂，是小徐吗？嗯，你过来一趟，公安局的林科长想向你了解一下一分公司的一些事情。快点儿过来，再忙也没有公安局的事情忙。”

放下电话，钱子寅的脸色也好了很多，在给林峰一个男人的微笑之后，用略带歉意的口吻说道："不好意思，林科长，因为我们各个分公司都是独立核算，一分公司的具体操作和经营我并不了解，所以如果以后你有什么问题的话，可以随时与一分公司的负责人沟通，我保证他们知无不言，言无不尽。"

钱子寅忽然转变的态度将刚刚两人之间尴尬的气氛缓和不少，听到钱子寅的道歉，林峰勉强让自己挤出一个微笑算作回应。钱子寅点点头，随后站起身走到酒柜旁边，拿出两瓶红酒，在用挑剔的眼神看了一遍之后选中了其中一瓶，放在两人面前。

对于有钱人来说，钱就是一切；对于没钱人来说，一切为了钱。这句话一直被钱子寅当成座右铭，并且被他贯彻到生活的每一个细节。人们对金钱的崇拜，也让他们对金钱的拥有者抱有极大的敬意，从这个角度来说，适当地提醒一下对方，自己与他的差距，似乎是磨平眼前这个小科长锐气的好办法。

"相请不如偶遇，既然来了，我们就算认识了，来，林科长，尝尝这个，我从拍卖会买回来两瓶，还好留下了一瓶，味道还是不错的。"

钱子寅一边说着一边随手拿来两只杯子，他故意没有说这瓶酒的价格，不过无论从动作上还是优雅的姿态上，他都在用身体语言告诉对方，他对这一杯足以达到对方一个月工资的奢侈品不抱任何吝惜。

看着酒瓶上那个图标，林峰摆了摆手："对不起，工作的时候我们不允许喝酒。"

钱子寅听到林峰的话无所谓地耸了耸肩，然后给自己倒了一杯，用极具优雅的姿势摇了摇杯子，然后轻轻闻了闻，才满足地放在嘴边品尝了一口。

"其实，我和你们的李局很熟的，以前经常在一起吃饭，对您也久闻大名，一直无得见。"放下酒杯，钱子寅率先打破沉默对林峰说道。

"哦？那您应该知道，李局长现在已经调任后勤部门，主要分管后勤了。"林峰硬硬地回他一句。

"也好，也好。他的年龄大了，安稳一些总是好的，不像您，年轻有为，以后升任局长完全有希望，也是有实力的。”钱子寅看着林峰，语气中充满了少有的真诚，“但是，林科长，您应该清楚，木秀于林，风必摧之啊！有些事情我觉得，达成共识，远比对抗、对立好。”

“和我们搞对抗的，都被我们抓进去了。我觉得，只要我们一直代表国家、人民的利益，我们的对手赢的希望不大。”林峰耸耸肩，对钱子寅貌似诚恳的告诫摆出一副置若罔闻的态度。

“当然，谁敢和国家、人民对抗啊，所以说，林科长，有些事情，我觉得并不需要你们出马操心。你我都清楚，国家的经费很紧张的，与其将这些钱浪费在我们身上，倒不如去抓一些大案、要案的要犯，我觉得对人民会有更大的好处。像我们这种守法公民，每次总劳您大驾的话，我心里也过意不去啊！”钱子寅推开面前的酒杯，摆出一副坦然的态度说道。

“那您觉得什么样的才算是大案、要案呢？”林峰看着他略带玩味地问道。“比方说骗老百姓的血汗钱，然后自己拿来挥霍的算不算？”

“我在上个月，刚抓住了一个诈骗犯，他利用皮包公司，在一群蛀虫的帮助下骗取了银行两个亿的贷款，最终挥霍殆尽。我们抓到他的时候，他口袋里只剩下二十七块钱。钱总，你觉得这种让国家蒙受损失的人算不算坏蛋？”林峰转头向钱子寅问道，语气中的愤怒仿佛可以流淌出来。

“这个，肯定是坏人，你们抓了是大快人心。”钱子寅回答的时候，脸上闪烁着不一样的苍白光芒。

“这还不算，还有一种更可恶的坏人，专门以老百姓为对象，骗取他们的血汗钱，有些老百姓被他骗得倾家荡产，妻离子散，你说这种人是不是人人得而诛之的大坏蛋？”林峰微笑了一下，再次向钱子寅问道。

“当然，这种坏蛋就应该抓起来，就是他们败坏了我们这些正经商人的名声，弄得好像整个世界都是骗子，我最讨厌这种人。我也支持你们抓他，但是，这和我有什么关系呢？”钱子寅恢复了之前的理直气壮，就好像他根本听不出来这话背后的隐喻，更不认为所说的事情和自己有丝毫关系。

林峰看着钱子寅，忽然觉得他更像是一个非常好的演员，演技高超。

“有些事你说的不算，我说的也不算，证据说的才算，我们办案尊重的是证据。”林峰的话表面上模棱两可，但是实际上已经等同于对钱子寅的正面宣战。

听到林峰义正词严的话，钱子寅露出讪讪的笑容，重新坐回到自己的位置上。

“既然讲证据，那我就等着林科长您的证据了。当然我更希望知道的是，如果证据不足而耽误了我们一些事情的话，不知道林科长，你要有什么打算呢？”钱子寅说到这里表情变得严肃起来，索性冷言质问道。

林峰与钱子寅的交谈，因为一阵急促的敲门声而告一段落。在得到钱子寅的允许后，门被推开，一个大概只有二十多岁的年轻人，慌慌张张地走进来。在恭敬地对钱子寅点头招呼之后，转头看向坐在对面的林峰。

“你好林科长，我叫徐家斌，负责济源公司一分公司的日常业务。你有什么事情可以向我了解。”这个一分公司经理到达的速度超乎了林峰的设想，他本想多和钱子寅接触一下的愿望也因为对方的到来而落空。

见徐家斌到来，钱子寅脸上重新挂上微笑，对两人点点头，然后站起身走到办公室门口。

“既然这样，你们聊，我先去忙一会儿。林科长，恕我不能奉陪了。小徐，我看时间也不早了，晚上安排林科长吃个便饭。”钱子寅说完，优雅地推开门，走了出去。

林峰忽然有种感觉，钱子寅一旦从那扇门出去，就再也不会回来了。可是，他却苦于无理由阻止对方，只能就这么目送对方离开。

关上门的刹那钱子寅露出一个极具深意的笑容，在他看来这个林峰或许有点儿本事，但此刻显露已经有点儿晚了，而且钱子寅觉得自己应该感谢这个林峰，就是他帮助自己下定了决心。

“林科长，你是想了解毕阿姨加盟我们分公司的事情吧？”见林峰走神儿了，徐家斌恭恭敬敬地开口问道，将两人的交谈拉回到正题。

“哦，是的，那你大概说一遍吧！”林峰转回头看着徐家斌说道，虽然他很清楚，对方所说的一切，恐怕一个字都不可信。

“是这样的，毕阿姨之前选中了我们公司的一个项目，希望能加入合作经营，因为她具备合作者的主体资格，我们就审批通过了。可谁能想到她的钱是借的高利贷，对方催逼得紧，一直希望她还钱，但是我们的项目是不允许中途退出的，所以在一起资金纠纷上我们发生了分歧……”徐家斌说到这里，故意顿了顿，看了看林峰的态度，然后继续说了下去，“……谁能想到毕阿姨竟然选择了这种方式，实在是太极端了，太极端了！早知这样，我一定会向公司请示，说什么也会把钱退给她的。”

听到徐家斌的话，林峰微微一笑，点了点头：“可是我了解的事情好像和你所说的有点儿不大一样啊！毕阿姨的合同抬头虽然写的是销售合同，但你们实际上进行的明明是一个资金募集的计划，而不是你口中所说的合作项目，我觉得你应该对这个做出合理解释。”

“怎么会？这完全是不可能的，我们是合法经营的公司，不会去做那些骗人的勾当，况且我们公司不缺钱为什么要募集资金呢？”徐家斌的演技远比钱子寅差很多，甚至吃惊的表情也过于浮夸，不过对于林峰来说，他却是一个不错的突破口。

“这样吧，我们去公安局谈一谈。我觉得在这里，我的身份对你们公司的经营还是有点儿影响的，您看您方便吗？”林峰微笑着说道，同时不等徐家斌拒绝，就拉起对方的手向外走去。

徐家斌有点儿抗拒，一时间却想不到什么托辞去拒绝林峰的要求。就这么一直被林峰拉出门，来到大厦门前。

看到门口停着的警车，徐家斌终于有点儿慌了，他一边努力挣脱林峰的手，一边低声说道：“林科长，您看这样好不好？我们找个时间，我亲自去您那里说明一切。今天我们公司还有点儿事情，实在是不方便。”

“怎么会不方便？我看今天就挺方便。”林峰拉着对方，再次向警车走去，这一次徐家斌终于急了，大力挣脱林峰的束缚。

“不行，今天就是不方便，公司有很多事等我处理。我一离开，损失由谁来负责？”

林峰感觉到对方的色厉内荏，忽然收拢之前的笑容，义正词严地向对方说道："按照法律规定，我们有口头传唤的权力。徐家斌，我现在正式口头传唤你，请你配合我们去公安局协助调查。"

"我……我要和钱总商量商量再给你回话。"徐家斌有点儿慌了，转身要走，却被林峰一把抓住。

"钱总我们也会找的，不过要先找你。"林峰说完，拉起徐家斌走到警车旁，然后在同事的配合下将他塞入警车。

看了一眼仍然在车里挣扎的徐家斌，林峰眯缝着眼抬头看着大楼，他隐约觉得楼上有人注视着自己，这人或许是钱子寅，或许不是，不过这对林峰来说都不重要，他很清楚，一旦调查济源公司的行动开始，它就将如同疾驰的列车一样，任何人也无法阻挡。

最终林峰收回目光与身边的同事一起钻进警车，警车发动后绝尘而去。

钱子寅一直在窗帘后面注视着林峰，直到他离去，才轻轻放下窗帘坐回到自己的位置上。办公室里已经冷冷清清的，所有人都被派出去稳定资金募集人了，但钱子寅却很清楚，这种稳定只是暂时的。

事情到了这一步真的有点儿无法控制了，这就仿佛一只被点燃的炸药包，尚未爆炸只是因为引信还未烧完。钱子寅知道，他的离开已经进入倒计时。至于徐家斌，他已经管不了那么多了。徐家斌知道的并不多，当然更重要的是他也是有背景的人，如果钱子寅没有记错的话，他爸爸应该是区里的徐副区长。有这么一个大帽子压着，相信徐家斌应该出不了什么大事。

想到这里钱子寅微微一笑，这个林峰虽然敢下手，有想法，但是却忽略了一个问题，那就是在济源公司里，像徐家斌这样的人大有人在，这也意味着林峰所要面对的，可不仅仅只是一个徐家斌，而是上百个站在徐家斌背后的大大小小的官员。

钱子寅承认，这早在公司运作之前就是他考虑过的问题，拉大旗作虎皮，话谁都会说，但就看你做得高不高明。

想到这里钱子寅拿起电话，再次拨通了另外一个号码。

“喂，是我，我的东西办下来了吗？还要等几天？不行，我现在就要用，你最好尽快办下来。”钱子寅说完，气哼哼地放下电话，在思索片刻之后，转身走出办公室。

第四章 准 备

钱子寅一直认为，中国的老百姓可以用三个词来定义：善良、愚昧、狡黠。

因为善良，他们总是愿意相信世界上好人比坏人多；因为狡黠，他们为了那么一点点比银行高的利息，就会甘心承担被骗的风险，将一生的血汗钱投到公司中；因为愚昧，他们即便已经受骗，却仍然抱着奢望和幻想，不愿意相信这一切。

他们不愿意相信济源公司的资金链已经断裂，更不愿意相信他们投入的这个所谓销售计划，从头到尾都是一个巨大的骗局。这群愚蠢的白痴，总是抱着这样的想法，但作为济源公司的主持者，钱子寅自己却知道，自己已经到了该走的时候。

公司所有的账目都已经烂到无法弥补的边缘，每个月单单需要偿付的利息就已经达到了一个天文数字，如果所有的应付账款都要兑付的话，那么此刻的济源公司，不但一无所有，甚至可能会平地被挖出一个巨大的坑。

钱子寅知道，如果真是如此，那这个大坑埋葬的将不仅仅是自己，而是包括自己在内，所有在济源公司获利的每一个人。

无论如何，这样的事情都不能发生。所以，要未雨绸缪，要提前布置。早在三个月之前，钱子寅已经有计划地将公司所有的资金都转出并提现，等待通过地下钱庄洗干漂白，汇入国外，而在等这一切做完之后，就是他翩然离开的时候。

钱对钱子寅很重要，重要到无以复加的程度。在他的生活里，除了钱以外，能让他容下的人和物已经不多了。钱子寅很奇怪自己为什么会这么喜欢钱，他尝试着追溯自己的记忆，发觉在记忆的深处和源头，只有两个字：贫穷。

是的，钱子寅穷过，那种束手束脚的贫穷几乎让他绝望。父亲的早亡，母亲的含辛茹苦，饥饿在记忆里雕刻出的深深痕迹都让钱子寅对贫穷有着一种从骨子里透出的恐惧。

他至今仍记得自己与饥饿的弟弟为了能多吃一口，偷走邻居家的豌豆荚跑到农田里烧熟时的场景，那一次因为被邻居发现，两人被胖揍了一顿，然后领到自己的母亲面前要求赔偿。为了平息对方的怒火，妈妈赔了人家十六个鸡蛋，而代价就是弟弟为此延后一年才上的小学。

记忆到这里已经模糊了，钱子寅努力回忆也回忆不起来之后到底发生了什么事情，他唯一记得的就是弟弟看着别人上学时的那双充满了渴望的眼睛。面对那双眼睛，钱子寅曾经发过誓，以后绝对不会再受穷，一定要让自己的家人过上好日子，为了这个目标他觉得自己做什么也不过分。

“说什么也不能再穷下去了。”从记忆里回到现实，看着周围的一切，钱子寅感叹着自言自语道。既然不想继续受穷，那现在唯一能做的就是一直走下去，不能回头。

眼前的事情有点儿麻烦。按照钱子寅的估算，只要再有一个月的时间，搞定一切之后，就是他抽身离开的时候。可谁知道，就在这个时候，不知道是谁放出风声，说济源公司即将倒闭。

人就是这样，抱着“宁可信其有，不可信其无”的想法，纷纷跑来兑付。可账面的资金只够维持一个月的兑付额度，结果就是：事情越闹越大，最后导致公安局的介入。

林峰让钱子寅感到了一点点潜在的危险，钱子寅很清楚，到目前为止之所以还没有出现大的事情，就是因为所有人都对他抱有一丝希望，如果这个希望破灭的话，那明天人群就不会出现在他的门口，而会出现在公安局的门口。到时候，警察只需要有一支笔、一个本子，就可以将一切搞个清清楚楚。当然，如果他们的本子够大的话。

所以，钱子寅绝对不允许自己在离开前，出现这样的事情。

逃跑是个大问题，这不是简单的买张飞机票说走就走的旅行，实际上还关系到很多问题，比方说钱，对，就是钱。

他冒了这么大的风险甘愿受到警察的询问，甚至以后可能出现的追逐、抓捕，为的就是把那些骗来的钱带走，可是怎么把钱带走又是个大问题。

外国也是法治国家，他们不会名义上收受这么大一笔非法资金进入境内的，所以怎么把钱洗白是个大问题。钱子寅已经联系过几个地下钱庄了，但对方的态度模糊而暧昧，这让钱子寅有点儿不放心。

一想到这个问题，他又有点儿头痛起来，用力摇了摇脑袋。钱子寅拿出电话，拨通了会计室的号码："看看我们还有多少固定资产，找个银行做个抵押，我现在急需一笔现金。"钱子寅说完，重新陷入沉思之中。

钱子寅面临的难题同样也是林峰需要面临的，或者说，对林峰来说，怎么解开钱子寅努力编织的骗局，是破获案件的核心。

之前从毕老太太身上找到的那份合同，林峰其实早就见过，但是因为没有被害人报案，所以他没有任何权限去查，当然更重要的问题是，合同上完全没有任何瑕疵。换个角度说，这份合同，就是一份合法的购销合同。

从这个角度来说，林峰很佩服钱子寅，因为他在这方面做得"颇有特色"：首先他们名义上与投资者签订一份食用油销售合同，投资者按照要求缴纳一定金额的所谓产品押金，替公司销售其生产的食用油，三个月后公司会返还押金，并按照销售额给予一定的销售费用，至于押金和销售费用额度则视产品销售情况而定。

表面看来，这份销售合同合理合法，但实际上只是掩人耳目。根据林峰了解的情况，济源公司和投资者之间并无产品交割，更没有什么产品，而所谓定价为每桶一百二十元的食用油，只是每一股资金的额度，投资者按此额度成倍投入资金后，就可以以三个月为周期，领取投资返现，按照济源公司的规定，每一股的返现比例更是达到惊人的10%。但问题是，合同上没有任何瑕疵，单从一份合同上，根本无法找到太多有价值的信息。

将徐家斌带到局里去调查，林峰并没有什么太大的把握能从对方口里问出自己需要的东西，毕竟作为警察他们对专业的金融方面的知识了解得并不多。所以，在将一脸惊恐的徐家斌塞进审讯室之后，他就马不停蹄地拨通了一个电话号码。

林峰联络的是中国人民银行鲁北分行国际信托部的业务主任唐欣恬。林峰因为一次涉外金融案件与对方相识，而对方熟练的业务水平和渊博的金融知识给他留下了深刻的印象。

唐欣恬接到林峰的电话很痛快地答应了他的要求，并在下班后第一时间赶到了公安局。

在门口迎到唐欣恬的同时，林峰就将手中的合同交给对方，他迫切想知道唐欣恬对这份合同的看法。

接过合同，唐欣恬看得很认真，短短的几页合同，她用了将近一个小时才看完。在看完之后，她缓缓放下合同，看着林峰，正色地说道："单从合同的条款来说，这份合同没有任何瑕疵，但我觉得，真正的内容并不在合同上，而是合同后面附着的这份收据。"

唐欣恬说着，指了指附在合同后面的收据："在这上面。按照标准，这位毕阿姨共投入了大概三万五千元钱，而在这份收据上，共有两个日期，时间间隔是三个月。第一个日期是交款的日期，也就是对应合同上的抵押金缴纳的日期，而第二个日期，就是还款的日期，也就是他们所谓三个月后的付款日期。"唐欣恬说完看向林峰，"这份合同的签署日期大约是在一年前，而收据上的交款时间是在半年前，这意味着，在这段时间里，他们已经至少进行了两次利息兑付。"

“单从这点来说，我们很难确定他们是非法集资。”林峰皱着眉头说道。

林峰很清楚，非法集资的立案标准有几个硬性指标。

未经国家有关主管部门批准，擅自发行股票或者公司、企业债券，涉嫌下列情形之一的，应予立案追诉：

（一）发行数额在五十万元以上的；

（二）虽未达到上述数额标准，但擅自发行致使三十人以上的投资者购买了股票或者公司、企业债券的；

（三）不能及时清偿或者清退的；

（四）其他后果严重或者有其他严重情节的情形。

但是，单从现有的条件看，济源公司并不能满足这些条件，如果真以这份合同作为依据的话，充其量也只是经济纠纷。

“是的，现在来看，单单的一份合同很难确定它是非法集资，除非你有证据证明济源公司签署了大量的这种合同，否则你很难确定它是非法集资，而且你刚才也说过，这份合同是归为它下属的第一分公司签署了，如果单单以这份合同作为证据，对方完全可以否认。并且，最多承认只是一种不恰当的金融违规行为。”唐欣恬点头说道。

唐欣恬的话提醒了林峰，他连忙转头看向同事小陈。

“这是我的同事陈景军。对了，小陈，你还记得咱们去的时候有人在那儿抗议吗？”林峰随口介绍了一句之后就迅速问道。

“当然记得，好像拿着什么条幅，上面写着什么还血汗钱。我估计应该和这个脱离不了干系。”小陈回忆了一下，点头说道。

“马上发动尽可能多的人联系他们，能找多少找多少，身边人、同事、亲戚朋友都发动起来，然后尽量到公安局登记，不管怎么样我们要在短时间内把这个数量堆起来，只要有五十人以上，我们就可以确定他属于非法集资。”林峰立刻命令道。

“那徐家斌怎么办？”小陈问道。

“让他待着，反正我们有权扣留他四十八小时，两天时间我就不信他心里一点儿也不忐忑。只要他露出一点儿马脚，我就有把握从他这里找出我们要的东西来。”林峰摆了摆手，自信地说道。

“好，我这就去办！”小陈说完转身快步离开。

“你们要查济源公司吗？”唐欣恬目送林峰离开，忽然问道。

听到她的话，林峰沉默了一会儿，微微点了点头：“目前还处于摸排阶段，但暂时不能定性。”林峰的话，等于变相承认了唐欣恬的猜测。

后者点了点头，沉思了一下才向林峰说道：“其实，济源公司我们也已经盯了好久了，他们非法集资已经超过两年时间。按照我们的估计，他们的数额已经达到亿元以上，甚至可能更高，而且现在社会上流传着一些顺口溜——济源公司好，存钱能养老；仨月取一次钱，比工资还要高。”

“我现在担心的是，济源公司的钱子寅恐怕要跑，如果他携款潜逃的话，抓捕起来的难度会很大。”林峰点点头，不无担心地说道。

“携款潜逃是个技术活儿，我觉得，他短期内很难马上离开。”听到林峰的话，唐欣恬摇摇头说道。

“为什么？”林峰好奇地问道。

“我们曾经调取过济源公司的账户资料，具体信息不能透露，但我可以说，他们在短时间内，很难把从账户转走的大量资金洗白转走。”唐欣恬说道。

“你是说，钱子寅必须要把所有的钱洗白转走之后，才会离开，是这样吗？”林峰连忙问道。如果这是真的，那么他就有办法能拖住钱子寅，然后彻底把他留下。

“是的，目前《国际金融法》强化了对跨国洗钱行为的法律规定，虽然仍有漏洞可钻，但至少名义上，钱子寅必须要保证自己汇入国外账户的货币是有据可查的。”唐欣恬点头说道。

“看来我们还没特别被动，只要能在他将钱转走之前收集到足够的证据……”得到唐欣恬的提醒，让林峰多了一些与钱子寅斗争的信心。

“嗯，我也可以提供必要的帮助，但前提是，你们作为公安机关需要提供《协助查询通知书》。”唐欣恬说道。

“这个没问题，我这就去办，不光是要你们帮忙协查，我寻思着，不行就问你们行长，把你也调过来帮我们，有你这个懂行的高参，钱子寅栽在我手里只是时间的问题。”林峰一边说着一边快步走出办公室。目送着林峰的背影离开，唐欣恬笑着摇了摇头。

林峰的出现，让钱子寅意识到了问题的紧迫性，对他来说，时间似乎已经进入了倒计时。非法集资这样的事情，能压住一时，却不能压住一世，一旦第二期应付的利息无法兑付,那么靠谎言和恐吓维系的表面平静就会被瞬间打破。

集资的人会揭竿而起，再次蜂拥而来，到那个时候，任谁也无法阻挡这一切。

可是钱，钱子寅也想要，他费尽心思构筑的这一巨大的骗局，可不是为人民服务。他不是公安干部，他是骗子，骗子要考虑的是自己的利益。

想到这里，坐在车里的钱子寅再次躁动起来，在对司机催促了两句之后，再次拨通了之前的号码。

“……你告诉我，最早什么时候能拿到……别给我找借口，我是花了钱的。告诉你，别跟我玩心眼儿，咱们都懂，有些事情你要不仁，别怪我不义，到时候枪啊、炮啊的来找你，可就不是你说了算的。”钱子寅说到这里，一把挂断电话，听着话筒里传来的忙音，他余怒未消地看着司机。

“现在这个社会，骗子太多！”钱子寅感叹道。

“是啊，没办法，大家都认钱，除了钱，啥也不信了。”司机点点头，从观后镜看了钱子寅一眼后说道。

“对了，小周，你跟我也有三四年了吧？”看着司机，钱子寅心中一动，忽然问道。

“嗯，快四年了，您在县城开公司的时候，我就跟着。”司机说道。

“是啊，一晃四年过去了，时间可真快啊！谁能知道，当初我不过就是个县城办事处的小办事员，现在竟然成了这么大一个公司的老总，世事弄人啊！”钱子寅由衷地感叹道。

“钱总您是带着运气来的人。”司机不动声色地恭维道。

“什么运气，就看你关键时刻敢不敢搏一次。”钱子寅这句话是真心话，司机听着没来由地心中一动。

“对了，小周，公司这个车你开着还好吧？”钱子寅看着司机，忽然问道。

“嗯，外国高档车真不是盖的。”钱子寅现在的座驾是一辆奔驰 600，无论是从外形还是气派程度在鲁北都算上得了档次的车子，司机曾经数次背着钱子寅将车开出去当作婚车，从中赚了不少外快。不过说实话，钱子寅不是很喜欢这辆车，因为他觉得这辆车太大众化，没有内涵，要不是之前那个跳楼的老太太砸坏了自己的凯迪拉克，他也不会坐这辆和暴发户座驾没什么区别的奔驰。

“好什么好，我准备换了，想换辆什么莱斯。”钱子寅看着司机，满不在乎地说道。

“劳斯莱斯！”

“对，就是这个！听说那车一般都是皇室坐的。”

“钱总您和皇室比也不差什么啊！”

“哈哈，你小子会说话啊！”

“那这车怎么办？”司机再次透过观后镜看向钱子寅，后者表现出的满不在乎无论与他的身份还是派头都很相称。

“卖了，你帮我联系一下，十万块。”钱子寅不耐烦地说道。

“十万！”司机被吓了一跳，和车子两百多万的原价相比，这样的价格等同于白送，可看着钱子寅的表情，却又不像是在说假话。

“钱总，这个价太低了吧？”司机的话与其说是提醒，倒不如说是确认。

“什么高了低了的，不在乎那点儿，和老百姓计较这个干啥？”钱子寅看着司机，微微一笑说道。

“那十万……”司机已经开始盘算，自己是不是要把这个车买下来，转手一卖，赚的可不止十万。

“嗯，十万就十万。不过你可得帮我跟人说下，我新车没到之前，这个得我先开着，到时候新车到了，统一交割。”钱子寅点点头，抛出一个条件。

“这肯定没问题啊！”司机连忙点头，确认了钱子寅真的没开玩笑，他已经开始盘算着自己存折上的数字，虽然有点儿不足，但也相差不多。

“嗯……还有，牌照不能给，咱这个牌照也算是吉祥号了，到时候只能给裸车。”司机眼中闪过的光芒，让钱子寅找到了久违的熟悉感。

“没问题，没问题！对了，钱总，您看，不如您卖我算了，这个车我开着熟，上、下班接个孩子的也方便。”司机努力让自己的笑容变得憨厚一点儿，看着钱子寅的目光也变得忠诚和讨好。

“你买？唉，你说你，不早说，好像我跟你要高价似的。”听到司机的话，钱子寅故作惊讶地说道，语气中充满了嗔怪。

“不高，不高，这就行，虽然紧巴点儿。”司机连忙摇头。

“行了，什么高不高的。这样吧，一口价九万八，我也讨个吉利，给你便宜个工资钱。小周啊，你说你，不实在，你早说你买，我何至于……”钱子寅懊恼地说道，弄得司机小周忽然为自己的小家子气而脸红。

“那……那我明天给您带钱过来。”小周尴尬地笑了笑，小心试探地问道。

“急什么，后天也行。到时候我给你打个收条。”钱子寅点点头，然后，闭上眼睛向后靠去。

为了让钱子寅满意，小周的车开得越发柔和起来，无论是起步，还是刹车，都开得轻柔无比，庞大的车身就这么滑动着溜进钱子寅住的小区，悄然停在门口。

第五章　各有花招

林峰派出去的人，到晚上就接二连三地回来了，相比于去的时候急匆匆的样子，回来的人都是一副垂头丧气的表情。

如果用数字来形容的话，一天的辛苦调查，只能用“〇”来形容。是的，就是“〇”，一无所有。面对询问，所有涉及济源公司的集资者，都选择了相同的态度——沉默！

没人讨论这个问题，无论调查员怎样说明情况，都是如此。所有人都选择了闭口不谈，用沉默为双方之间的沟通筑起一道无形的围墙。

林峰很清楚这些人心里想的是什么，那种幻想和侥幸心理——在他们看来，只要济源公司的大楼还在那儿，钱子寅每天还出入公司，那么公司就不会倒闭，他们的钱也一定会安然无恙。

可实际呢？

林峰很清楚，他让唐欣恬调查了一下，现在济源公司以及下属的八个分公司，九个账户上的现金加起来，不超过一万块。

其他的钱早已不知所踪，至于到哪里去了，没人知道。

可惜，即便知道这点，林峰也不能公之于众，因为这不合法，除非有人报案，证明他们受骗了，他们才可以封存对方的账户。可惜，没人报案，没人报案就导致这种非法行为无法被查处。这就仿佛一个怪圈一样，奇怪地形成，然后逐渐成为扣死整个事件的一个结。

“要不，找找其他人试试？”见林峰沉默无语，一旁的小陈建议道。

“我估计可能性不大，钱子寅肯定给他们灌了迷魂汤，现在所有人都还信任他，而且他们的利息兑付也只暂停了一次，除非下一次他们的利息兑付也停止，否则没人愿意因为钱得罪钱子寅。”林峰摇摇头说道。

“可是，那还要再等三个月，到那个时候，钱子寅早就跑没影了。”小陈看着林峰不禁提醒道。

“所以，我们两手准备：第一，还是要重点调查受害人，尽可能多地搜集资料；第二，监视钱子寅，必要的时候可以联络海关，只要有证据，就第一时间扣住他。”林峰思索片刻，提出自己的计划。

“这么做是不是不太妥当？毕竟现在我们还没接到一起正规的报案。”一旁，有同事不无担心地说道。

“告诉你们，钱子寅已经做好了逃跑的准备，他们账面上接近两个亿的现金都被以各种名目提出来，估计等到他想好怎么处理这笔钱，他的逃跑也就进入倒计时了。”

“这个钱子寅，还真是厉害，那么大一笔钱，他到底藏到哪里了？”小陈点头，不由得感叹道。

“你把钱转到哪儿去了？”钱子寅刚一进门，老婆就走过来问道。她刚刚知道，银行账户里所有的钱都被钱子寅转走了，而这一切，她这个公司所谓财务总监竟然毫不知情。

“都转出去了，利滚利，下一次兑付的金额超过一个亿，把这钱给他们，你不心疼啊？”钱子寅挂上手里的外衣，坐到沙发上，看着老婆因为愤怒有点儿扭曲的脸，轻描淡写地说道。

“那你什么意思啊，真准备走？”老婆看着钱子寅毫不紧张的样子，有点儿担心地凑过来问道，“怕是不行吧，这么大一笔钱，带走的话，警察肯定不能放过咱们。”

“警察？你可太高看他们了。咱们要去的是美国，那可不是他们的地盘，他们想抓我，得有办法。”钱子寅看着老婆，安抚地拍了拍她的肩膀说道。

“咱不跑不行吗？你不是说要干点儿实业吗？我们努力一把，怎么都能把钱还上。再说，你看你弟，也是干的这行，也不比咱差啊！”听到钱子寅的设想，老婆的身体不由自主地颤抖了一下，用忐忑的语气商量道。

“谁不想干点儿实业啊，但现在这个环境还怎么干？你知道咱现在欠了多少钱吗？本息兑付下来，超过二十个亿，你让我们怎么还？”钱子寅忽然火起，大声对老婆呵斥道。

“怎么会这么多？都花在哪儿了？”老婆惊讶地说道。在她的印象里，从来没有这么多钱在账面上出现过。

“花在哪儿？哼！你穿的、用的、吃的、开的、住的，都是人家的钱，你以为呢？我们什么都没生产，就指望那两桶花生油？醒醒吧，别傻了，这些钱我们根本还不起，现在最好的办法就是早早地跑掉，否则，到时候等着你我的就是……”钱子寅看着老婆，说到最后，语气已经是恶狠狠的了。

“那钱呢，你都放哪儿了？会计也告诉过我，钱提出去，提到哪儿，都有据可查的。”老婆努力想要往钱子寅怀里钻，仿佛这样才能让她找到安全感一般。

“提？放哪儿都不如放在眼皮子底下安全。”钱子寅嘿嘿一笑，忽然起身走到衣帽间，随手拉开门，一片人民币筑成的墙壁赫然出现在眼前。

“两亿现金，全在咱家放着呢，只要我找到办法把它们安全汇出去，我们就可以买张机票，直飞美国。”指着面前由人民币构筑的墙，钱子寅笑着说道。

对面，老婆已经被这疯狂的行为吓得面无人色，她之前完全不知情，直到此刻才知道，竟然一直和这么大的一笔巨款住在一起。

“钱子寅，你真是疯了。”老婆走到人民币墙前，看着这仿佛闪烁着光辉的巨款，喃喃自语道。

“疯？不是我疯了，是这个社会疯了。”钱子寅看着老婆，冷笑着说道。

老婆忽然发觉有点儿看不懂钱子寅了，他的那种疯狂，与之前的温文尔雅似乎完全出自两个不同的人身上。

就在她想继续询问钱子寅有什么计划的时候，桌子上的电话忽然没来由地响了起来。

“钱总，联络好了。为了避讳，我们联络的外地银行，他们答应按照评估价格的 80% 为我们提供为期一年的长期贷款。”电话那边，副总的声音随之传来，听到她的话，钱子寅默默地点点头。

“事情要快点儿办。另外，如果可以给我搞一场活动，电视台、电台都请来。”钱子寅随后说道。

“可是，钱总，公司账面都已经没钱了。”副总犹豫着说道。

“没钱，就用支票。告诉他们不要即刻兑付，一个礼拜后再存，到时候贷款下来就换出来。”钱子寅思索片刻后说道。

“那活动搞什么方面的好？”副总谨慎地问道。

“什么都可以，扶贫、济困、非洲儿童，不拘一格，我的要求只有一个，就是要搞大，场面大，人多，明星、官员以及和我们有点儿关系的都要请来，老百姓最缺的是什么？信心！我们就是要靠这场活动给他们信心。”钱子寅说到这里，脑子里没来由地浮现出林峰的样子，冥冥中，他似乎找到了对付这个难缠的家伙的办法。

“好的，钱总，我这就去办。”副总说完，放下电话。

“谁啊？”老婆连忙凑过来追问道。

“还能是谁，小孙，整天有事没事的只知道问，我看她真是有点儿不合格了。”钱子寅不耐烦地说道。

听到钱子寅的话，老婆破天荒没有追问下去，公司的副总孙雪婷她自然知道，一个二十多岁的女孩子，除了年轻漂亮没有一点儿优点，却被丈夫提到了副总这个职位上，她曾经怀疑过两人是不是有暧昧关系，却连蛛丝马迹都没发现。倒是从钱子寅的话里时常流露出对这个孙雪婷的不满，这种迥异的态度，让老婆依稀觉得，这个女孩子的背景应该很深。

“对了，这两天办的活动，你帮我出个面，如果有人问起我，一律回答我去香港准备公司上市的事情，要说得真像那么回事，别吞吞吐吐的。”钱子寅忽然想起什么，再次开口嘱咐道。

“那你去干什么？”老婆连忙追问道。

“我？我刚联络了一家拍卖公司，准备过去聊聊。”钱子寅随口回答了一句，然后快步走进房间。

拍卖公司？老婆被钱子寅的话弄得一愣，但犹豫了一下终究没有追问下去。

林峰梦到自己来到一座高山前，脑子里一直有个声音告诉他翻过去，可让人感到为难的是，不是山太高，而是无从下手，他努力找每一个缝隙，却始终找不到，一直到无意中向一旁看了一眼，忽然发现，在山壁上有一道不起眼儿的缝隙。

“徐家斌！”林峰几乎是猛地坐了起来，吓得旁边床上的同事露出一脸的诧异。

“做噩梦了？”同事关切地问道，同时递来一杯水。

“噩梦？是好梦。”林峰将杯子里的水一饮而尽，然后披起衣服快步跑出宿舍。

徐家斌仍然被关在审讯室，百无聊赖，中间他只见过两次人，一次上厕所，一次送饭，然后就是独自一人面对囚禁般的冷落。徐家斌几次询问，得到的回答都是忙着呢，让他等，这让人气结的回答却让徐家斌无可奈何，只能无奈地坐回到座位上。

在难得的这几个小时里，徐家斌也想过警察为什么找济源公司以及钱子寅麻烦的事，但他无论从哪个方向去想，都没想到会有什么问题。

是的，现在公司确实出了点儿问题，一期的资金没有兑付，但钱子寅说过，下一期加倍兑付，而且公司在香港上市已经到了最关键的验资步骤，若非如此，以公司账面两个多亿的资金足以兑付利息。

徐家斌当然清楚，公司的募集资金计划确实存在违规和违法的步骤，但就像钱总说的那样，任何资本的积累都是血淋淋的。要想让公司长足发展，初期的违法是不可避免的。

实际上，徐家斌自己也了解到，公司确实在往实体经济方面发展，无论是在郊区圈的那块地，还是后期购买的大厦以及投资兴建的食用油企业，都是有着良好的发展前景，至少他认为，济源公司未来会有长足发展的。

想到这里，原本忐忑的心情逐渐变得平静下来，而对警察无聊的骚扰也变得越加愤怒。

“快点儿开门，我想打电话给我父亲！”想到这里，徐家斌站起身，用力敲着审讯室的门，大声喊道。

门突然开了，徐家斌的拳头被人一把捏住。徐家斌抬头看去，发现抓住他的人竟然是林峰。

看到林峰，徐家斌厌恶地挣了挣，林峰看了他一眼，轻轻松开手，然后率先走进房间，坐在他对面的桌子上。

“徐家斌，是吧？按照规定我们有权拘留你四十八小时。”林峰看着徐家斌说道。

“但你几个小时不见我，是什么意思？”徐家斌坐回到座位上，看着林峰，不忿地质问道。

“嗯，人手不足，如果你觉得我工作流程上有违规的地方，可以投诉我。”林峰说完打开面前的笔记本。

“我一定不会让你失望的。”徐家斌看着林峰，恨恨地说道。

“你的问题问完了，现在该我了。”林峰拉掉笔帽，看了对方一眼，“姓名，年龄！”

“徐家斌，二十八岁，我爸是区长徐建国。”徐家斌看着林峰刻意补充了一句。

“哦，失敬！”林峰的语气中却没有任何敬重的态度。

“客气，有什么事，林科长你尽管问，犯不着把我拉到这里来坐冷板凳。”

经过了最初的惊慌之后，冷静下来的徐家斌表现出与年龄不相称的老练。听到他的话，林峰微微一笑，随手将桌上的本子合上，抬头看向徐家斌。

“济源公司一分公司的事情，你真能做到知无不言，言无不尽吗？”林峰看着徐家斌，眼神中闪烁着仿佛能看透内心的光芒。

“呵呵，配合公安局同志调查，肯定是要实话实说的。”徐家斌自然不会被打动，不冷不热地回答道。

“那就好，那我就放心了。”林峰重新将本子打开，放在一旁。

“姓名，年龄，职务！”林峰再次开口询问道。

“徐家斌，二十八岁，济源公司一分公司常务总经理。”徐家斌捺着性子回答道。

“济源公司主营业务是什么？”林峰头也没抬地继续问道。

“食用油的生产、加工、销售，我公司销售范围主要还有……”徐家斌迅速回答道，不过话还没说完，就被林峰摆手打断。

“上一季度，你们的营销收入是多少？”林峰再次问道。

“这个涉及公司机密，我恐怕不能透露。”徐家斌一愣，随后摆出一副高深的模样说道。

“唉，你看，说好的事，你怎么又变卦了。”林峰生气地合上本子，再次说道。

“什么就说好了？”徐家斌愕然反问道。

“你不是说配合我们的调查，要实话实说吗？”林峰嗔怪地说道。

“我怎么没实话实说啊？你问我什么，我没说啊？”徐家斌反问道。

“那你刚才还保密啊、机密啊什么的，那叫实话实说吗？”林峰反问道。

“涉及公司机密肯定不行。”徐家斌摇头说道。

“那你说，什么是公司机密，我绕过去问总可以了吧？”林峰不满地看了徐家斌一眼，重新打开本子说道。

“公司的财务情况，公司的销售情况，以及资金流动情况，这些都涉及公司机密。”徐家斌想了想说道。

“好吧，我们重新来过，这次，咱争取一次过，可以吧？”林峰看着徐家斌，叹了口气，重新翻开笔记本。

“姓名，年龄，职务！”林峰再次问道。

“你有完没完？”徐家斌几乎要爆炸了，猛地起身大吼道。

“什么我有完没完？告诉你，不配合调查，我可以延长你的扣押时间。”林峰针锋相对地站起身大声回答道。

“你……”徐家斌一怔，被气得好半天说不出话来。

可就在林峰准备继续下去的时候，门外忽然传来敲门声，林峰皱了皱眉头，走过去拉开门，小陈站在外面正一脸焦急地看着他。

“怎么了？”林峰关上门，看着小陈问道。

“他爸来了！”小陈小声说道。

“谁爸来了？”林峰奇怪地反问道。

“徐家斌他爸，徐区长，刚进办公室，张牙舞爪的，刑侦队杨队长陪着过来的。”小陈低声说道。

“拖延一下时间。”林峰点点头，准备推门回去。

“局长那边也得到信儿了，让我告诉你问不出什么来，就早点儿把人放回去，还说，小不忍则乱大谋。”小陈匆匆将局长的话传达过来之后，就快步离开。

林峰思索了一会儿，若有所思地点点头，然后推门走了进去。

“整天的，都是破事！”林峰嘀咕了一句，回到自己的座位上，重新打开笔记本。

“徐经理，最后一次啊，大家都配合一下，毕竟我们也是工作。”林峰看着徐家斌，语气诚恳地说道。

“只要你不为难我，我肯定配合。”徐家斌没好气地说道。

“好！姓名，年龄，职务。”林峰再次开口问道。

“徐家斌，二十八岁，济源公司一分公司常务总经理。”徐家斌已经没力气与林峰较真儿了，直截了当地回答道。

“济源公司因为可能涉嫌违法，正在被我们调查，你知不知道？”林峰再次问道。

“知道！”徐家斌想要反驳两句，但想想还要再次重复，索性捺着性子说道。

“知道就好，你还有什么想说的吗？”林峰问道。

“我没什么想说的。”徐家斌摇头说道。

“真没有了？”林峰不死心地问道。

“真没有了。”徐家斌抬头看着林峰。

“那好，你走吧。”林峰说完，合上本子，关闭了一旁的摄像机，然后径自走到门口，为徐家斌拉开房门。

“这……这就让我走了？”徐家斌不敢相信地问道。

“是啊，你走吧，我刚才不是说一堆破事吗？其实是你爸来接你了。”林峰一副理所当然的口吻说道。

“什么？我爸……”徐家斌没有反应过来，好半天才惊讶地说道。

“嗯，是啊，徐区长的面子我们不能不给，再说，也没什么大事，其实不过就是有人举报你们偷税、漏税。不查，对不起举报人；查吧，我估计真查不出什么来。”林峰松松肩膀，做出一个“请”的姿势。

“操！”徐家斌愤愤地甩下一个脏字，头也不回地冲出房间。

“人啊，什么都可以不信，但一定要信智商，就算外部条件再好，笨蛋还是笨蛋。”看着徐家斌离开，林峰对门口站岗的武警说道，“以后，媳妇千万得找对人，找个笨蛋，生个笨蛋，早晚坑爹。”

第六章　各自准备

徐家斌骂骂咧咧地从公安局走了出来，旁边跟着他面色严峻的爸爸。一直到坐到车内，徐家斌的怒气还没平息。可就在他准备继续逞口舌之欲时，却被爸爸一个凌厉的眼神制止，在与送别的杨队长打了个招呼之后，徐区长拍了拍司机的肩膀，车子快速驶出公安局的大门。

“告诉你，尽快从济源公司给我抽身出来。”徐区长看着自己不学无术的儿子，厉声说道。

“怎么了？真出事了？”徐家斌惊讶地问道。在他的印象里，他爸爸从来没有用过这样严厉的口吻和他说过话。

“我和刘局长聊天儿的时候，从他嘴里感觉到，这次对济源公司应该是认真的了，而且他明里暗里地警告我，当官别搞太多不应该的事情，这和平时低调做人的他可不一样。所以，你最好尽快与这个公司脱离干系。”徐区长神色严峻地说道。

“可是我的钱还在那里滚着呢。”徐家斌连忙说道。

“这个我找时间给钱子寅打电话，他如果还想在这里干事业，就不敢不给我面子。”徐区长话音刚落，徐家斌的手机就忽然响了起来，他低头看去，发现手机上显示着钱子寅的号码。

“爸，钱总电话，要不，你和他说说？”徐家斌将电话递给爸爸，却被对方一把手推回来。

“你先跟他说，问到我的话，就说我不在。”徐区长说完，闭着眼睛靠在椅背上。

见此情景，徐家斌想了想，随手接通电话。

“钱总吗？是我，小徐，嗯，我爸接我出来的。对，他们肯定放啊，敢不放，不放弄死他。”徐家斌得意地在电话里吹嘘道。副驾驶上，听到儿子的话，徐区长不由得发出一声冷哼。

“嗯，我肯定什么都没说，不过他们倒是说了，说有人举报我们偷税、漏税，所以必须要查一下。对，那个林峰亲自和我说的，他肯定不敢骗我，后来你是没看到，态度恭敬的，和之前就是两个人。”老子的冷哼，让徐家斌低调了很多，但仍然不着调地吹嘘着，直到对方挂断电话，才意犹未尽地看向老子。

“我看钱总那边挺好，没什么异常，还说要给我接风洗尘。”徐家斌一脸兴奋地说道。

“接风？哼！”徐区长没说话，重新躺回到座位上，闭目养神起来。

钱子寅放下电话，心却悬了起来，不是因为徐家斌被放出来，而是因为，徐家斌和他撒了谎。

是的，撒谎，对方刚刚的话说得不尽不实，什么林峰向他承认错误，判若两人，这简直就是胡说。当然，最重要的一点是，当他问徐家斌听到什么风声时，对方竟然回答的是因为偷税、漏税被查。

这简直是滑天下之大稽，钱子寅最聪明的地方就是从来不会和政府对着干，尤其是税费方面，简直就是纳税模范。在他看来，从任何地方查他都有可能，唯一不可能的就是偷税、漏税。

徐家斌这个谎扯得可不高明。

可是，他认识的徐家斌就是一个不学无术的权二代，从哪个角度来说，他既没智商也没情商来撒这个谎，所以，可以肯定的是，这里面一定有高人指点。

钱子寅一个个想着，排除着，最终确定了徐区长这个人选。

“墙倒众人推，树倒猢狲散啊！”钱子寅说到这里，不由得感叹道。

看到钱子寅在那里抒发着感慨，一旁的妻子悄悄地坐了过来。

“我刚帮你订了去省城的票。”妻子在旁边说道，“你为什么不开车去，要坐火车？”

“现在是非常时期，很多事情要谨慎一些，谁知道是不是有人盯着。”钱子寅说道，“对了，我把车抵押给司机小周了，明天他带十万块钱过来，你记得收一下。”

“什么？！十万，那个车我们买的时候要将近三百万，十万就抵给他了，为什么？”妻子被吓了一跳，要不是因为不敢，她肯定会摸摸钱子寅的额头有没有发烧。

“你一个娘儿们家家的懂什么？让你干什么就干什么。”钱子寅瞪了她一眼，大声呵斥道。

“可……”妻子还想插嘴，但却被钱子寅摆手制止。

“行了，明天我要走了。记得，如果到时候有人找我，就说我去香港了。”钱子寅觉得对妻子这样的笨蛋解释问题，要比直接命令累得多。对于这些愚蠢的家伙，骗局和迷信是对待他们最好的方式。

见钱子寅不再说话，妻子最终选择沉默。在坐了一会儿之后，起身忙碌起明天钱子寅准备离开的事情。

对于明天的事情钱子寅仍然有点儿担心，说实话，虽然朋友介绍的这家拍卖行做过几次大手笔的“生意”，但这次的事情却不同往日，对方能不能接，是不是可靠，都需要他考量。一想到这些问题，钱子寅就觉得头大如斗。

“什么事都需要自己操心，这辈子，还真是个操心的命。”钱子寅说着，一头倒在床上。

对于林峰来说，他现在最关心的就是钱子寅的一举一动，虽然案件还处于调查取证阶段，但林峰已经破天荒下达了对钱子寅进行二十四小时监视的命令。

此刻在钱子寅家外面，一辆伪装成私家车的警车就盯着钱子寅家门口，车内负责监视的警察正一动不动地注视着钱子寅家。

可是对于林峰来说，这却不是什么好办法，守株待兔是发现不了证据和线索的。要想找到钱子寅的问题，调查才是关键，虽然之前在徐家斌身上布了一手，但无论是酝酿还是筹备，都需要时间，而时间对林峰来说，却是最珍贵的东西。

“工商局和税务局的资料调过来了吗？”窗外，天已经彻底黑了，灯火通明的房间因为夜色的缘故，灯光也变得孤单起来，但办公室里却人头攒动，热闹异常。

放在办公室中间的，是由四张桌子并拢在一起的大桌子，上面堆满了大量的卷宗和文件。而在另外一堵墙壁上，包括钱子寅在内的数十名济源公司负责人的照片被挂在上面，照片之间由无数条红线互相连接，所有照片构成了一个巨大的网络，而钱子寅就在网络最中间，仿佛一只择人而噬的蛛妖，脸上带着一贯的微笑，戏谑地看着房间里的所有人，仿佛在嘲笑他们的愚蠢。

“妈的，就是这么点儿事，一点儿都不复杂，可为什么就是查不下去呢？”小陈愤怒地一摔手里的文件，气愤地说道。

“钱，就是一个钱字，现在社会的信仰太单一化了，大家除了信钱，什么都不信，有了钱，婊子也能立牌坊。所以，黑猫白猫，都为了抓耗子而放弃了自己的操守。”林峰看着有点儿气馁的小陈，笑着说道。

“那现在怎么办？我们都知道他是骗子，都知道他要跑。我就奇怪了，大家怎么就那么信他？都不相信他是骗子，他们也不想想，凭济源公司那点儿固定资产，怎么创造出那么多利润？又怎么能把钱给他们？”小陈说着，将从税务局调出来的资料递给林峰。

“你还真高看他们了。就这么点儿产值也不是他们生产的，单从账面上看，他们不过做的是一个来料加工，简单包装而已，这些食用油有自己的生产企业，钱子寅不过是装进了瓶子，贴了自己的标签罢了。”林峰翻看着税务局提供的资料，笑着说道。

“现在看，济源公司所有的固定资产只有城郊的一块地，市中心的一栋办公大楼和一个连锁药店。这三处产业，支撑着钱子寅一个总公司和八个分公司。其中，城郊的那块地，据说要建成鲁北地区最大的高新产业园，这一部分，由四个公司专门负责；而连锁药店被分派出两个部门，一个负责药品的生产销售，一个则是健康管理中心，分别由三个公司负责；至于食用油的销售工作，由一分公司独自负责运营。但实际上，所谓健康管理中心和高新产业园都处于半停滞状态，而连锁药店从账面上看，只能勉强达到收支相抵的程度。

“那我们能不能从他们账面的现金流入手，应该会查出点儿什么问题吧？”一旁，有人建议道。

“可能性不大，我们通过唐欣恬调取的他们银行账户的账目显示，他们的现金流的流通方式大部分都从高新园流入，而流出方式则大多以各种建设名目、宣传等，根本无从查找。”林峰摇摇头说道。

“那该怎么办？”看着林峰，众人一时间想不出太多的办法。

“别着急，是疖子总要出头的。”林峰说着，拉开一盒泡面，接了点儿热水灌进去。

“我们目前首先要做的，就是把能查到的所有资料全部汇总分类，虽然暂时用不上什么，但我估计，这次我们肯定能捞一条大鱼。”林峰一边陶醉地闻着手里的泡面，一边对大家说道。

他的话重新激起大家的斗志，众人纷纷冲过来，一把将林峰手里的泡面抢走。

钱子寅一直到天快亮才睡了一小会儿。可这奢侈的一小段睡眠不但没有缓解他的疲乏，相反却让他更加疲劳。

在哈欠连天中，他端着老婆递来的油条和豆浆，大口吞咽着，可还没等他吃完，门外就响起了门铃声。

妻子要过去开门，却被钱子寅一把拦住。

“走那边的门。”钱子寅示意道。为了避免不必要的麻烦，这座联排别墅相邻的两栋房子都被钱子寅买了下来并且打通，可每次回家，他都走的是东面那套一直空着的房子，然后绕回到西面自己家里，这个秘密只有钱子寅和老婆自己知道。

听到钱子寅的话，妻子点点头，绕过通道，走到另外空着的屋子，打开了房门。

敲门的是司机小周，一大早就带着一脸喜气和谦卑对着开门的钱子寅老婆笑着。

“嫂子，您在，钱总在吗？”小周谨慎地问道。

“嗯，正吃饭呢。”看着小周的样子，又看着他用报纸包着的一叠厚厚的东西，钱子寅老婆忽然明白过来，不冷不热地说道。

“那要不我进去跟他说？”虽然已经做了钱子寅几年的司机，但小周进钱子寅家的次数却是屈指可数。

“不用，交给我就行。”钱子寅老婆摇摇头说道，对于这个占了自己家两百多万便宜的家伙，她连半点儿耐心都欠奉。

听到她的话，小周连忙将钱递了过去，可还没等对方去接，一只手就忽然插过来将钱接了过去。

“行了，我来弄吧，你记得把家收拾一下。”接过钱的是钱子寅本人，他一边将包着钱的报纸包夹在胳膊下，一边从口袋里掏出一份已经写好的收据递给小周。

“一会儿送我去车站。对了，在我用你车的这段时间，费用按每天三百元计算，等咱们结息日，你统一和会计部结账就行，我都写在收据里了。”钱子寅的话，让小周仿佛被一只大元宝撞了一下，一时间竟然无言以对，过了好半天才如磕头虫一般，连连点头感谢。

钱子寅老婆终于忍受不下去这样的败家行为，重重地关上房门以示抗议。听到关门声，小周不无担心地看了钱子寅一眼，但对方却满不在乎地摆了摆手。

“一会儿送我去火车站。记得，我离开之后，你不要停，开着车给我在市里转上几圈，然后再回公司。”钱子寅说到这里，眼神有意无意地瞟了一眼停在不远处的那辆普桑。

“行！”小周现在对钱子寅可谓言听计从，因为刚刚钱子寅抛给他的富贵，几乎一下子将昨晚筹款的焦急和疑虑一扫而空。

“还有，如果别人问起我，什么都不要说。最近竞争对手千方百计破坏我们上市的计划，甚至花钱收买了警察，为的就是阻拦我们去香港上市。所以，一定要管好嘴巴。”钱子寅嘱咐地拍了拍小周的肩膀，后者骨头仿佛都轻了三两。“对了，上车以后，咱俩换一下衣服。”

“这群贱人！行，要不，我现在脱给您？”小周愤恨地骂了一句，然后快步走过去将车门拉开，让钱子寅钻了进去。

门口，负责监视钱子寅的人见到车子开动，立刻跟了上去，两辆车子一前一后地在车流中行驶着，很快到达了鲁北市的火车站。

车子在火车站停了一停，但没见人下车。身后，负责跟踪的人正奇怪对方的举动时，驾驶位上，开车的小周忽然走下车，对车内人招了招手，车子再次启动，向济源公司的方向疾驰而去。

“跟上！”跟踪人员踩下油门，飞快地追上去，而在路边，一直目送着对方离开的“小周”才摘下墨镜，冷笑着脱掉身上并不合身的衣服，快步向车站内走去。

第七章　钱多的烦恼

拍卖行的样子与钱子寅预先设想的完全不同。在他的印象里，能做这么大买卖的拍卖行起码门头、门脸要高大、气派一些，却不是眼前这样的，租了一个小区内一楼的民居，挂着一块仿佛小乡镇街道办事处，或者是某某企业驻某某地供应站的牌子。

虽然心生腹诽，但钱子寅仍然在来人的引导下走了进去。幸好，房间内的陈设让他找回了一点儿心里对拍卖行的印象。

会客室的博古架上，摆着几只看不出成色的文玩，角落里工整地放着几个相框，里面有几个看起来有点儿面熟的人，用招牌笑容留下的合影。

在房间的一脚，相框中的一个人坐在有点儿陈旧的大班台前，看到钱子寅出现，立刻热络地起身迎了过来。

“钱总，是吧？欢迎欢迎啊！”来人一脸笑意地招呼道。脸上挂着的眼镜虽然为他多了一丝书卷气，但黝黑的面孔却让他看起来更像是某些工地里负责技术的基层技术员。

“哦，我是老郝介绍过来的，您是杨经理吧？”钱子寅微微点头，向对方招呼道。

“嗯，我就是。杨恩乐，恩乐文化投资拍卖公司的总经理兼拍卖师。”杨恩乐一边说着，一边从大班台上拿起一张名片递给对方。

“钱子寅看了一眼，随手放进口袋里，对方名片上的名头让他有点儿不感冒。作为骗子，钱子寅却对骗子有着天然的敏感性，尤其是在看到杨恩乐之后，他本能地感觉到，对方与自己有着相似的气质，只是相比于自己，对方的气质淡了些，也幼稚些。

“老郝把我的事大致和你说过了吧？”钱子寅做到大班台对面的椅子上，淡淡地说道。

“嗯，嗯，郝总都说了，但是具体没详细介绍，我只知道个大概。不知道钱总，你想处理多少？”坐回到自己的位置上，让杨恩乐找到了些许自信，口气也变得随意起来。

“这个我们放在一边，以后说。我只想问问，你们的主要操作方式是什么？怎么保证我一定没事？”钱子寅没有回答杨恩乐的问题，而是转而询问道。

“这个嘛，术业有专攻，或许您赚钱方面是行家，但在古玩拍卖方面，我们也是行业翘楚。”杨恩乐一边说着一边微微笑了笑，尽量让自己的样子透露出一种深沉的高深模样。

“我对古玩没兴趣，我只想知道，你们怎么保证我的钱能顺利到我手里。”对这种云里雾里的东西，钱子寅没有任何兴趣知道。早在二十年前，他就靠这种把戏来骗人了，自然不会在乎这样的手段。

“这个……”杨恩乐沉吟了一下，然后抬头看向身后站着的工作人员，后者很知趣地转身离开，临走的时候，还顺便带上了房门。

“其实呢，这个说白了不是什么难题，我们是有拍卖资质的公司，我们有省商务厅配发的《拍卖经营许可证》。所以，单从资质方面来说，我们是合法的，而且这个许可证可不是一般人都能申请的，注册资金必须在一千万以上，才有资格，像那些所谓文化公司，都是……”房间里只有两人，让杨恩乐放松不少，在拿过放在身后博古架最上方的一张证书后，侃侃而谈起来，不过他的话还没说完，就被钱子寅摆手打断。

“你就告诉我怎么弄就完了，我对干你们这行没兴趣，也对你们的行业机密没兴趣，我有兴趣的是尽快拿到我的钱。”钱子寅不耐烦地说道，同时拒绝了杨恩乐递过来的香烟，从自己的口袋里拿出一盒典藏1916，抽出一支点燃后，随手将大半盒甩给杨恩乐，姿势潇洒得就仿佛扔掉的不是一盒百元大钞，而真的是一盒香烟一般。

杨恩乐尴尬了一下，收回手里的软中华，又慌忙地从抽屉里拿出打火机，要为钱子寅点烟，却被钱子寅再次摆手拒绝，而是在对方惊讶的目光中，从口袋里拿出一盒火柴，轻轻划着了一根，才略带歉意地对杨恩乐一笑。

“习惯了，木头火柴点着的烟更有味道。”钱子寅深吸了口气，甩灭了火柴，然后再次看向杨恩乐，这一次，他满意地从对方表情上看到了他需要的惊讶和羡慕。

“老郝都是我们的朋友，他能信得过我们俩。所以，我们俩也就别藏着、掖着了。”手中的烟，钱子寅只抽了一口，就死死地按灭在烟灰缸里，然后做出一副和盘托出的样子说道，“我有份资金想要转到国外，你也清楚，资金来源需要报关，所以要拜托你提供一份来源证明，这个你比我懂，我就不多说了。事成之后呢，该怎么算钱，怎么算钱，8%也好，10%也好，我们都可以谈。”

见钱子寅索性挑明了说，杨恩乐重重点了点头，仿佛下了决心一般：“好，那既然这样，钱总，我也就不瞒您了。”

听到杨恩乐的话，钱子寅满意地点点头，然后耐心地看着对方，等待他继续说下去。

“按照一般的方法，我们要先派人带几只古董到您家去，然后由我们的鉴定师现场出具鉴定证书，证明你的古董是家传的珍品，接着，我们会组织一场拍卖会，拍卖您带来的古董。当然，价格就由您来定，比方说，您想带一百万，我们就拍一百万；带两百万，我们就拍两百万，事成之后，您提供的资金会在我们公司的账面上走一圈，然后再由我们出具支票或者是汇到您指定的账户中，并且提供合法的手续证明。”杨恩乐思索片刻之后，将所有的步骤和过程一股脑儿倒了出来。

“就这些？”钱子寅看着杨恩乐，仿佛意犹未尽地问道。

“是啊，大体流程就这样。怎么，您有什么不明白的地方吗？”杨恩乐忐忑地问道。

“没有，都好。简单粗暴，简单直接，我最喜欢的方式。”钱子寅连忙摇摇头说道，“那没什么事的话，我们就干吧。你看看，是你们到我那儿合适，还是我过来合适。”

钱子寅的话，吓了杨恩乐一跳，尤其听到对方要说干就干，更是惊讶万分。

“这个……钱总，您没听明白，事情说起来简单，其实还有很多事需要事先准备的。”杨恩乐连忙摆手说道。

“还准备什么啊？我觉得不需要准备了。钱我准备好了，随时可以给你打过来，至于瓶子、盘子还是罐子什么的，我看你这里也不缺。”钱子寅一边说着，一边从博古架上随意拿下一只花瓶，毫不在意地在手里一抛一接地说道。

“哎，别，别，钱总，那个是真的，清末的，仿元青花，好几万呢。”杨恩乐看着钱子寅随意的样子，肉痛地说道。

“仿制什么，你也别仿制了，就直接元青花吧。明天咱就卖，卖完了我拿钱走人。”钱子寅看着杨恩乐心疼的样子，不耐烦地将瓶子放在桌子上，然后将抽剩下的烟头小心地放进其中说道。

“这个……这个真需要时间，我们要找可靠的人，就是托儿，还要提前在报纸上公告，再说，要是拍元青花的话，这个肯定不行，国内就那么几件，都在博物馆里藏着呢，我们这里登报拍卖，第二天门槛就得让行家给我踩平咯。”杨恩乐忽然发觉，钱子寅的鲁莽让他感到可怕，连忙一步步地介绍道。

“好吧，按你说的做。你说说，需要多少时间准备？”钱子寅已经对杨恩乐不抱任何希望了，对方无论是眼界，还是手法上都不是能做大事的人。

“起码一个礼拜，最多半个月，我们就能准备妥妥的，不知道您要抽多少钱走？”杨恩乐拍着胸脯保证道。

“时间我能等的，我就想知道，你们一次最多能抽多少钱出来？”钱子寅看着杨恩乐问道，这一次，他的态度极其认真。

“一两百万的话，绝对没问题。最高，我们做过九百万的生意。您知道，在省城，能做这么大的，也只有我们一家了。”杨恩乐说到这里，再次流露出一丝自豪之情，上次的生意对他来说无异于一个里程碑式的纪念。

“九百万……嗯，按说，不少了。”钱子寅觉得，自己这一次来有点儿浪费时间，在沉吟了片刻之后，忽然站起身，拿起自己的小包向外走去。

“哎，钱总，怎么了？”杨恩乐被对方前后巨大的反差弄得一愣，连忙追过来问道。

“哦，对，忘了。”钱子寅被追上后，忽然一拍脑袋，转身回到桌旁，将扔给杨恩乐的那盒 1916 再次装回到自己的手包里，然后大步流星地回到门口。

“钱总，您这就不够意思了，和你交了底，你这边一走了之，太不地道了。”杨恩乐表情一变，语气中透出明显的愤怒。

听到他的话，钱子寅微微一笑，忽然转过身，拍了拍杨恩乐的肩膀：“杨儿啊，你真诚够了，气度还差点儿。”

钱子寅说到这里，忽然把嘴靠近对方的耳朵：“我要洗两个亿，你能办到吗？”

杨恩乐忽然不怒了！

直到钱子寅的身影已经不见了，杨恩乐才忽然明白，自己和对方的差距不是一点儿半点儿，从谈话开始到结束，对方一星半点儿的事情都没透露，就把自己的老底掏了个干净。在对方面前，自己的那点儿手段恐怕都不值一提。

这人到底是谁啊？杨恩乐此刻有种迫切想知道对方一切的欲望。他决定，一会儿一定要给中间人老郝打个电话，问问清楚。

虽然能感受到背后杨恩乐灼热的目光，但钱子寅对杨恩乐想什么完全不感兴趣，在他看来，杨恩乐只是自己一次失败的尝试，自己要洗的钱的金额，目前看来是最大的问题，如果只是两百万，甚至是两千万，估计都可以轻易找到人操作，但两个亿……

钱子寅头一次感到钱多也是个麻烦事。

林峰只有在买不起方便面的时候，才觉得钱是个问题。眼前，他就面临着这样的问题。因为只是调查取证阶段，没有正式立案，所以局里的办案经费下拨得极其有限，这让大家在熬夜的时候，首先要面对的就是吃饭的问题。

林峰没有老婆孩子，每个月的工资不多不少，但到了月末仍然所剩无几。看着口袋里剩下的为数不多的钞票，林峰咬咬牙，为自己买了两盒大前门，剩下的都变成了火腿肠和方便面，被一股脑儿搬到了办公室。

“头儿，你不过啦？”看到几乎将林峰盖住的方便面和速食食品，一旁的下属眉开眼笑地问道。

“怎么就不过呢？这话说得不爱听啊，我一个人吃饱了全家不饿，怎么都能过下去，我父母也不用我负担，房子我也有了，没啥差钱的地方了。”林峰白了下属一眼，得意地说道。

“钱是不差，就差个人了。林峰，你说说，你想找个啥样的，我包结婚啊。”一旁，一位上了年纪的女同事立刻打趣说道。

“包结婚可不行，包孩子还成，要是这样，我立刻把条件告诉你。”林峰早到了大龄青年的定义范围，对这样的打趣早已经从躲闪到适应再到现在的反击，变得滚刀肉一般。

“其实，我觉得那个唐欣恬就不错。人不但漂亮，而且学历高，工作也好。”话题一旦打开，想收回去就难了，总会有人怕话掉地上，主动接下去。

“我也觉得她不错。人好，体贴，而且专业对口，我那次把照片给我爸妈看了，他们也觉得挺好。”林峰忽然充满兴趣地说道。

“真的？要是这样，我给你们拉个线，咱再怎么样也是公职人员，虽然赚的不多，但说出去也有面子，而且，我看她也挺好，文文静静的，眼睛大，皮肤白，正好能和你中和一下，你要真看她不错，我保证给你们介绍成。”刚刚被抢白了的女同事再次来了兴趣地说道。

“成，就她了。我别的不担心，就担心她家里有人不同意。”林峰点点头，唉声叹气地说道。

“谁啊？她爸妈？你放心，有我出马，没有搞不定的。”女同事拍着胸脯说道。

“她爸妈我不担心，咱这一表人才的，什么丈母娘不是一眼就相中啊，我担心的是她老公，您只要把她老公搞定，其他我都没意见。”林峰说完这话，同事们顿时一愣，然后轰然间爆出一阵大笑。

“都结婚了你还说什么啊。”大姐恨恨地用手中的纸团对着他扔过来，林峰本能地一躲，身后却传来了“哎呀”一声。

林峰回头看去，发现唐欣恬不知道什么时候竟然出现在身后，他立刻收起笑容：“你怎么来了？”

“嗯，刚刚调来了一份资料，想拿给你看看。”唐欣恬说着，将背包里的一份资料拿出来递给林峰，“对了，你们刚才笑什么呢，这么高兴？”

“林科长想当第三者。”不知道谁喊了一句，把一贯脸皮厚的林峰喊了个大红脸。

“别听他们胡说，你吃了没？没吃，我们这……”林峰打量了一眼办公室，四下堆得全是方便面盒子和速食食品的包装。

“……要不，我请你出去吃吧？”见此情景，林峰慌忙改口道。

“不用了，我老公在家等我吃饭呢，我这就回去。”唐欣恬的话让林峰松了口气，如果对方答应的话，林峰就要考虑在哪家饭馆吃饭可以赊账的问题了。

“那我就不破坏你们的二人世界了。”林峰点点头说道，护着唐欣恬向外走去。

“对了，你好好看看那份资料，济源公司的现金流看似很正常，但我感觉，他们肯定动了手脚。”唐欣恬点点头，跟着林峰走到电梯门口，在进入电梯前提醒道。

“没问题，交给我们了！”林峰潇洒地打了个“OK”的手势，然后向对方招了招手。

“对了，明天晚上我有时间，可以过来，咱们到时候重新查一下。”电梯门关上的刹那，唐欣恬大声说道，林峰慌忙点头答应，不过却不知道对方看没看到。

他就这么一直站在电梯门口看着电梯下到一楼，才意犹未尽地回到办公室。

“头儿，人家真结婚了，你就别惦记了。”同事再次捡起刚才的玩笑说道，不过林峰却没了继续戏谑的心情，随手拿起一碗泡好的辣味方便面，大口吃起来。

“这个破玩意儿怎么变味了？”吃了两口，林峰举起来瞅瞅，发觉牌子没拿错。

钱子寅连夜赶了回来，门口监视他的那辆普桑又回到了原来的位置，不过对于钱子寅来说，这根本不是问题，他堂而皇之地从自己家的房门走了进去，直到进门，通过监控他看到对方仍然死盯着对面那栋空房子的大门一动不动，唉，估计又是一夜，也够他们受的，钱子寅一边感叹，一边与走过来的老婆打了个招呼。

对他的神出鬼没，老婆早已司空见惯。在给他换上拖鞋后，就哈欠连天地回房间继续睡觉了，看着妻子裹在睡衣下已经有些臃肿的身材，钱子寅摇摇头，叹了口气，回到自己的房间。

“喂，小孙吗？事情办得怎么样了？”思索良久，钱子寅拿起电话拨通了孙雪婷的电话。

“事情大部分都办好了，不过演艺公司需要付一部分现金。还有，我们的抵押申请通过了，不过人家要过来实地评估，这个恐怕绕不过去，可是我们那边和公安局……”听到钱子寅的询问，孙雪婷立刻回答道。

“嗯，这个事先不要急，我们再筹划一下。钱的话，我手头有十万块的现金，先给你一部分，你拿去做了预付。至于银行过来评估的事，时间我们来定可以吗？”钱子寅一边安排一边问道。

“这个我没问，不过应该可以。”孙雪婷说道。

“好，既然这样，你就安排一下。对了，演艺公司那边的时间也由我来定。还有，你对内部职工放个风，说香港验资的事情有点儿问题，缺口一百万，我们月息五分募集资金，仅限内部职工，而且每人不超过五万，到时候如果钱到了，你先把演艺公司和电视台的钱付了。”钱子寅思索了片刻，再次说道。

“月息五分？”孙雪婷惊讶地说道。这么高的利息与其说让她惊讶，不如说让她明白了点儿什么。

“嗯，三个月偿付。告诉他们，想要加入就快，一旦银行的钱下来，就没他们什么事了。”钱子寅再次确定道。在对方答应后，才终于放下电话，躺回到自己的床上。

现在对于他来说，唯一需要考虑就是银行评估的事情，这件事正在保密进行，无论如何不能让公安局的人知道，尤其是那个林峰，钱子寅本能地认为，如果让林峰知道，那么这事一定会被对方搅黄。

一想到林峰，他心里就没来由地泛起一阵愤怒，不过一想到很快就要离开这里，钱子寅的愤怒迅速被一阵轻松取代。

“美国，应该很美吧？”钱子寅一边寻思着，一边迷糊着睡了过去。

第八章　搬钱也是个体力活儿

林峰是被一阵电视声惊醒的，或者说，林峰是被电视里反复播放的济源公司的声音惊醒的。他揉着惺忪的睡眼看去，发觉电视的画面中，济源公司和钱子寅一遍又一遍地在上面播放着。

“怎么回事啊？”林峰看着屏幕上播放的画面，奇怪地问道。

“使钱了呗。”一旁，小陈看了一眼，又蒙头大睡起来。

“太赤裸裸了，这帮家伙，有钱就什么都播吗？”林峰看着屏幕上钱子寅面具般的微笑，气愤地说道。

“今早才知道，没告诉你。济源公司准备以连锁药店的名义举办一场慈善晚会，救助全市一百名白内障患者和一千名慢性病高血压患者。”小陈索性半坐起来说道。

“真的假的？钱子寅可没钱了，账面上那一万多块钱够干什么的啊。”林峰被勾起兴趣，索性坐在电视旁边，仔细看起来。

“……我市著名企业，济源公司日前发布一项重大决定，公司董事长兼总经理钱子寅先生决定，由公司出资捐助一百位白内障患者进行人工晶体置换手术，同时免费向一千名慢性病高血压患者提供治疗药物，现在我们有请公司常务副总经理，孙雪婷小姐为我们……”电视里，播音员声情并茂地介绍着，可是带给林峰的感觉却是一块石头从天而降，砸得他头晕，砸得他迷糊。

“人工晶体不便宜吧？”林峰转头看向刚刚起来正在穿衣服的小陈。

“很是不便宜，最普通的也要三千多，算上手术费，五六千块。一百个就是五六十万，如果加上一千名免费赠送药物的高血压患者，一百万能打住就算少的了，不过这还是小头，我听说，济源公司还雇了演艺公司准备举行个盛大晚会，还请了所有媒体和记者，这笔费用可比那些多得多了。”小陈低头看了看桌子上的泡面盒子，发觉空无一物，于是从墙角拽出一盒新的，随手撕开倒进热水。

“先洗手再吃饭啊。”林峰告诫了一声，然后继续盯着电视看起来，“他哪来的钱呢？我就奇怪了。”

“肯定自己出血，我估计，之前账面的钱都被他偷偷提出来藏在哪里呢，需要的时候拿出来一点儿。”小陈尴尬地笑了笑，跑到水盆旁边，搓了几把手，然后飞快地跑了回来。

“不可能！我知道钱子寅是什么人，他就是属貔貅的，光吃不拉，钱到他嘴里就算进了无底洞，想出来，绝对不可能！”林峰摇摇头，继续看着屏幕，不过可惜，新闻很快播送完毕，没完没了的广告从画面里蹦了出来。

“要不我们去查查？”小陈将另外一盒泡面递给林峰，然后说道。

“查？不行，打草惊蛇，而且，合理合法的你怎么查？动静大不说，查不出什么来。”林峰接过泡面，胡乱吃了起来。

“对了，人员的登记的事情办得怎么样了？”吃了一半，林峰忽然抬起头问道。

“不行，没什么太大进展，之前联络了几个人，说动了他们，不过我估计，只要电视上面的节目一播，这几个人也白扯了。”小陈朝着电视努了努嘴说道。

“林科，钱子寅我们跟丢了！”就在林峰和小陈就这件事准备讨论下去的时候，门口负责监视钱子寅的同事忽然跑过来说道。

“怎么回事？”林峰看着同事问道。

“昨天早上他出门，半路上他的司机下了车，然后他独自开车去了公司，可没想到，等了一天，直到他的司机从办公大楼走出来，我们才知道人跟丢了，就连忙回到他家门口，可监视了一宿，早上他老婆出门买早餐，我们才知道他一宿没回来，所以就急忙回来报告。”同事说到这里，赧然地低下头。

“这小子，有两下子啊！”林峰拍了拍同事的肩膀，若有所思地说道。

孙雪婷办事还是挺利落的，第二天早上，钱子寅还没起床，电话就打了过来。听到孙雪婷的电话，钱子寅随手打开电视，他的影像立刻出现在屏幕上。

“你昨天不是去省城了吗？怎么去电视台录像了？”妻子看了一眼，拿过千篇一律的早餐。

“以前的影像资料，为的就是露个脸，给大家托个底。”钱子寅喝了口豆浆说道。

“这得花多少钱啊，有那个钱，你不如……”妻子埋怨了一句，但看到钱子寅的眼神，自觉地闭上了嘴巴。

“这两天，你多往公司跑跑，你代表的是我，你出现的次数越频繁，大家就越放心，知道吗？”钱子寅看着妻子，不满地说道。

“好吧，那到公司他们问我你去哪儿了，我说什么？”妻子迟疑地问道。

“不是跟你说了吗？说我在香港。别担心，事情我都安排好了。”钱子寅说完，不耐烦地挥了挥手。妻子没有再问其他的事情，而是匆忙套上衣服，推门向外走去。

“开你自己的车，另外，让小周今天不用过来了。”钱子寅对着门口大喊道。

妻子隐约答应了一声，就匆匆走了出去，看到妻子的身影刚从门口走过，钱子寅就迅速跑到窗口，一直目送着妻子的车开出小区，才忽然快步跑回来，打开放着钞票的衣帽间。有些事情要提早做准备，之前分期分批地将钱从公司账户里提出来堆在家里，现在看，才是个麻烦，钱子寅觉得，是该解决这个麻烦的时候了。

关上衣帽间的门，他随手打开电视，切换到监控频道，门口那辆监视自己的普桑这次没有出现。看来不是被妻子吸引走了，就是因为上次的事情放弃跟踪自己。不管怎么说，没他们在是件好事。

但面前如同墙一般的现金，仍然让钱子寅头皮发麻，当初一捆捆、一包包拿回家来堆到一起，却没想到码放到一起竟然如此壮观。

“怕是有几吨吧？”钱子寅看着堆在自己面前的现金，若有所思地估计着。回忆一下曾经干体力活儿的经历好像在上个世纪，不过这一次为了自己，卖点儿力气总是说得过去的。

掏出已经准备好的大麻袋，钱子寅小心地将钱码放在里面，成捆的钞票仿佛一摞摞的砖头，很快将袋子装得鼓鼓溜溜的。

一袋子装好，钱子寅已经有点儿腰酸背痛了，但想想以后的安稳生活，他觉得，这儿累还是值得受的。

忙活了一上午，十几只麻袋终于将所有的钞票装完，但看着立在衣帽间的麻袋，钱子寅又有点儿发愁，这些钱到底放在哪里合适呢？

肯定不能再放在家里，东、西两户的格局虽然能骗过跟踪的人，但遇到搜查根本就起不到什么作用，放在外面的话……钱子寅把认识的人都想了一遍之后，最终选定了妈妈家。在他看来，现在唯一能信得过的，保证不会坑骗自己的只有自己的妈妈，除此之外再无其他人。

打定了这个主意，钱子寅拨通了保安的电话。作为一个封闭式的小区，钱子寅家所在的小区实际上是不允许外人进来的，平常里里外外的人大家都能混个脸熟，这也是为什么当初钱子寅能一眼认出负责监视的警察——对方无论是车还是人，都面生得紧，又偏偏停在自己家楼下，若在平时还好，在眼前这个关键时刻想不让他注意恐怕也说不过去。

电话很快接通，保安仍然是一副客气的口吻，这意味着警察应该没有知会他们什么，想到这点，钱子寅放心下来，招呼着让保安帮忙找几个收废品的人过来。

对于钱子寅的要求，保安自然遵从，对于这些每个月拿着比普通人房租还贵的物业费的大人物们，经理都是点头哈腰的，自然轮不到他们来表现风骨。

按照钱子寅的要求，很快地，冒着深青色浓烟的三轮车就“突突突”地开进院里，停在家里靠西的房间门口。透过监控看了一圈，发现没人之后，钱子寅招呼着几个衣着随便的废品客进了自己堪称豪华的家中。

看着房间里的陈设，几个人有点儿怯手怯脚，自然听凭着钱子寅指挥着他们将一只只巨大的麻袋扛起来装进车内。十几只麻袋足足码满了三辆车，可还没等大家喘口气，钱子寅就一头钻进打头的驾驶室里，指挥着车子开出院子。

“老板，我们是收废品的，不是拉货的。”看到钱子寅钻进来，一名操着河南口音的废品贩子赔着小心说道。

“五十块钱一车，帮我拉一下，干吧？”钱子寅摆手掏出五十块钱，递给对方。

小贩拿起钱对着太阳看了看，然后攥在手里，虽然不知道眼前这个大老板为什么会中意他的车子，但钞票肯定不是假的，“连拉带卸咋也要七十。”他说着回头看了看其他几个围在一旁的同伴。

“给你一百，走吧！”钱子寅大方地说道，然后用力拍了拍车门。

小贩笑呵呵地点头应了下来，然后从方向盘下面拽出两根电线蹭了蹭，发动机立刻传来一阵懒惰的响声，车子颠簸着蹿了一下，然后才平稳地开动起来。

在他身后，其他车辆也都发动起来，挨排跟着一顿一顿地开出小区。

小区保安没有注意到钱子寅竟然坐在驾驶室里，在他看来，这不过是哪位有钱的业主把家里的东西处理掉而已。

这就是钱子寅想要的结果。

三轮子的舒适程度远比奔驰差得远了，副驾驶的座位又窄又矮，每次遇到坑坑洼洼都会颠得钱子寅跳起来，不但如此，他还要担心车后面的东西会不会被一下子颠出去。

就这么又颠又回头的，车子很快就开出了市中心，向鲁北市偏南的地方开去。绕了几个岗亭和十字路口，车子很快在钱子寅要求的地方停了下来，然后几个人又码又拽地将麻袋从车上卸下来，按照钱子寅的要求，堆在一个普通小院的小房里。

一直到钱子寅将塑料布盖在装满了半个小房的麻袋上，他提着的心才终于放了下来，而此刻，一直在屋子里的母亲终于听到声音，在保姆的搀扶下晃悠着走了出来。

“大抢，是你吗？”钱子寅的小名叫大抢，据说是因为出生的时候差点儿死掉，医院抢救了好长时间，才算抢回条命，感念这次灾难，他就有了个“大抢”的小名。

“嗯，是我，我弟没回来啊？”钱子寅擦了擦手，走进房间，随意地找个位置坐了下来，一旁的保姆殷勤地倒了杯水给他，然后又拿了条毛巾让他擦擦。

“我带点儿资料放仓房里了，叫人别给我乱动，一会儿我拿锁头锁上。”钱子寅擦了擦身上的汗水，对母亲说道。旁边，保姆大声为母亲重复了一遍，后者这才点点头。

“你的东西谁敢乱动，你弟都不敢。”母亲因为耳朵不好，说话的声音也特别大。

“二亭这几天没回来吗？”钱子寅缓了口气问道。二亭是他弟弟，大学毕业后也开始做起买卖，成立个公司，专门将废油变成生物柴油给汽车烧，钱没见赚多少，但整天忙得脚打屁股。

粗略回忆了一下，钱子寅发觉自己和弟弟已经几个月没见过面了，几个月之前还是因为自己需要一些油料，两人才在电话里短暂沟通了几分钟。

在钱子寅的记忆里，弟弟仍然是个孩子的形象，直到那天他亲自带着车给自己送货，又亲自搬货，那比自己还要宽厚的背影，才让钱子寅惊觉，弟弟也是个成年人了。

对于弟弟干的那行，钱子寅一直持反对态度，把什么地沟油变成生物柴油给汽车烧，听着比骗子还不靠谱，他也屡次让弟弟过来帮自己，可却都被对方一口拒绝。钱子寅很清楚弟弟的倔脾气，索性也就放任自流，幸好家里的事情也不指望他，全由自己一手操办了。

“前两天来了电话，让他媳妇送了点儿东西过来。”母亲带着歉意的口吻说道，比着大儿子，二儿子回来的次数少很多，大多数也是送了东西就走。

“什么事这么忙啊？听着比我都忙！”钱子寅不满地说道，然后看了一眼保姆，“阿姨，你们的工资钱给了吗？”

“早算过了，你弟都多给一个月的了。”保姆笑着说道。

“一个月半个月的，都别算那么清楚。我妈这边都靠你们费心了，都是自家人，钱什么的就是那么回事，我们缺口吃的也不能让我妈饿着。”钱子寅说着，从口袋里掏出一万块钱，扔在桌上，“伙食费随便花，我妈爱吃什么就买什么。你们也是，别顾着省钱，亏到嘴了，我可不答应。”

钱子寅说着，看了看保姆已经胖得有点儿圆的大脸：“你看，把你们亏的，我瞅着都瘦了。”

“哪有，哪有！”保姆收了钱，态度越发地谦卑起来，忙里忙外地想要干点儿不存在的活儿显示一下自己的勤劳。

“行了，你们照顾好我妈，缺钱和我说一声。”对于母亲这边，钱子寅历来大方，虽然他也知道保姆和厨子有点儿小九九，但为了母亲高兴，也就睁一只眼闭一只眼的。

“对了，钱总，听说，你们那儿要集资上市，不知道还有没有空余，我寻思着，家里有点儿闲钱，帮着银行不如帮着咱们自己家人，况且还能换点儿利息。”就在钱子寅走出门口，刚要离开的时候，保姆追了出来，赔着小心说道。

“哦？好啊，抽时间你过去，我让会计给你登记一下。”钱子寅看着对方的样子，心里没来由地哂笑了一声，嘴上却说得随意。

“那我这两天过去，成吧？放心，老太太的事情肯定不会放下的。”保姆连忙说道。

“好吧，你抽空过去就行，到时候就说我让你过来的。”钱子寅走到门口，随手将仓房的门锁上，然后说道。

“那……谢谢钱总，谢谢钱总。”保姆点头哈腰地将钱子寅送到门口，才依依不舍地关上院门。

第九章 猢 狲

完成自己运钞大计的钱子寅，并没有回家，而是坐车到了市中心的一家酒店，订了一个房间之后，才打电话给孙雪婷。

没过几分钟，孙雪婷的宝马 MINI 就停在了酒店门口，人也急匆匆地上了楼，敲开了钱子寅的房门。

她刚一进门，钱子寅就忽然从身后将她抱住，两人亟不可待地享受了一番云雨之欢，钱子寅近日所承受的压力和恐慌在孙雪婷身上以另外一种方式得到了释放。之后，躺在床上的孙雪婷柔声细语地问钱子寅：“子寅，这两天紧要关头，你到底在忙什么啊？总是神龙见首不见尾的。”

“我忙着运钱啊。我把咱们的钱从我家里运出来了，背着老妖婆子干的。”搂着孙雪婷的钱子寅说道。钱子寅口里的老妖婆，就是自己的老婆。

“子寅，我还是有点儿担心。”听到钱子寅的话，孙雪婷忧虑地说道。

“担心什么？等我想办法把钱弄出去，到时候就是他们该担心了。”钱子寅满不在意地说着。

“问题是，咱们怎么把钱弄出去？”孙雪婷担忧地说道。

“现在最大的问题就是这个。我昨天去了省城，老郝介绍的人我看根本不行。”钱子寅的面部表情忽然由晴转阴。

“那怎么办？要不，我们还按照之前的办法？”孙雪婷半坐起来，敞开的衣襟露出年轻美好的上半身。

“去澳门？”钱子寅看着孙雪婷，一边抚摩着她的头，一边问道。

“上几次你不都是这么弄的吗？”钱子寅曾经将公司的钱套现过几次，并且通过澳门的赌场合法洗白，但前几次的金额并不大，这次数额太大，所以钱子寅之前并没有考虑通过澳门把钱洗白。

“让我考虑考虑，之前带出去的钱不算很多，这一次如果带着两个亿的现金出去，我怕根本出不去就被别人拦回来了。所以，不到最后一步我们不考虑这个。”钱子寅想了想说道。

“唉，反正我觉得你要尽快了。最近公司外面总是有陌生车辆监视着，我担心公安局已经盯上我们了，而且，马上就到下一次的兑付期了，如果下一次我们还是没有兑付给他们，一定会有人闹的。”相比于钱子寅的妻子，孙雪婷对公司的机密了解得更为详细，自然也知道济源公司现在面临的情况到了怎样的地步。

“所以，我才让你找人把晚会声势办得大一些，为的就是稳住大家的情绪，我们现在需要的是时间，在下一次兑付期前，必须把这些事情搞定，在此之前，什么事都不能出，知道吗？”钱子寅说道。

“这个我知道，我已经开始申请签证了，应该也快下来了，到时候我们一起走。”孙雪婷抓住钱子寅的手说道。

“如果钱转过去的话，你先走，我们到美国会合。”钱子寅反抓着她的手说道，语气中充满了对妻子不曾有过的深情。

“那你怎么办？”孙雪婷有点儿感动，连忙问道。

“我？他们那点儿本事想抓我，我觉得还嫩点儿。”钱子寅嘿嘿一笑，语气中充满了让孙雪婷着迷的自信。

“对了，公司集资的事情弄得怎么样了？”就在钱子寅翻身准备将孙雪婷再次压在身下的时候，他忽然想起昨天的布置。

“放出风了，但公司高层的那些人对这个兴趣不是很大，大家都知道账面上的事，所以……”孙雪婷摇摇头，“如果你同意，我想把风声放给营业部主任，他们应该会对这个有兴趣。”

营业部主任是济源公司在基层非法集资的宣传人和具体执行人，按照济源公司的规定，有能力为公司拉来资金的人，如果募集资金超过三千份，会按照总金额的 4% 的比例提成，并且提拔为营业部主任，而超过三千份以上的金额，会再给予 3% 的业务提成。

正是靠着这些人，钱子寅在短时间内，募集到了令人咋舌的金额。

按照正常的资金募集流程，这些人的募集能力很容易消化掉钱子寅需要的金额，但如果将任务下发，也意味着消息会被迅速透露出去。在这个关键时刻，到底会产生怎样的影响，钱子寅心里也没有把握。

“好吧，就这么办，但金额募集仅限营业部主任级别，不接受个人资金！”钱子寅思索良久，最终下了决心。

“那……我现在就去？”听到钱子寅的话，孙雪婷连忙坐起来说道。

“急什么，好不容易出来一趟，怎么能把时间浪费在工作上。”钱子寅说着，一把将孙雪婷拽倒在怀里，然后迫不及待地压在她身上……

孙雪婷走的时候，钱子寅仍在酣睡，在神色复杂地看了床上的钱子寅一眼后，她快速穿上衣服离开了酒店。作为钱子寅的情妇，她对钱子寅的心情却复杂得很。自从大学毕业被招募到济源公司，就一直被钱子寅留在身边工作至今，其间，虽然因为钱子寅用灌醉她的办法将她骗上床，让她至今难消芥蒂，但说句实话，这个男人给她的荣耀与富贵，也是让她着迷并至今仍然留在他身边的原因。

而钱子寅对她也是毫无保留地信任，公司里所有的事情对她都毫不隐瞒，可这也让孙雪婷了解到公司目前的状况已经到了崩溃的边缘。公司的状况已经不能再拖延下去了，是好是坏，都到了一个需要做出选择的时候。

坐到车内，思索良久的孙雪婷并没有马上开车前往公司，而是转向自己家的方向。印象中，她似乎已经很长时间没有回家了，家在她心中如同一个定义一般，虽然存在但却模糊。

车子顺着立交桥绕了一圈之后转到了一处社区，这里是已经破产的机械厂的宿舍，因为安置了大量的工人，被大家形象地称为工人新村。

孙雪婷小心地操纵着车子挤过被路边摊压缩得已经很窄小的公路，停在一处被各种杂物围拢的破旧楼房面前。楼房前，一群乘凉的人看到孙雪婷的车子到来，立刻停止了闲聊，用目光一直留意着车子从远处驶到近前。一些顽皮的小孩儿也纷纷停止淘气，有点儿好奇、有点儿怯懦地站在一旁看着，直到孙雪婷从车上下来。

“哟，是雪婷啊，今天怎么有空回来啊？你爸一直念叨着你呢。”门口坐着的不知道该称作大婶子，还是大姨的老妇女立刻对孙雪婷热络地招呼道，仿佛孙雪婷是她的家人一般。

“哦，大姨，谢谢您帮我照顾我爸。”孙雪婷矜持地笑了笑，然后小心地绕过门口那已经有点儿泛绿的冒泡的水坑，尽量让自己的普拉达皮鞋踩在还算干净的砖头上。

“什么照顾不照顾的，你可是忙大事的人。对了，前两天我可是在电视上看到你啦，上电视就是不一样，看着就漂亮很多。对了，雪婷，有对象没，要不我给你介绍一个吧，我侄子有个同学听说是政府的公务员，人好着呢，家里有车有房的，我也老早提过你……”这位大姨显然并不懂得客套和热络的区别，看到孙雪婷走过来，立刻贴了上来，嘴里絮叨得就如同失势的广播电台，虽然明知道没人在听，却仍然自顾自地广播着。

“哦，大姨，以后再说吧！”孙雪婷摆摆手，快步向家里走去，家里的门一如往常般没有锁，轻轻一推就打开了，而在身后，大姨仍然执着地跟着，一直到孙雪婷警告般地将门关上，对方才意犹未尽地转身离开。

“爸，我回来了！”房间里阴暗肮脏，一阵阵滴水的声音衬托着房间的宁静，多年未刷的墙壁上布满了不同时间的痕迹，孙雪婷甚至能看到自己在小学时画上去的数字和图画。

在里屋客厅上，摆了十几年的沙发上铺着黑褐色的白色床单，胡须凌乱的父亲正盖着不知道是被子还是衣服的一块破布呼呼酣睡着。

沙发前的茶几上，摆着几只空酒桶，即便不看，孙雪婷也知道这是门口那种几块钱一斤的劣质白酒。

随手扔掉摆着的酒桶，看了看餐盘里放着的不知道是猪身上什么部位的熟肉，孙雪婷开始收拾起房间。凌乱的东西被叠好放进柜子，地面上已经几个月没收拾的垃圾被扫在一起装进垃圾袋，坏掉的灯泡被换了一个新的，肮脏的衣服被扔进门口虽然破旧但仍然能用的大洗衣机中。可就在她准备将几只酒桶扔掉的时候，一声混沌的喊声从身后传来。

“那个别扔，还有点儿！”喊声中，父亲挣扎着坐了起来，一把夺过孙雪婷手里的酒桶，拧开瓶盖，仰起头将所剩不多的酒液倒进嘴里之后，才留恋地将桶递给孙雪婷。

“你那死妈没跟着一起回来啊？”父亲看着孙雪婷忙碌的身影，愤愤地地询问道。

妈妈已经去世一年多了，但孙雪婷并没有打算提起，她甚至连回答的意思都没有，而是不断忙碌着，尽量将肮脏的家变得干净起来。

“你们都翅膀硬了，是吧？看不起我了。行啊，工人不行了，现在就兴一张嘴，靠骗。行啊，厂子都让你们这帮耍嘴的骗破产了。告诉你们，别以为没有人治得了你们，人在做，天在看……”父亲喷着酒气絮絮叨叨地说着，而在一边，孙雪婷默默地听着。

“这是一点儿钱，给你留下，省着点儿花，水费、电费不用你操心，我都交够了。少喝点儿酒，尤其是门口卖的那种。”将最后一点儿活干完，孙雪婷擦了擦额头的汗水，打开自己的包，点了点手里的现金，犹豫了一下之后，将所有现金一股脑儿拿了出来递给父亲。

一直絮叨的父亲拿着钱忽然不说话了！

“我可能要出差，有一段日子不能回来了。你照顾好自己，有病去看，国家有政策，你们都上了医保，看病花不了多少钱的。”本想多说点儿，可孙雪婷发现，所有的话都堵在心里，想说的事情却无从查找。在顿了顿之后，她默默地收拾好东西，转身向门外走去。

“丫儿，天冷了记得多穿点儿衣服，在外面别受骗咯。”走到门口，父亲苍老的声音从背后送了出来。

门口的大姨迎着出来的孙雪婷走了过来，一直伴着她走到车旁，嘴里的溢美之词更是不歇气地喷涌出来，一直到孙雪婷关上车门，启动车子，对方才意犹未尽地回到自己之前的位置上，用羡慕、妒忌、期盼和怨恨的眼神将她送走。

拧开雨刮器，擦掉孩子们留在车窗上的痕迹，让空调用力吹干有点儿湿润的眼眶，孙雪婷忽然觉得，离开这里，也未尝不是件好事。

公司从非法集资开始到现在，所募集的资金已经到了一个天文数字的程度，但因为要偿付大量的利息，所以公司账面上的资金长期只保持在两个亿的水平。但是公司根本没有任何创造财富的能力，所以现金流只能依靠不断有人投入资金，才能偿付给前面的投资者，可最近一段时间，资金的投入量大幅下降，公司的现金流出现了断裂的危险。

按照孙雪婷的想法，如果可以出售掉公司手里那块高新产业园的土地，或许应该可以暂时应付资金问题，但钱子寅敏锐地察觉到，资金募集量的下降是源于鲁北市已经成为一只被他榨干的橙子，已经很难继续扩大募集量。这也意味着，即便应付了眼前的难关，后续投入的资金也因为无法提升的缘故而不可能应付越来越多的利息债务，公司资金链的破裂只是个时间问题。

说实话，当钱子寅提出逃跑的时候，她被吓了一跳，她从未想过自己有一天要背井离乡，背负着一个罪犯的名义在异国他乡生活。可是，孙雪婷却已经习惯了这种生活，习惯了在众人羡慕的目光中保持自己的优雅，习惯了每天如流水一般的花钱消费，当然她更恐惧的是回到曾经的生活中，回到那个幽暗、潮湿、破败的房子里，与酗酒成性的父亲一起过着暗无天日的生活。但是携款逃跑显然不是她想得那么简单，在她与钱子寅的筹划下，虽然公司的资金很快被抽调一空，但如何转出国外却是个难题。

钱肯定不能存在银行卡里，一旦被公安局掌握，这笔钱必然会被封存，不但如此，国外也需要对资金的来源做出说明。所以，如何洗白这笔钱是两人目前面临的大问题。一想到这个问题，孙雪婷也有点儿六神无主，既然走到这一步，她唯一能做的就是相信钱子寅，相信他有能力搞定这一切，而她自己，只能做好他给她分派的任务。

房间里，钱子寅一直注视着孙雪婷的车子离开，才坐回到床上。其实他刚刚一直在装睡，从孙雪婷起身到离开，他都知道。看着那个自己熟悉无比的曼妙身影迅速远去，钱子寅心里忽然有一种想要将对方拽回来温存一下的举动，但他很快就打消了这个念头。

目前最重要的是搞定那笔钱，什么时候那笔钱变成了国外账户上实实在在的数字，什么时候他才能安心地做自己的事情。想到这里，钱子寅拿起电话，再次拨通了一个号码，电话那头，一个懒洋洋的声音响起，当听到钱子寅的声音时，对方立刻精神了很多。

“我的东西什么时候能好？”钱子寅劈头盖脸地问道，“别给脸不要脸，催你好多次了，就是拖着不办，什么意思？告诉你，别把我惹烦了，否则没你好果子吃。”

电话那头，谦卑的道歉声连连响起，一直到钱子寅骂累了，对方才保证，一定会在短时间内搞定。虽然知道对方可能还是在敷衍自己，但钱子寅仍然选择暂时放过对方。他很清楚，过度逼迫对方，只能把事情越办越糟。

接连的烦心事让钱子寅的情绪有点儿烦躁，在穿好衣服之后，他检查了一下钱包里的现金，除了让孙雪婷带走的五万块之外，他手里只剩下不到四万块的现金。小周给的十万块，转眼间就剩下一半不到。

坐在床上，钱子寅再次理顺了一下头绪，首先要搞定宣传晚会的事情，只要投资者相信自己，那么公安局就无从下手；其次，将固定资产抵押贷款的事情也要一并搞定。目前能筹集多少钱就要筹集多少钱。钱越多，渡过难关的可能性就越大。钱子寅现在已经不考虑后果会怎样，他把所有的宝都压在剩下的三个月，只要他能成功把钱转出去，那么就是完胜，如果不能，那么就是完败。

这就好比赌博，在开骰盅之前，一切都是未知。想到这里，钱子寅迅速跳下床，穿上衣服，而后快步离开酒店。

孙雪婷到达公司之后，所有分公司经理级别以上的人员都已经到达会议室，看到孙雪婷出现，众人用意料之中的表情互相交换了个眼神，然后就各自低头忙碌着手机上的事情。

看到这一幕，孙雪婷很清楚，这场会又将是一个过场，虽然她名义上挂着公司副总经理的头衔，但几个分公司经理的背景却并不见得有多简单。

无论是一分公司的徐家斌，还是其他公司的一把手，背后都站着一位甚至几位领导。她的话如果没有钱子寅点头首肯，没人会去执行。想到这一点，孙雪婷也只能将之前的想法藏到心里，随手拿出一份拟定好的稿子照着念起来。

“孙总，钱总什么时候回来？”就在孙雪婷准备交代众人要办好晚会的时候，三公司的负责人刘海玲说道。

“钱总目前在香港，办理公司上市的事情出了点儿麻烦，所以可能要晚一点儿。”刘海玲的背景不简单，钱子寅曾经提醒过她，刘海玲是领导亲自介绍过来的人，怠慢不得。

“我公司那里需要一笔资金，有部分用户需要退出，已经来找过我几次了。这事恐怕需要钱总亲自解决。”刘海玲直截了当地说道。

她的话立刻吸引了所有人的注意力，在听完刘海玲的发言之后，其他几个分公司的经理也纷纷表示，他们也遭遇到同样的情况。

“你们把大致需要的资金情况统计一下告诉我，我会向钱总汇报的。”孙雪婷很清楚他们到底想干什么。目前来看，分公司的资金募集尚未停止，日常的维持费用也是由后来断断续续加入的资金来解决的，如果只是小部分的资金退出，他们完全可以自己解决，而能让他们在会议上提出的，恐怕也只有他们自己投入的资金。

“钱总什么时候回来？”刘海玲并不买账，再次问道。

“钱总不回来，工作就不做了吗？”孙雪婷有点儿愤怒了，直接反问道。

“那你说呢？如果你能给我筹集一百万，我就不找钱总了。”刘海玲冷笑着说道。

“目前公司就这个情况，你不接受我也没办法。”既然已经到了这个地步，孙雪婷索性放开了说道。

“哼，这是你说的，到时候可别怪我。”刘海玲猛地起身，快步走出会议室，随手重重甩上大门。

“这个刘姐，可真是的，都是为了公司，我去劝劝她。”四分公司的经理说着，连忙起身追去，在他的带领下，其他几个人也纷纷离开，转眼间，会议室里的人就走了个七七八八。

“孙总，钱总到底什么时候回来？”当会议室里只剩下徐家斌时，后者低声询问道。

“应该快了吧。”孙雪婷调整了下情绪，平静地说道。

“孙总，有个事情想和你说一下，我爸想让我把钱抽回去一些，家里急用，你能想点儿办法吗？”徐家斌欲言又止地说道。

“这个……只能等钱总回来决定了。”孙雪婷对徐家斌的好感瞬间荡然无存，在回了一句之后，起身快步离开会议室。

“孙总，孙总，这事咱们可得谈谈。我爸可是徐区长，你知道徐区长吗？”见孙雪婷离开，徐家斌快步追了出去。

第十章　造　势

钱子寅的电话快被打爆了，虽然他在电话里几次向对方保证，一定会在回去的时候解决，但对方仍然在发泄了一通之后，丢下几句狠话。

为了能让耳朵清静下来，钱子寅索性关了电话，然后为自己买了一张新电话卡，又把号码发给了孙雪婷、妻子等几个有限的人。可是没过几分钟，电话再次响起，这一次是领导的电话。

“事情怎么样了？”领导的开场白仍然是千篇一律的温和。但钱子寅很清楚，这只是个骗人的假象。

“还行，能应付过去。”钱子寅胡乱地回答了一句，并且在思索着到底是谁将自己的新号码告诉给了领导。

“小孙和我说了你们要办晚会的事，还说了你要贷款的事。贷款的事我觉得可以搞，但晚会的事是不是有点儿过了？”领导继续温和地问道，言外之意是想让钱子寅低调一点儿。

“这个是早就定好的事情，今年本来就想办公司周年庆典，所以合计了一下就一块办了。”现在还没离开鲁北，所以钱子寅觉得暂时不能得罪领导。

“哦，关于钱的事情，你要费心。刘海玲这个人，有点儿肤浅，什么事情都喜欢拿捏个把柄和人家谈，这点我很不喜欢。不过，她的那点儿钱，你也要费点儿心，不行的话，就先抽调一部分，起码别让她总是闹我。”领导沉吟了片刻说道。

领导和刘海玲的关系，钱子寅是知道的，一个农村妇女在招待所当了一年的服务员，因为被领导看上，结果就被安排到了现在这个位置。可惜，即便她长得漂亮，但骨子里仍然是没有文化只懂得撒泼的农村妇女。

“要不这样吧？我把车抵押给银行了，贷款应该会在最近一段时间下来，您要是着急，这笔钱……”钱子寅当然不会便宜了小周，虽然他给自己开了几年的车，算是个值得信任的人，但也仅此而已，不值得给他那么大的便宜，倒是在几年的时间里，钱子寅数次发现他偷偷开车出婚车，赚些小聪明的外快，这才是钱子寅不能容忍的事情。所以早在和小周说了之前，车子已经抵押给了银行，手续和行驶证副本都在银行手里。小周的十万块钱不过是偿还给自己的赔偿罢了。

“这样也好。对了，最近你要警惕一些，公安局那边已经开始对你进行前期摸排了，还有，电话号码如果再换的话，记得提前知会我一声。”领导满意地挂断了电话，只留给钱子寅长久的思索。

“小婷，你去买两个新手机，用别人的身份证办卡，到时候给我一个，我们俩以后用这个单独联系。”在思索良久后，钱子寅拿起电话给孙雪婷发了一段微信。

对于孙雪婷，钱子寅还是信任的，这个从还是懵懂的大学毕业生时就被自己骗到手的女孩儿，在被金钱和情爱喂得膘肥体壮的同时，也失去了重新走出圈养的勇气，所以对于钱子寅来说，能透露电话号码的人，绝对不会是她。那除了她以外，母亲和弟弟也绝对不会是这种人，相比之下，妻子却是那种可以在领导几句状似严重的话语中和盘托出一切的毫无城府的笨蛋，想到这一点，钱子寅就有些头疼。

他现在已经不能回公司了，因为谁也不清楚事情到什么时候会忽然爆发，万一自己被扣住，那么想脱身就难于登天，幸好孙雪婷值得信任，可以依靠她遥控指挥公司的运营情况。一想到孙雪婷，钱子寅小腹就有点儿燥热的感觉，但这种感觉很快就被面临的问题吹得烟消云散。

母亲家的仓房里还有那一大笔现金需要他搞定，把它们换成可以带到国外的资产，才是钱子寅目前最需要做的事。想到这点，他加快脚步向机场走去。

看着趴在桌子上浅浅睡去的唐欣恬，林峰悄悄将自己的衣服盖在对方身上，可轻柔的举动却将她惊醒，看到林峰站在身边，唐欣恬赧然一笑，胡乱整理了一下有点儿蓬乱的头发，然后坐了起来。

“怎么样？都查清楚了吗？”看着仍然在桌边忙碌计算的其他人，她小声问道。

“嗯，差不多了，济源公司四个分公司的账目已经理顺清楚，你之前的猜测是正确的，他们围绕产业园设立的四家分公司实际上就是负责将现金转出来的皮包公司，我们重点查阅了他们的账目，发现每一笔钱从总公司划拨下来之后，就会在四个分公司的账面上频繁流动，每一次流动都会以各种名目减少10%左右，在几次流动后，划拨款就会被消化提现，然后再等待下一步款项到达。因为资料不充足，我们粗略估计了一下，四个分公司在短短一年的时间里，经手操作提取的现金超过五千万。”林峰拿起一份已经拟出来的报表递给唐欣恬，后者看着下面那一串串触目惊心的“0”，表情也变得严肃起来。

“我觉得，现在可以落实一部分现金的流向了，五千万的现金，必然涉及报表、发票，以及库存等。任何一部分落实下来，都可以证明他们公司的账目和经营有问题。”唐欣恬放下手里的报表说道，“另外，你还需要注意，这些现金如何转化为可以在国外承认的财产也是个大问题，如果我没猜错的话，钱子寅目前应该就是要搞定这点，他需要通过某种手段，把钱合法地转到国外。”

“小陈，立刻派人联络机场和火车站，查清楚以钱子寅身份证或护照购买的火车票、飞机票的情况。”林峰点点头，立刻回身向小陈命令道。

“林峰，你有没有考虑过，如果仅仅只是四个分公司的账目，就清理出五千万的现金，那么，八个分公司，他的现金量绝对不会少于一个亿。这么大一笔现金，他藏在哪里，又需要靠什么办法把他们洗白？”看着小陈快步走出办公室，唐欣恬再次开口道。

“我们向本市所有的银行和信用合作社等金融机构发了通告，相信他不会通过本市金融机构做这件事。我担心他一定会将现金运到其他地方，交由某些地下钱庄或者是其他什么专门机构搞定。”林峰点点头说道。

“对了，我听你之前说，钱子寅去了香港？如果他真的去了香港，那他会不会直接转到澳门，然后通过赌场玩一次偷龙转凤？”唐欣恬忽然醒悟过来说道。

“你的意思是，他带着大笔现金到赌场？然后……”

“然后换成筹码，再换回来，冒充自己赢得的赌资，由赌场开具一张支票，到时候他只需要随便在哪个国家开立一个户头就可以从容将资金转到国外了。”唐欣恬解释道。

“妈的，够狡猾的！快快，联络口岸，把关于钱子寅的资料发过去，让他们重点关照携带大量现金过口岸的人。”林峰一边说着，一边抓过电话扔给下属，“超过一千万，不，超过一百万就通知我们，务必不能让钱子寅钻这个空子。”

交代完这件事，林峰一脸感激地看着唐欣恬：“这次要谢谢你了，小唐！要不是你提醒，我恐怕就忽略了。要不这样，反正咱们都没吃饭呢，我们去吃个早饭吧，算我谢谢你。”

“不用了，一会儿我家里人过来接我。今天家里有事情，我要早点儿回去。要不，改天吧？”唐欣恬微笑着摆手拒绝道。或许是印证她的话一般，包里的手机恰在此时也响了起来，唐欣恬掏出手机看了一眼，匆忙向外走去，“那我们过两天再见！”

“好，好，再见！记得改天……改天你可不能推辞了。”林峰连忙答应下来，一直送到门口，笑吟吟地回到办公室。

“头儿，钱子寅的协查昨天晚上就发到火车站和机场了，而且口岸的事情，你前天就交代了，现在又交代一次，人家会不会烦啊？”一直到林峰笑着回来，一旁的同事才低声抱怨道。

“哦，你看，是我糊涂了，你们做得很对啊，提醒了我。”林峰随口敷衍了一句。

“得了吧，你就是捧人家唐老师呢，人家说的啥事，你都一口应承下来。”身后，小陈端着饭盒走进办公室，在放下热饭盒后，摸着耳垂说道。

“你看你们，想邪恶了吧，我这叫不打消人家工作的积极性。你说，人家一个女人，和咱们一帮大老爷们儿、女汉子在一起熬夜，不要一分钱加班费，这是什么精神，这就是雷锋精神，懂吗？”林峰装作不高兴的样子说道。

“头儿，你这么说我们就不爱听了。什么女汉子？我们可不是女汉子啊。”立刻有女同事不高兴地说道。

“徒手抓小偷儿，穿高跟鞋追人家两百多米，你不是女汉子？你都快成女超人了。告诉你，别在屋里乱飞，咱屋顶矮。”因为查清楚了济源公司现金提取的方式，林峰此刻特别高兴，玩笑话一句接一句地从嘴里冒出来。

“行了，我看都别高兴得太早，我可看到人家唐老师的老公了，巨帅。”站在窗口的小陈忽然指着楼下一辆停在门口的越野吉普，上面下来一个身材欣长的男生，正帮着唐欣恬将背包放进车里。

“哎，长腿欧巴！快，快来看！”喊声中，几个女汉子飞也似的越过桌子，挤在窗口看着。

“再帅还能有你们科长我帅？我还就不信了。”林峰不高兴地说道。

“头儿，说归说，别犯错误啊，第三者插足可不是你的风格。”小陈连忙凑过来提醒道。

“小孩子家家的，你懂什么叫第三者，一边儿去。”林峰打开饭盒，一股热气扑面而来，就在他准备开动的时候，门口忽然传来敲门声。

“你找谁？”林峰抬头看了一眼，门口站着一个陌生面孔。

“林科长，是吗？我们是济源公司公关部的，公司董事长让我将这些晚会门票给你们送来，并诚挚地邀请你们莅临《相约济源》晚会现场。”对方说着，恭谨地将一叠晚会门票交给林峰。

“人家找上门来了，你们怎么看啊？”还没等林峰答应，门口再次传来一个声音，林峰抬头，发现刘局不知什么时候也来到办公室门口，手里也拿着一叠请柬。

“你们搞的声势挺大啊？”林峰接过请柬，发现上面事无巨细，罗列了经侦科的每一个人。

“这是我们董事长的意思，他说各位劳苦功高，为市内良好的治安奉献了青春和热血，理应慰问，理应慰问。”送请柬的年轻人忐忑地看着众人，嘴里语无伦次地说道。

“话带到了，你回去吧。”林峰点点头，友善地拍了拍他的肩膀说道。听到他的话，年轻人如蒙大赦地离开，很快消失在大家的视线中。

“你们怎么看啊？”刘局将手里的请柬放在桌子上，看着众人说道。

“要我说，钱子寅这就是赤裸裸地宣战，他以为我们不能把他们怎么样了。”小陈气愤地说道。

“我看可没那么简单，这小子不会无的放矢的。你们说，他会不会有什么别的安排啊？”林峰摇摇头看着众人说道。

“能有什么安排，参加个晚会，估计就是为了炫耀一下他们公司有钱，安一安集资者的心。”有人猜测道。

“一方面，只是一方面，不过不管他是示威还是造势，我们肯定要去见识一下！”林峰说着看向众人。

“怎么，你要去？”林峰的话，让刘局有点儿意外。

“肯定去啊，现场把那些公司高层认个清楚，以后抓着方便。另外，大家工作这么多日子了，放松休息一下也是应该的。”林峰扬了扬手里的请柬和门票对大家说道。

“你小子！”刘局似乎明白了林峰的意思，笑着说道，“既然这么说，那我也跟着去看看。”

孙雪婷这几天有点儿忙，除了将募集资金的事情告诉了营业部主任之外，还负责联系演艺公司和邀请鲁北市的各个领导。连续几天的忙碌，让她忽然发觉，自己已经好长时间没给钱子寅打电话了，甚至包括他让她买的手机也没时间给他送去。犹豫了好一阵，她随手拨通了钱子寅的电话，电话在响了好半天之后，才接通。

“怎么了？”钱子寅直接开口问道。

“没什么，就是想你了。”孙雪婷觉得自己说的是实话，钱子寅听到她的话，沉默好一阵。

“公司的事情办得怎么样了？”钱子寅问道。

“都准备差不多了，唯一不好办的事情还是钱，营业部主任们把集资的事情都接下来了，但钱一直没到，演艺公司那边还在催尾款。”孙雪婷想了想说道。

“我车抵押的钱到没到，到了的话，先给演艺公司。至于刘海玲那里，可以先拖她一阵。”钱子寅思索片刻后交代道。

“那领导那边问的话，我要怎么说？”孙雪婷反问道。刘海玲身兼财务部的副职，有些事情想瞒过她不是太容易。

“这事你和我们家老妖婆商量，就说我说的，让她照着办就行。”钱子寅安排道。

“对了，你什么时候回来？”孙雪婷问道。

“这几天吧，你有事吗？”钱子寅问道。

“嗯，给咱俩买的电话在我这里呢。我申请的情侣号，什么时候见面给你带过去？”孙雪婷找了个借口。

“我尽快。还有，那件事一定要办好，千万不能出纰漏。”钱子寅忽然想起什么，立刻提醒道。

“放心，都按照你说的办了，一起进行，不会有问题的。”孙雪婷期望钱子寅能说点儿关心她的话，但对方终究还是没说什么，就挂断了电话。

随着时间逐步临近，《相约济源》文艺晚会已经进入到最后的倒计时。几天来，无论是报纸媒体还是电视网络，各种宣传更是扑面而来。一时间，济源公司再次成为媒体的焦点，各种正面宣传也铺天盖地地充斥着人们的眼球。

街头巷尾，每个人都在谈论着济源公司的事情，无论是公司领导人的风流韵事，还是从报纸上摘抄下来的公司未来的发展，再到一些只能偷偷议论的股息和利息。似乎所有人都自觉不自觉地将济源公司拉入到了自己的生活之中。但唯一没有被人谈到的就是那个在半个月前从济源公司楼顶上跳下去的那名老人，她曾经将钱子寅的另外一辆座驾砸得至今仍躺在修车厂里。所有人在提到济源公司的时候，都自觉不自觉地将这个话题遗忘或是绕过去，仿佛它根本就不存在或者说与自己毫无关系一般。

就在人们的议论和期盼中，《相约济源》文艺晚会终于如约开始，而它的举行，也瞬间将济源公司的声势推上了一个新的高峰。

晚会还没开始，林峰就早早地到了体育场。不得不说，济源公司给他们安排的座位确实不错，靠近会场，座位也很舒适。

前方，会场中心的舞台上，人员正忙碌地准备着；观众席上，时不时会有人因为看到某些熟悉的明星而禁不住尖叫起来。嘈杂的环境中，只有一个人背对着会场中心，面向入口处观望着。

为了参加晚会，一直不修边幅的林峰特意换了一身新衣服，这让总习惯穿着警服的他显露出迥异于以往的气质。

手里拿着饮料和小吃，林峰却并没有坐在自己的位置，而是一直站在通道里左顾右盼，一直到场内的观众进得差不多了，他才从人群中看到唐欣恬款款而来。

原本一直以银行职业装示人的唐欣恬这一次换了一身套装，虽然相比她的气质仍显古板，却多了一些以往不曾有的欢欣和开朗。

看到林峰，唐欣恬招了招手，快步走过来，然后在林峰的带领下，来到座位上坐下。

“听你说要来这里，我还真吓了一跳。”刚坐到座位上，唐欣恬就好奇地说道。

“你怕我当场抓了钱子寅？”林峰将饮料递给对方，然后说道。

“不是，我怕你忽然出什么幺蛾子。”唐欣恬摇摇头，忽然笑着说道。

“得，合作这么多次了，原来我在你心里就这个印象啊！”林峰故意感叹了一声，然后将手里的零食递给唐欣恬。

后者笑着接过，安静地看向前方的舞台。

在短暂的等待后，舞台的灯光逐渐暗淡下来，喧闹的观众席也随之一静。

看到主持人登台，林峰忽然想起什么，连忙从包里拿出一副望远镜递给唐欣恬。

“这是干什么？”唐欣恬好奇地接过望远镜问道。

“好不容易看到活的明星了，肯定要看仔细咯。”林峰笑着说道。

“唉，你啊。”唐欣恬举起望远镜，好奇地放在眼前四下张望了一圈。

“怎么样，活的明星看着是不是和电视里不一样？”看着唐欣恬拿起望远镜，林峰在一旁打趣道。

“灯光这么昏暗，怎么会看清楚？”唐欣恬笑着说道，微微转动着望远镜，“哎？”

在发出一声疑问之后，唐欣恬忽然将望远镜转向另外一个方向仔细看起来。

“怎么了？”林峰好奇地问道。

“奇怪，他们怎么来了？”唐欣恬的自言自语没逃过林峰的耳朵，后者立刻转头看向她。

“熟人？”林峰问道。

“不是，只是在省里培训的时候见过，鲁南市的地方银行行长，他怎么在这儿？”唐欣恬奇怪地说道。

“鲁南？济源公司和他们银行有业务往来吗？”林峰敏锐地察觉到了什么，立刻追问道。

“没听说啊，而且我调取的资料也没有显示两者有什么联系。”唐欣恬疑惑地摇摇头。

唐欣恬的话让林峰心中一动，忽然转头看向她。

“唐儿，你有兴趣和我赴个约会吗？”

“约会？你怎么会……”唐欣恬被问得一愣。

“走，我们跟过去看看，他们到底想要干什么。我怀疑，这里面肯定有事儿。”林峰说着抬头看向前方，眯缝着眼说道。

“你是说……跟踪他们？”唐欣恬有点儿惊讶地问道。

“算是吧，但可不算加班。”林峰点头说道。

“好吧！”犹豫了一下，唐欣恬下决心一样地点了点头。

第十一章 搅 局

当场上所有人的目光都聚焦在《相约济源》的晚会现场时，作为公司的副总裁，孙雪婷却忙碌地招呼着一群重要的客人从现场离开。

看着会场中心逐一登台的名人，众人虽然目光依依不舍，但也只能客随主便，快步向出口走去。

“实在是招呼不周啊，但钱总的行程安排得很满，所以也只能在这个时候与大家见面了，抱歉，抱歉！”孙雪婷一边道歉，一边带着众人来到会场门口，坐上停在门口的丰田考斯特。

“你们钱总还真是大忙人，也不知道有什么事能比晚会这么大的事情还忙啊？”感受着领导人的待遇，让几个人心中原本的不满多少平息了一些，但想到失去可以看到明星的机会，仍然有人不无抱怨地说道。

“其实钱总对各位的到来很重视，但时间上实在是冲突，所以只好怠慢了。”孙雪婷坐在副驾驶的位置上，一边指挥着司机，一边面带歉意地说道。

“哎，看来总裁的世界我们不懂啊。”说话那人打了个哈哈，转头看向窗外。

车子在孙雪婷的指挥下，很快到达了鲁北最高级的餐厅，门口早有门卫指挥着车子进入地下车库，当众人从车库的电梯来到钱子寅预定的餐厅时，原本的不满瞬间消弭无形。

“不好意思，怠慢，怠慢啊！”钱子寅站在只能用奢华形容的餐厅正中，伸出双手热情地握住走在最前面客人的双手，力道适中地摇了摇，“不知道郑行长您亲自驾到，有失远迎，罪过，罪过！”钱子寅一边说着，一边拉着对方缓步向前走着，随着两人向前，餐厅一侧的钢琴师的手指也轻轻敲打出连串的音符，原本空旷的瞬间因为音乐而变得高雅起来。

之前还因为钱子寅的安排而有点儿不满的大家，都因这气场而闭上嘴巴，只用眼睛四下张望着，试图为心中的疑惑找到答案。

带着众人走到餐厅唯一的一张桌子前，孙雪婷如同女主人一般将众人带入座位，然后又殷勤地招呼着，将早已经准备妥当的菜肴逐一摆在桌上。

自始至终，钱子寅的目光都没有离开过身边的郑行长，仿佛对孙雪婷的安排视而不见一般，任其为之。

“郑行长，太抱歉了，刚刚从香港飞回来，本来想抽出几天和您好好聚聚，但那边又出了状况，所以，今晚的航班还要飞回去。”钱子寅一脸歉意地对身边的郑行长说道，而孙雪婷也适时地将一张行程单小心地放在钱子寅旁边。

“这个……工作就是这样的，总是身不由己啊。”郑行长模棱两可地回答了一句，然后目光在整个餐厅巡了一圈，“不过，钱总，这个就有点儿太破费了，而且这场面是不是太……”虽然没有说下去，但钱子寅很清楚对方担心的是什么，于是莞尔一笑。

“自己家的产业，破费说不上，要说也只能说是任性！”钱子寅笑着说道，“不过任性也要注意影响，这里好就好在虽然僻静但不偏僻，取的是闹中取静的意思。当然，现在流行低调，所以，为了避免麻烦，今天就暂停一天的营业，专门招待我们的贵客。”钱子寅说到这里，端起早已经准备好的红酒，向众人遥遥致意，随后潇洒地一饮而尽。

身边的孙雪婷就这么坐在那里看着，虽然她很清楚，钱子寅打从开头所说的话，就没有一句是真的，餐厅不是什么自家产业，至于所谓低调和闹中取静，只要钱给得够多，餐厅想要多清静就能多清静。孙雪婷自然不会拆穿这些，她只是静静地坐在一旁，像一幅画一样，看着这帮家伙畅所欲言地大吃大喝。

钱子寅自始至终都笑呵呵的，时不时招呼着众人喝酒，每个人的每句话都会及时得到他的响应。在场的十多个人，每个人都没有被怠慢的感觉，在音乐和美食的映衬下，更是找到了一丝丝高人一等的滋味。

这就是钱子寅想要的感觉。对于钱子寅来说，人最需要的不是吃饱穿暖，更不是现金美元，而是人的尊重和认同。从某种意义上来说，尊重是最不值钱，也是最值钱的，尤其对于那些需要他的人来说，当你给予他们足够的尊重之后，会得到千百倍你需要的回报。

当然，这只是对付普通人的方法，对于身边的这位行长，钱子寅觉得，这种人的价值观里，钱比脸重要。

钱子寅对孙雪婷使了个眼色，后者知趣地起身向众人逐一敬酒，借着孙雪婷吸引众人目光的时候，钱子寅向郑行长礼貌地做了一个"请"的手势，带着他坐到一旁。

"郑行长，虽然接触时间不长，我觉得我这个人您也应该了解了，直爽是我的性格，咱们的事情我就直截了当一把，贷款如果批下来，我给您10%。"钱子寅殷勤地将手里已经剪好的雪茄递给对方，又用燃灯替对方点燃，忽然直截了当地说道。

钱子寅的直截了当吓了对方一跳，虽然钱子寅很清楚，自己开了个好头，如果时间充裕的话，一点点的浸润，事情的成功率会很高，但现在的问题是，他没时间。

在对方一口口吸着雪茄思考着他的话时，钱子寅的目光落在仍坐在桌旁的众人身上——孙雪婷蝴蝶一样在众人之间翻飞着，巧笑倩兮，美目盼兮，极好地适应了女主人这个职位。与她的外表一样，完美得让人无可挑剔。

与唐欣恬柔顺外表不相称的是，她开车时无论是动作还是速度都有着让林峰吃惊的果敢和利落。这让他们虽然晚走了好一会儿，仍然追着前面的丰田一前一后到了餐厅。不过在进入大门的时候，两人却被保安拦住，无论两人找什么借口，对方给出的答案只有一个，餐厅被人包场了。

“手笔不小啊！”站在楼下，林峰抬头看着顶层灯火通明的餐厅，摇头感叹道。

“是啊，你想怎么办？”唐欣恬抬头看了看，然后回头看向林峰。

“犯法的事情不能做的。”林峰说着，拉起唐欣恬的手，快步向楼侧走去，感受着林峰手里的温暖，唐欣恬犹豫了一下，顺从了对方拉着自己的举动。

作为公安干警，林峰受过很专业的相关训练，在他的带领下，两人很快就找到了大厦的另一处入口。在看了看坐在保安室里的保安一眼，趁着对方回头的刹那，林峰抓着唐欣恬大步流星地走了进去。

唐欣恬的心都要吓得跳出来了，但让她惊讶的是，或许是林峰掌握的时机很好，对方竟然真的没发现他们两人。

一直到两人大摇大摆地走到电梯旁边，钻进电梯，那名保安仍然自顾自地忙着什么。

“呼，吓死我了。”电梯门刚一关上，唐欣恬就长出了口气，抚着胸口说道。

“怕什么，被发现也就是被撵出来而已，后果可以接受。”林峰看着她说道。

“你们的工作是不是都是这么刺激啊？”唐欣恬笑了笑，好奇地问道。

“哪有，都认为我们跟电影里似的，整天打打杀杀，其实都是扯淡，大部分时间就是看卷宗，要不就是排查，真到抓人的时候，案子基本上已经水落石出了。”林峰笑着说道。

“那像今天这样……”

“这不是为了让你记忆深刻吗？”两人说话的时候，电梯已经到达预定的楼层，在跨出电梯门的刹那，林峰依稀听到旁边另一部电梯的门刚刚关上，他心中有种本能想要追下去的欲望，但迎面走来的两个人，却让林峰被迫拉着唐欣恬藏在一旁的角落里。

“你觉得这顿饭一共得花多少钱？”两人中的一人开口说道。

“起码要个几万块的。”另外一个人说道。

“不过我看郑行长的样子好像不太高兴，而且那个钱总这么早就走了，是不是有点儿过分啊？”

“神仙打架的事情就不是你我该操心的了。”

两人边说边走，身影很快就在拐角消失，但听到两人的话，林峰整个人一愣，此刻他脑子里只有三个字：钱子寅！

钱子寅不是去香港了吗？怎么会在这里？

林峰慌忙跑到电梯旁边，上面的数字已经到了负一层，如果离开的真是钱子寅，现在他追出去恐怕也已经晚了。

“走，我们过去看看。”林峰很好奇钱子寅为什么会在这个时候出现在这里，充满疑虑的他索性拉起唐欣恬向餐厅大门走去。

林峰的大胆让唐欣恬有点儿担心，但仍然任由对方拉着走进餐厅。

出人意料的是没人阻拦两人，或许是服务员没有认清。林峰带着唐欣恬就这么径自走到餐桌旁边坐了下来。餐桌上，主位上坐着一个不高的胖子，主陪的位置空着，孙雪婷坐在主位另外一侧，正殷勤地替对方倒酒。看到林峰的出现，双方都是一愣，但都矜持地以为是对方的人而没有说话。

林峰绅士地将唐欣恬让入座位，自己则随意拿起筷子，在一只盘子里拨弄了一下。

“呦呵！熊掌！蜜饯的，正经做法是蜂蜜糟上半年，然后上锅清蒸半个小时，最后淋上老汤调的汁！”林峰说着，大大咧咧地将熊掌翻了个个儿。

“您很懂行啊！”一旁，有人立刻赞叹道。

“什么懂行啊，你知道什么我就懂行啊。”林峰白了对方一眼，一顿抢白，让对方翻着白眼转过头去。

“这个是辽参。小唐，你知道吧，辽参的做法火候是关键，快了腥味大，慢了参就化了，所以，无论如何要掌握好火候。”林峰伸出筷子在盘子里翻了两下，目光又看向另外一道菜。

“龙虾三吃，一半生吃，一半盐焗，剩下的熬一个龙虾粥。”林峰用筷子嫌恶地翻了翻，然后一把扔掉筷子。

“要说……这真不错，但小唐你知道吧，熊掌这个东西，太脏了！熊是什么？熊就是动物，它拿那个掌整天在林子里这里抠一下，那里挠一下，偶尔要是便秘了，也指望这只熊掌，就这么使劲儿往里一抠……”林峰说到这里，双手生动地比画着，在座众人脸上同时露出一副恶心的表情。

“要说……还是吃辽参好，这个东西就不错，整天在沙子里一趴，吃点儿微生物什么的，就算有危险，它也只是把肠子什么的从后面一喷，哗！”林峰再次生动地比画起来，有几个人在他的形容下，已经将手里的筷子一把扔下。

“其实，最残忍的就是这个龙虾了，你们知道吧，龙虾出水的时候是活着的，厨师就这么残忍地把它切开，然后龙虾的头还活着的时候，就当着它的面把它的肉一片片地切掉，你想想，如果是咱们人的话会怎样……”

“啪！”林峰的话终于让郑行长一脸不满地将筷子拍在桌子上，“小孙，你们的人是怎么回事？”

“我们的人？不是我们的人。”孙雪婷愕然摇头。

“你是什么人？”听到孙雪婷的话，郑行长立刻大声质问道，“服务员，你们怎么随便把陌生人放进来？”

听到呼喊，几名服务员匆忙跑过来，见众人围拢上来，林峰微微一笑，扔掉手里的筷子站起身，从口袋里掏出自己的证件在众人面前晃了晃。

“鲁北市公安局经济侦查科科长，林峰。孙经理，我现在想找你了解一下关于济源公司非法集资的事情，请您配合我调查一下。”林峰的话让场面忽然一静，所有人都自觉不自觉地看向孙雪婷。

“胡闹，简直是胡闹！”郑行长霍然起身。

“胡闹？那个谁，你知道吗？你刚才吃的熊掌是野生动物，吃野生动物不是胡闹，是犯法。”林峰的话，终于让唐欣恬“扑哧”一声笑了出来。而在她对面，孙雪婷一脸惨白地坐在那里一动不动。

“你既然是经侦科的，那吃野生动物也不归你管吧？”郑行长冷冷地看着林峰说道。

“人民群众有权举报你们。”林峰嘿嘿笑着说道。

“哼！”郑行长冷哼了一声，一摆手，率先向门口走去，其他人也如梦初醒，纷纷跟着郑行长快步离开餐厅。

原本热闹的餐桌前很快就只剩下林峰、唐欣恬和孙雪婷三人，见此情景，达到目的的林峰微笑着坐到孙雪婷面前。

“孙总，麻烦您告诉钱子寅，他唯一的退路就是把钱一分不差地给我退回来。”林峰说到这里，笑容忽然收敛，随后起身与唐欣恬向门口走去。

一直到所有人离开，孙雪婷才忽然醒悟过来，在茫然地看了看四周之后，向一旁的服务员招了招手：“结账！”

第十二章 愚 昧

钱子寅是在之后没多久接到孙雪婷的电话才知道林峰所做的一切的，这让他异常愤怒。

林峰为什么会出现？发泄愤怒过后的钱子寅开始思考这个问题，他不相信对方是碰巧，可问题是，他又丝毫找不到理由来证明对方早有预谋。

但不管怎么说，事情因为林峰的出现而被破坏掉了，钱子寅想依靠固定资产再捞一笔的打算彻底破灭。

“这个该死的家伙。”钱子寅想到这里重重地一拳捶在身边的沙发上。

就在钱子寅筹划着要不要教训一下这个林峰的时候，身边的电话忽然响起，屏幕上的号码有点儿陌生，这让钱子寅有点儿犹豫，不过在思索片刻之后，他仍然接通了电话。

“喂，钱总吗？是我！”声音听着很熟悉，钱子寅一下子就判断出对方的身份，原本愤怒的面孔立刻变成暴怒。

“你还好意思给我打电话？妈的，我让你办的事到现在也不办。告诉你，你的那点儿事情我全知道，如果你不想帮我解决问题，小心到时候我……”钱子寅毫不避讳地威胁道，不过还没等他说完，对方就用殷勤的劝说打断了他的咒骂。

“钱总，钱总，您听我说，我给您打电话就是说这个问题的。您那事，我已经解决了。”对方赔着小心说道。

“什么？办下来了？你可别开玩笑，告诉你，我现在最讨厌的就是别人和我开玩笑。”钱子寅平息了一下情绪，疑惑地问道。

“我怎么能跟您开玩笑呢！要不，您告诉我您住哪儿，我给您送过去。”对方小心地说道。

钱子寅刚要答应，但话到嘴边又停了下来。

“不用，我给你个地址，你让快递送过来就行。”现在是非常时刻，钱子寅觉得有些事情小心一点儿不算过分。

“成，听您的，您把地址告诉我。”对方立刻答应下来。

告诉完对方地址，钱子寅挂断了电话，原本阴郁的心情因为这突如其来的好消息而变好了不少。不过一想到随后要解决的问题，他不由得再次皱起眉头，钱洗白的事情到现在也没有头绪，这对钱子寅来说是头等大事，他心里暗下决定，等东西一旦到手，说什么也要去澳门看看。

林峰的好心情一直保持到第二天早上，对他来说，搅黄了钱子寅的把戏要比看一场演出更有收获，尤其当他想到钱子寅气急败坏的样子时，心情就越发轻松起来。可惜，他的好心情只保持到了上班之前，从他的脚跨入办公室大门的那一刻起，好心情就被一个坏消息瞬间驱散。

是的，一个巨大的坏消息。

办公室里，等待林峰的不止同事，还有意料之外的唐欣恬。看到他的到来，众人立刻聚拢上来，但却没有说话，唐欣恬则在叹了口气之后，将一份资料递到他的手上。

“这是怎么了？”林峰看着众人，好奇地反问道。同事伸手打开资料，在看了一眼之后，林峰的脸色立刻一变。

“这是什么时候发生的事？”林峰抬头问道。

“就在刚刚，我得到消息之后，第一时间赶来了。”唐欣恬看着他说道。

“一共多少？”林峰一边说着，一边寻找着。

“目前的资金流显示，至少四百万，而且还在增加。”唐欣恬说道。

“笨蛋，他们怎么就那么糊涂。”林峰重重地将资料摔在桌子上，愤怒地大吼道。

“这也是我们谁都没料到的事情，昨晚的晚会开得很成功，于是很多群众在口耳相传下，都选择入股济源公司。据说，济源公司适时推出一个新的投资项目，月利五分，统一兑付。”一旁，小陈走过来看着林峰小声说道。

“月利五分，统一兑付，钱子寅这是想最后抽一把就走啊。”林峰恨恨地说道，事情的发展出乎了他的预料，他没有想到昨晚的晚会竟然会有如此效果，原本心中让钱子寅吃瘪的愉快心情荡然无存。

“不行，不能就这么让他得逞。小陈，组织人，我们去钱子寅的一分公司。”林峰说着，霍然起身向外走去。

身后，听到林峰的话，小陈连忙跟了上去，一旁的唐欣恬犹豫了一下，也快步追了上去。

先期的调查早已经锁定了负责济源公司资金募集的是徐家斌负责的一分公司，林峰在坐上车之后，径自向一分公司所在的方向开去。可让他没想到的是，车子在距离一分公司还有几百米的地方，就开不动了。原因是在公司大门口，无数人已经将街道两侧都堵得满满登登。

“怎么回事？又闹事了？”坐在副驾驶上的小陈好奇地说道。

“恐怕不是！”林峰注视了良久，将车停到一旁快步走了下去。

街道两边，站满的人群对这辆忽然出现的警车并没有感到好奇，林峰也凑过去向路边群众询问打听。

“大娘，这是发生什么事了？”走到一位左顾右盼的老大娘身边，林峰凑过头问道。

“什么事，好事呗，要不我们为啥大白天的跑这里站着。”老人看了林峰一眼，得意地说道。

“什么好事啊？跟我说说，一会儿让我妈也过来。”林峰立刻追问道。

“好事就是……”老人看了林峰一眼，又看了看他身后的小陈和唐欣恬，忽然将要说的话咽了回去，“不能说，听说这个有限额的。”

林峰一愣，兴趣索然地看了老人一眼，见此情景，唐欣恬立刻笑着走了过来。

“大娘，喝水！”走到老人身边，唐欣恬将手里的瓶装水递给老人，微笑着说道。

“水就不喝了，不过看你们这么急，估计也是得到消息了，是吧？”老人拍了拍唐欣恬的手，缓缓坐在路边的花坛上问道。

“知道的不多，还没弄明白怎么回事呢，大娘，你跟我们说说吧。”一旁的小陈立刻插嘴道。

“也难怪，你们年轻人啊，就是不稳妥，不知道怎么回事就急匆匆过来。我跟你说啊，你现在最好马上回家，把你们家所有的钱都拿出来，过了这个村就没这个店了。”老人压低声音，故作神秘地说道。

“到底怎么回事啊？老人家，你就跟我说说呗。”林峰连忙追问道，“您看，钱我都带来了，都在卡里装着呢。”

林峰一边说着，一边从钱包里掏出一张花花绿绿的卡片。

老人眯缝着看了一眼，微笑着点点头，露出一副孺子可教的表情。

“嗯，看你就鬼道儿。我跟你们说，这个济源公司啊，要上市了。这不，本来好好的，但香港那边非出幺蛾子，必须要十个亿做保证金，你想啊，济源公司这么大的公司，钱都投到生意里去了，哪能准备那么多，全公司上下，从董事长到个人，都凑啊，凑来凑去，凑到九亿九千五百万，说什么也凑不上了，这不，人家公司放出话来了，谁能帮着把这五百万凑上，等公司上市钱回来，都按五分利给利息，而且听说还给股票呢。”老人低声说着，说得有鼻子有眼的，立刻吸引了一群人凑上来。

“我咋听说给的是股息呢，股票跟咱没啥关系吧。”有人插嘴道。

“怎么能和我们没关系呢！所谓一分钱难倒英雄好汉，钱子寅别看是个大老板，我们拿钱过来帮他忙，他能说不感激？公司上市了，最不缺的就是钱，他手边漏点儿出来，都够给我们的了。”一旁的另外一个老人立刻大声反驳道。

众人七嘴八舌地争论，让站在一旁的林峰哭笑不得，他实在不明白，这些人到底是怎么想的，理所当然到固执己见。

“不是……大娘、大妈、大爷，你们听我说，我就想知道，刚刚你们说的那些到底是从哪儿听来的？”林峰摆摆手向众人询问道。

“这还用说吗？电视上都演了，人家是大公司，没明着提。要不，昨晚那么多明星、演员都干什么啊？那就是提前庆祝，所以要我说啊，济源公司上市的事八九不离十，靠谱！”一个老大爷理直气壮地说道，他的话立刻引来周围人的附和。

“问题是，那他们要是骗子呢？我是说啊，如果他们没钱怎么办？”林峰看着众人，小心地询问道。

“没钱？济源公司能没钱？你看看市中心那栋大楼，挖一块砖都比你工资多，再说了，市郊区那么大一片地，都是人家的。还有，路边那些药店，哪个不是人家济源公司的。还没钱，你啊，可真能开玩笑。”老人鄙夷地白了林峰一眼，索性转身不再与他讨论。

“我是说万一，万一呢？”林峰看着众人，连忙解释道。

“没万一！告诉你，就没万一！小伙子，你快点儿走吧，你再不走，该出意外了。”老人摆了摆手，招呼着众人散去，林峰周围很快就空无一人。

就在林峰准备凑上去继续说服大家的时候，一分公司一直紧闭的铁闸门忽然“哗啦”一声被打开，人群轰然凑过去，很快形成一支又粗又长的队伍。

“都别挤，都有份儿，都别挤啊，谁挤就不给谁登记。”工作人员一边大喊着，一边拉出隔离带，人群立刻乖乖地排成一列。

“走，我们进去看看。”林峰见此情景，向唐欣恬和小陈招了招手，三人快步走上台阶。

“你们排队！”见到三人走过来，工作人员立刻大声制止道。

“我是公安局经侦科科长林峰，我是来找你们公司徐经理的。”林峰说完，不等对方有所反应就大步流星地走了进去。

身后，工作人员有点儿慌，连忙追过来，一边追着，一边大声向办公室的方向大喊：“徐经理，徐经理，有警察找你。”

喊声中，徐家斌慌忙地走出来，在看到林峰之后，先是一愣，随后笑着走了上来。

“林科长，今天怎么有空过来啊，是不是又要传唤我啊？”徐家斌皮笑肉不笑地问道。

“有这个可能，你准备准备吧。”林峰说完，向四周打量了一圈，一分公司的周遭立刻落入他的眼里。

公司大厅布置得出乎意料地严肃和规整，但给林峰的第一感觉就是：像银行。无论是门口的排号机，还是窗口，以及工作人员身穿的藏蓝色制服，都和银行如出一辙。

“你们这个公司挺专业啊。”林峰打量了一圈后看着徐家斌说道。

“无规矩不成方圆嘛。”徐家斌回应道。

“私募资金做到你们这个分儿上，算是这个了。”林峰竖起大拇指对徐家斌说道。

“林科长，不能乱说啊，我们可不是私募资金，我们是在进行商品销售。有些事能说，有些事不能说，这个规矩您应该比我清楚吧。”经历了上一次事件，徐家斌对林峰的恐惧感已经降到最低，厌恶感却升到了最高，自然不会对他假以辞色。

“那他们这是干啥呢？”听到徐家斌的话，林峰指了指一旁排队等待的群众，好奇地反问道。

“这个是我们公司招募销售人员的现场。不信，你问问。”徐家斌皮笑肉不笑地看着林峰说道。

“那我问问！”林峰索性走到排在第一位的中年妇女身边，“大姐，你们来这里是不是存钱啊？”

为了避免名词造成的困扰，林峰特意直白地问道，不过，对方的回答却让他感到意外。

“不是，我们是来应聘食用油销售工作的。”大姐迅速回答道。

她的回答让林峰一愣，随后看向身后的第二个人。

“那你呢？”林峰指着第二位中年男子问道。

“我，我也是来应聘的。”男人说完，讨好地看了徐家斌一眼。

“那你呢？”林峰拉着第三位站着的小姑娘。

“你就别问了，那是我外甥女。”还没等小姑娘回话，排在第一位的中年妇女就不耐烦地说道。她的话，立刻引来众人的一阵哄笑。

“哎，我说你们是不是傻了？他们是骗子公司，他们是玩资金募集的。我是公安局的，正负责调查他们呢。”林峰看着众人，惊讶于他们的愚昧，大声说道。

“林科长，有些话您不能……”徐家斌立刻凑过来提醒道。

“你他妈的闭嘴！”林峰愤怒地说道，吓得徐家斌倒退了一步，知趣地闭上了嘴巴。

“大家听我说，他们是骗子公司，他们没有上市，也没什么实体产业，完全是在非法集资。国家正在打击他们，你们这么贸然地把钱投进去，肯定会吃亏上当。”话既然说开了，林峰索性站在人群中大声说道，但让人意外的是，没有人对他的话做出哪怕一点点的回应。

一直到林峰说完，现场没有一个人回应，没有一个人离开，众人就这么怔怔地看着他，仿佛是在看一个傻子一般。

“小伙子，你别说了，你是好心，但也不能挡我们的财路啊！”终于，人群中有人开口说道。他的话，立刻引来周围人的迎合。

此刻，身后的徐家斌也反应过来，冷笑着走到林峰身边：“林科长，我警告你，我们是在进行守法的日常经营活动，你刚刚做的一切已经被我们的监控系统录下来了，我将保留诉讼你的权利。”徐家斌说道。

林峰木然地看了他一眼，一时间不知道说什么是好。就在徐家斌得意地准备招呼保安将他们撵走的时候，一旁的唐欣恬忽然掏出手机，按下了播放键。

“……这个济源公司啊，要上市了……十个亿做保证金……人家公司放出话来了……都按五分利给利息！”声音不大，但传出来的话语却清晰地被在场的每一个人听到，原本一脸得意的徐家斌听到这段话，顿时脸色一片煞白。

林峰感激地看了看身后的唐欣恬，深吸了口气走到徐家斌面前。

“徐经理，这是我们刚刚录下的对话。不知道……您有什么想说的吗？”林峰看着对方，平静地问道。

“我没什么想说的，非官方的传言我是不会承认的。”徐家斌看了看众人随后说道。

“好，那作为警察，我有权问你几个问题。第一，你们公司是不是要在香港上市，有没有相关的文件可以做证？第二，你们公司是不是以五分利的高息吸纳个人存款。”林峰的声音忽然放大了数倍，义正词严地质问道。

“这个……我不方便回答！”徐家斌看了看一旁翘首以盼的群众，摇摇头说道。

“不方便回答也要回答，我作为相关案件的调查人，有权要求你回答我的问题。”林峰大声追问道。

“这个……我手头没有相关的资料，不方便说，你可以询问我们公司的相关部门。”徐家斌眼神游离、目光散乱，不断搜寻着可以抵挡的语言。

“那我们就说说你知道的，第一，公司真的要在香港上市吗？”林峰追问道。

“这个……我……我只是听说……有可能，大概吧……”徐家斌此刻恨不得能钻进地缝，面对林峰的询问，他完全不知道要如何回答。

“到底有没有这事？！”林峰忽然大声质问道。

“暂时……暂时没有。”徐家斌终于下定决心一般，摇摇头说道。

“那你们公司是不是按照五分利的利息吸纳个人资金？”林峰快速地追问道。

“这也没有！”徐家斌迅速回答道。

“那么说，实际上，刚刚我们录下的东西都是骗人的咯？”林峰玩味地一笑，然后说道。

“这个……老百姓的传言，有的时候是有点儿失真的。”徐家斌没敢抬头，低声嗫嚅了一句。

“好了，我没问题了。徐经理，您继续。”林峰说完，向小陈和唐欣恬招了招手，三人快步走出一分公司大厅。

目送着林峰离开，徐家斌终于松了口气。这一次开门募集资金，实际上是背着钱子寅做的。自从晚会举办以后，济源公司的声望就再一次被推到制高点，原本已经平稳的现金流也忽然出现井喷式的发展，加上之前主任级别的业务员们正在为募集任务发愁，徐家斌就自作主张地让他们将任务下发下去，于是就迎来了门口这样热闹的声势。

至于为什么这么做，徐家斌其实有自己的理由。明面上，济源公司已经上市在即，但实际上，徐家斌很清楚公司账目的情况，为了保自己的那一部分钱，他才敢于私自命令公开募集，就是为了能将自家投入的那一百多万现金连本带利拿回来。

实际上，徐家斌也确实是这么做的，从公开募集到现在，他已经通过不入账的方式积存下两百万的现金，并且转移到自己的账上。若非刘海玲要求，他早就宣布募集结束了。可谁知道，本想卖给刘海玲一个人情，毕竟在她身后还有领导的影子，以后自己父亲和对方少不了要共事，却没想到在这个关键时刻，竟然又把林峰这个煞星引来。

对于林峰，徐家斌有种本能的恐惧，这个家伙给他最大的印象就是天不怕地不怕，其实从某种意义上来说，林峰给徐家斌的感觉和钱子寅给他的感觉很像，两者就仿佛硬币的正反面一样，虽然对立，但却极其相似。

目送着林峰离开，徐家斌在心里暗暗筹划着，一旦等到将刘海玲的那部分钱募集到手之后，就立刻停下，省的真被林峰找到空子钻进来。

第十三章　东西到了

林峰到了车里，才长出了口气，整个人也仿佛失去力气一般，靠坐在座椅上。一旁，小陈知趣地驾驶着汽车离开济源公司所在的街区，可在转弯之后，却被林峰喊住。

“陈儿，你开车先回局里，我想和唐老师下去走走。”林峰说着走下车，拉开唐欣恬一侧的车门，后者犹豫了一下，钻出车门站在林峰身旁。

目送着小陈将车子开出，林峰叹了口气，指了指前面，两人缓慢踱步向前走去。

“我小时候，因为父母在外地工作，所以一直住在姑妈家，是姑妈抚养我长大的。当时姑妈家的日子并不宽裕，除了我之外，还有一个哥哥和一个姐姐，三张嘴张口要吃的、穿的、用的，父母的钱给得不及时的时候，姑妈就去借。”林峰眼神迷离地看着前方，缓缓说道。

身边，唐欣恬没有说话，只是跟在他身边，静静聆听着。

“有一年，因为奶奶住院，家里的钱被花光了，可我们三个人的学费还没着落。姑妈没办法，急得头发白了一半。后来，她不知道从哪里知道，说有一个地方卖一种石头，可以开花，说石头开花了，就会有人花高价钱收购。姑妈背着我们所有人，借了一大笔钱，买了一块石头，摆在家里，她深信石头会开花，并且信誓旦旦地向我们保证，等石头开花了，卖了钱，就给我们交学费，买新衣服，让我们上最好的学校。”林峰说到这里，忽然微笑着看向唐欣恬，嘴角泛起的笑意，却让人感觉不到愉快，而是一种深入心扉的冰冷。

“后来呢？”唐欣恬不由自主地询问道。

“后来……呵呵，后来那家骗子公司跑了，可姑妈却执着地不接受，她一直认为只要石头开花了，对方就会回来花钱收走。姑妈临死前都死死盯着石头，希望能看到它开花。”林峰的声音中带着少见的一丝颤抖，然后仿佛回过神来似的看向唐欣恬。

“你说，石头能开花吗？”林峰说完，凝视了唐欣恬良久，忽然招手叫停了一辆出租车，又礼貌地为唐欣恬拉开车门，“谢谢你，听我叨咕这些事。你的时间也挺宝贵，我就不耽搁你了。”

听到林峰的话，唐欣恬一愣，本想开口说点儿什么，但最终还是打住话头，默默地钻进车内。

车子开动，唐欣恬回头，发现林峰久久地站在路边，一直没有走的意思。

今天对于钱子寅来说是个双喜临门的好日子，第一个好消息，是那位终于把他想要的东西送过来了，虽然费了不少周折，不过当钱子寅拿到装着东西的大信封时，仍然觉得累得值了。第二个好消息，是孙雪婷告诉他的，因为晚会举办得很成功，公司又迎来了一次募集资金的高峰，晚会当天晚上，营业部主任们报上来的资金募集数字已经超过三百万。这两个好消息，一扫之前林峰带来的阴霾，让钱子寅重新找回了局面仍在掌控中的感觉。

回到栖身的酒店，随手打开信封，里面的东西被钱子寅一股脑儿倒在床上—— 一个暗红色的户口簿，一张已经贴着他照片的身份证。身份证上，原本写着“钱子寅”三个字的地方，现在写着“庄世仁”三个字。

看着上面鲁北市公安局的印章，钱子寅爱惜地摩挲了两把，最终小心地将身份证和户口簿装进自己的口袋。

现在钱子寅这个人已经可以被封存了，以后钱子寅将以庄世仁的名义重新出现在众人面前。当然，这个众人不包括林峰和领导，对于钱子寅来说，这两个人已经提前被他打入永不见面的范畴之中。

下一步，就是要为庄世仁这个人办理护照和签证的事情了。想到这里，钱子寅忽然觉得事情已经变得很明朗了，离开的事情已经解决，唯一需要解决的就是钱的问题。

“喂，航空公司吗？我想订一张飞澳门的机票。对，对，当天的。哦，姓名啊，钱……啊不，庄世仁，庄是庄子的庄，对，身份证号我报给你……”钱子寅一边说着，一边看着自己新的身份证，他觉得自己很有必要将这个新身份证的号码背下来。

电子登机牌在完成付款后很快就发送到了钱子寅的手机上，钱子寅满意地看了看手机上的号码，拿起东西向门外走去。

澳门现在是一个比较现实的希望了，虽然在钱子寅看来，付出的代价也不小。

有了庄世仁的身份，让钱子寅的心情平静了很多，可在看到机场门口把守的警察时仍然觉得心中忐忑。为了打消心中的怯懦，他信步走下出租车，特意走向警察，在没话找话地询问了两句之后，才悠然地向候机厅走去。

一切都在预料之中，庄世仁的身份证从换取登机牌到进入安检都没有任何问题。坐在椅子上，钱子寅看着正在值机的航班，忽然有种想要给林峰打个电话的冲动。

林峰的电话号码钱子寅知道，但却不是林峰告诉他的，而钱子寅的电话号码林峰却不知道，尤其现在，他已将要离开鲁北，林峰对此却毫无所知，这种感觉就仿佛居高临下地看着一只笼子里的小白鼠，在自己布置的机关中愚蠢地来回走动一般。想到这点，钱子寅就越发无法抑制想要与林峰联系的冲动。

随手拨通号码，在短暂的等待后，电话被接通，里面一个略带低沉的声音随即传来。

“喂？”林峰见是陌生号码，惊讶地“喂”了一声。

“林科长吗？”听到林峰的询问，钱子寅微笑着开口问道。

“钱子寅？”林峰一愣，对方的声音忽然在脑中汇聚成一个形象。

“客气，您还记得我？真难为您了。”钱子寅看向停机坪上的飞机，笑着问道。

“钱总有何贵干啊？”钱子寅的电话，瞬间将林峰从曾经的思绪中拉了回来，在迅速调出电话的录音软件之后，林峰冷静地问道。

“看您工作这么辛劳，慰问您一下。”机场的飞机已经完成最后的准备，值机口的地勤人员也在忙碌地准备着。

“哦？钱总这话说得可不在理了，我们的工作是为了人民群众，慰问也是人民群众来慰问。”林峰冷笑着说道。

“哦，林科长的意思是，我不算人民群众了？”登机口，大家已经开始排队，机场的喇叭里也开始反复提醒着众人准备登机，钱子寅见此，缓缓走过去拿出口袋里的身份证。

“钱总，要说实话的话，您和人民群众还真差着点儿意思。”林峰嘿嘿一笑说道。

“此话怎讲？”钱子寅一愣，反问道。

“差一点儿良心啊，不多，就差那么一点儿。”林峰说到这里的时候忽然不笑了，语气中透着咬牙切齿的愤怒。

“哈哈！良心，这个词用得真不错！是啊，有些事我自认为确实是办得有点儿缺德，但你想过没？为什么我这么缺德的一个人，能在社会上吃得这么开？”通过值机，钱子寅顺着甬道向机舱内走去，完全不顾及周围人诧异的眼神，得意并且大声地说道。

“是啊，我不得不承认，现在的社会确实有点儿畸形了，有些人觉得有钱就有了一切。可是，钱总，你凭良心说，你拥有的那些钱，安心吗？你每天晚上真的能踏踏实实地睡着吗？”林峰沉默了良久，才缓缓开口询问道。

电话那边，钱子寅忽然不说话了，林峰的话让他仿佛有种被戳中了心事的感觉，在缓步走到自己座位上坐下之后，钱子寅才仿佛恢复了说话的能力。

“不用你操心了，林科长。我很快就能吃得饱，睡得香了。”钱子寅说到这里，挂断了电话，只留下林峰举着电话听着里面传来的忙音。

扣上电话，林峰忽然有种莫名的危机感，钱子寅此刻能给自己打电话，很大程度上说明，对方已经到了有恃无恐的程度，或者至少说明他已经有望解决目前的一些问题。想到这点，林峰快速招手拦下一辆出租车，向局里赶过去。

路上，林峰努力回忆着从事情开始到现在的每一步，随着调查的深入，他发现，情况变得越来越复杂，无论是钱子寅，还是在他背后的一系列人和势力，都在为调查设立一些无法触摸到的玻璃天花板。一想到这点，林峰就变得更加烦躁起来，钱子寅的逃跑已经进入倒计时阶段，可目前的调查进度仍然止步不前，不但没有百姓报案，甚至很多人还主动维护济源公司。这种可悲又气愤的举动，让林峰深感无语。

在他的催促下，出租车很快到达公安局。看着林峰急匆匆地跑进办公室，所有人都是一愣，不过当听到林峰的下一步举动，所有人又都流露出惊讶的表情。

“所有人准备，抓徐家斌。”林峰看着众人说道。

“有证据吗？”听到林峰的话，一旁的小陈连忙问道。

“证据？没证据就找证据。联络交警、徐家斌驻地的民警，给我找，我就不信，这样一个纨绔子弟，会这么循规蹈矩。”林峰撸起袖子大声说道。

“另外，你让技术科帮我们个忙，把我送过去的资料给我剪辑一下，我需要用。”林峰说着，将一只优盘递给小陈，后者疑惑地看了他一眼，快步走出办公室。

所有人都对林峰突然表现出的急躁情绪感到莫名其妙，不过看着他严肃的表情，众人知趣地没有开口问，而是在他的吩咐下，迅速搜集起关于徐家斌的所有资料。

林峰坐在电脑前，一条条翻看着同事们发来的关于徐家斌的一些资料和背景，脑子里则不断构思着想法和计划。在他看来，既然济源公司一分公司主要负责募集资金，那么，从这里打开突破口，就绝对没有问题。现在找不到突破口，只是手段和方式不对，不代表对方编织的骗局真的天衣无缝。

就在林峰思索着计划的细节时，一旁的同事忽然开口说道：“科长，驻地派出所发来反馈，他在当地没有什么情况。实际上，他根本不住在户口所在地，所以民警对他的情况并不了解。”

“科长，档案部门反馈，徐家斌的档案资料很完整，而且记录也没有瑕疵，小学还得过几次三好学生。”这名同事的话音未落，另外一名同事就大声说道。

“其他方面呢？”林峰心中一沉，再次问道。

“科长，交警大队反馈，这个小子有一次非法停车，罚款逾期没交。除了这个，没别的了。”第三名同事的回答，再次让林峰的希望落空。

“罚款没交，什么罪名？”林峰犹豫了一下，反问道。

“这个不构成犯罪啊，连治安处罚都构不上。”同事犹豫着说道。

听到同事的话，林峰靠向椅背，闭着双眼，伸手不断摩挲着自己的头发，思索良久，才缓缓睁开眼睛。

“说到交警，我在那里倒是有个同学。”林峰想了想，最终开口道。

“头儿，交警和我们不搭边吧？”同事完全弄不明白林峰想要干什么，连忙提醒道。

“你懂什么？全国警察是一家。”林峰说着，拨通了电话，“喂，老同学，求你帮个忙！”

电话那边，在听到林峰的声音之后，原本字正腔圆的语气顿时变得散漫起来：“你小子没事的时候也不打电话！”

“没事的时候我打电话，嫂子乐意吗？”林峰笑着说道。

“扯淡，什么事？”对方询问道。

“请你帮个忙，这事说大不大，说小不小……”林峰说到这里，放低了声音。

当林峰通完电话再次回到办公室的时候，大家正在等待着他，看到林峰进来，众人立刻投去询问的目光。

“所有人都给我穿上警服，带上装备。还有，向局里申请装甲车，我们出去抓人。”林峰说着，向众人命令道。

身后，同事们忙碌地开始准备起来，而林峰则快步走上楼梯，来到刘局长办公室，轻轻敲开房门。

“怎么了？今天怎么有空到我这里来了？”看到林峰，忙碌的刘局长放下手头的工作，摘掉眼镜语气轻松地问道。

“没什么，申请配枪，执行任务。”林峰将申请放在刘局长桌子上，后者低头看了一眼，轻松的表情变得严肃起来。

“这么大阵仗？你们想抓的是谁啊？军火贩子？”刘局长抬头问道。

“怎么会？我们就是去抓徐区长的儿子。”林峰笑着说道。

“用装甲车抓人？”刘局长看着林峰，惊讶地问道。

“本来想动用特警，不知道局长能不能批准？”林峰无所谓地耸耸肩膀说道。

“胡闹，你到底想干什么？”看着林峰的样子，刘局长直截了当地问道。

“刚刚钱子寅给我打了个电话。”林峰收拢笑容缓缓说道。

“给你打电话？他不是在香港吗？”刘局长反问道。

“我让小陈他们查过所有的出入境记录，根本没有钱子寅离开内地的记录，他根本没在香港，而是躲起来了。”林峰摇摇头说道。

“看来他是想跑了，是吗？”刘局长思索良久，转而询问道。

“是的，之前他给我打电话也透露出了这个意思。”林峰点了点头道。

“你想怎么做？”刘局长想了想问道。

“我想动动一分公司，自从钱子寅举办了那个晚会之后，很多人又开始要求加入他们公司，我觉得这是个机会，如果弄好了，应该可以打开一个突破口。”林峰说出自己的想法。

刘局长没有说话，而是低头沉吟了好半天，才缓缓抬头：“两个条件——第一，绝对不能知法犯法，哪怕是为了破案也不行；第二，一定给我出成果，否则，车的油钱就从你工资里扣。”

听到刘局的话，林峰嘿嘿一笑：“那我有两个回答——第一，知法犯法咱肯定不敢，法律是准绳，我们都是扶着准绳走的；第二，扣钱我没话说，不过什么时候能给我把办案经费解决了，我不领工资都没问题。”

“滚蛋，臭小子。”刘局长恨恨地剜了他一眼，然后在申请上签下自己的名字。

林峰仿佛拿着尚方宝剑一般，捧着申请快步离开，可刚走到门口，又转回身来。

“刘局，要是徐区长那边……”

“放心吧，有我呢。”刘局长摆摆手说道。他的话音刚落，林峰已经消失不见。

第十四章　一分公司

公安局大院里，由装甲车和警车组成的车队仿佛在大门前筑起了一道城墙。装甲车内，全副武装的特警正襟危坐，看到林峰的到来纷纷举手行礼。

“大林子，这么大阵仗你这是干什么去？”一旁站定的刑警队杨队长看着林峰一脸好奇地问道。

“拉链！”林峰看了杨队长一眼，随后说道。

“拉练？拉练是特警的事啊，你怎么也跟着去了？”杨队长好奇地问道。

“我说的是拉链，真服气了！”林峰不知道从哪里弄来一副墨镜戴在眼睛上，摇摇头叹息着走下楼梯。听到他的话，杨队长连忙低头，发现自己裤子的拉链果然没拉，慌忙转身拉上，而等他回身的时候，林峰已经闪身钻进车里。

“去济源公司一分公司！”坐到车里，林峰对着无线电大声命令道，稍后，电台里的回应，让他信心大增。

浩浩荡荡的车队闪烁着警灯沿着鲁北市的主要干道行驶着，如此浩大的车队顿时引来路上群众的注意，众人纷纷猜测着车队的意图，并且为此交头接耳争论不休。在众人的注视中，林峰的车队很快驶进济源公司一分公司的院里。

院子里，仍在缴纳资金的群众被突如其来的一幕吓了一跳，纷纷退后让出一条通道，看着全副武装的特警从车上跳下来，飞快地冲进公司大厅。

短短几分钟，公司从一楼到二楼经理办公室就被全副武装的特警站满，在组成人墙的特警卫戍下，林峰陪着交警队的一名交警快步走到办公室门口，轻轻敲响了办公室的房门。

房间内，毫不知情的徐家斌开门后，立刻被眼前的一幕吓了一跳，一直到站在他对面的林峰微微咳嗽了一声，他才回味过来。

“你们……这是什么意思？”徐家斌质问道。

“没什么，有件事想请你回局里配合调查一下，不知道可以不可以？”林峰笑着对他说道。

“又是什么事？”徐家斌看着周围全副武装的特警，怯声问道。

“去了你不就知道了吗？”林峰说着，拉起徐家斌的胳膊向外走去，在他旁边，交警队的人也从另外一面夹着徐家斌亦步亦趋地走向一楼。

一楼办公大厅里，所有人都注视着这一幕的发生，但却没人说话，大厅里静得仿佛空无一人。

林峰微笑着带着徐家斌在众人的注视下走到门口，将他塞进装甲车，然后才向特警们一招手，下达了收队的命令，但让人疑惑的是，警车们虽然开走了，但林峰等人却没有离开，而是好整以暇地站在一旁，耐心地等待着什么。

“到底发生了什么事啊？”看着车子逐一发动，驶离大院，终于有人仗着胆子凑到林峰身边小声询问道。

“哦？你们不知道吗？他的事被警察知道了，要带回去调查。”林峰笑着说道。

“那是什么事啊？”来人追问道。

“还能是什么事啊，钱的事呗。欠钱不还，肯定追他啊。”林峰揉了揉鼻子，模棱两可地说道。

听到他的话，人群“呼啦”一下将他围住，众人再也抑制不住好奇心，纷纷打听起来。

林峰摆了摆手，制止了众人的询问，随手从口袋里拿出一只优盘：“我一个一个跟你们解释吧，肯定是太费力气了，你们看看就知道了。”

林峰说着，走到大厅的宣传电视旁，将优盘插进去，然后随手按下一旁遥控器的播放键。

电视的画面瞬间一变，徐家斌之前被带到公安局受审的画面立刻出现在众人眼前。

“徐家斌，二十八岁，济源公司一分公司常务总经理。”

“济源公司因为可能涉嫌违法，正在被我们调查，你知不知道？”画面里，林峰询问道。

“知道！”

“知道就好，你还有什么想说的吗？”林峰再次询问道。

“只要你不为难我，我肯定配合。”徐家斌抬头说道，画面在这里，不经意地跳动了一下，但似乎没人注意到这个明显的剪辑，仍然全神贯注地看着。

“公司的财务情况，公司的销售情况，以及资金流动情况，这些都涉及公司机密。”徐家斌说到这里抬头看向屏幕。

视频到这里，忽然没有声音，众人疑惑地看向林峰，林峰微笑着解释道：“涉及案件的审理机密，所以，这段的声音被掐掉了。不过大家放心啊，肯定不会影响你们了解情况的。”

画面在林峰的解释中，度过了一段哑剧般的表演后，重新播出声音。

“我没什么想说的。”画面里徐家斌说道。

画面最终定格在徐家斌有气无力的表情中，但是随着画面定格，人群中却响起一片嘈杂的议论声。林峰微笑着注视着众人，同时在心里耐心地期待着。

“警察同志，是徐家斌骗人啊，还是他们公司骗人啊？”终于有一名老人按捺不住，低声询问道。

“老人家，您不是看到了吗，这事不是徐家斌一个人的事，出事了也和他们公司脱离不了关系。”林峰耐心地回答道。

“那……那如果把钱借给他们公司，要是出事了，我们能要回来吗？”老人推开面前的人走过来迫不及待地问道。

“那就看你怎么办了，如果他们公司违法，就立刻报警啊，警察肯定会给大家讨回公道的。”林峰在说“公道”这两个字的时候，刻意压重了字眼儿，他的话再次引起一阵嘈杂的议论声。

“对，对，找警察，找警察报警，大家快打电话啊！”人群后面，小陈忽然喊了一声，立刻引来众人的迎合，在场众人纷纷拿出电话，见此情景，林峰立刻摆手。

“哎，大家静一静，静一静啊，我就是警察，你们有什么事情，就和我说吧。”林峰招呼着众人说道。听到他的话，众人再一次蜂拥上来，将他团团围住。

“警察同志，我给了济源公司三万块钱……”

“警察同志，我给了五万……”

“那是我老伴儿的救命钱啊……”

……

喊声此起彼伏，林峰脸上也随之浮现出一丝淡淡的笑容：“小陈，让大家准备登记！”

另一面，特警车队呼啸着从一分公司离开，再次返回到公安局，在特警的簇拥下，徐家斌被带到讯问室，当再次坐到之前坐过的那张椅子上，他脸上的疑惑却仍然没有解开。

对面，陪着他一同前来的交警坐到了桌子后面，在尴尬地咳嗽了一声之后，抬头看向徐家斌。

“徐家斌，是吧？”对方想了想开口询问道。

“是啊，您是……”徐家斌犹疑地点了点头。

“没事，你放松，我们就是找你了解点儿情况。”交警想了想说道。

“什么情况？”

“您有一辆鲁甲 N2023 的奥迪牌小轿车，是吧？”交警询问道。

“是啊，怎么了？”徐家斌越发疑惑起来。

“这个……事情其实也不复杂，只是有点儿不太好说。”事先，交警已经得到林峰的要求，务必要暂时拖住徐家斌，可是，他实在不知道用违章停车怎么能拖住对方。

“警察同志，我可没做什么坏事啊。我爸是徐区长，有些事情你们可能是搞错了。”对方越犹豫，徐家斌越忐忑，连忙起身解释道。

“你坐下，你坐下，咱们慢慢说。”交警见状连忙起身说道。

“这能慢慢说吗？肯定是大事啊，不行，我要先给我爸打个电话。”徐家斌说着，从口袋里掏出电话。

“爸，我出事了，在公安局，特警把我抓起来了！”电话一接通，徐家斌就带着哭腔说道。见此情景，交警无奈地坐回到座位上。

“嗯，我等你，你马上来啊。”那边，徐家斌擦着眼泪放下电话，然后看向交警，“我爸说他马上过来，有什么事到时候你跟他说吧。”

“其实，没什么大事，就是想找你了解一下上次你在旅游路上非法停车被罚款的事情。”交警见事情闹大，索性和盘托出。

“死人了？”徐家斌惊叫着再次站起身问道。

“没，没，怎么会死人呢，不会，你就是忘记交罚款了。”交警连忙摆手说道。

“罚款？就这个？”徐家斌不相信地问道。

“是啊，还能是什么事啊，就是忘记交罚款了。”交警连忙说道。

“忘记交罚款，那……那些特警，还有装甲车是什么意思？”徐家斌的脑子有点儿混乱，他实在搞不懂两者之间到底有怎样的联系。

“啊，这个，是这么回事，他们都是我同事，闲着也是闲着，就陪我一起去了。”交警尴尬了半天，牵强附会地找了个理由。

“不是……你们拿我当礼拜天过呢吧？”徐家斌似乎有点儿明白过来，看着对方，愤怒地质问道。

“当然不会了，我们只是找你了解一下情况。”交警说道。

“了解情况，你们用带着那么多人还有枪到我公司去了解的吗？”徐家斌越加愤怒地质问道。

“这不是顺路吗？再说，问你的时候，你又没说不同意。”交警低着头坐在自己的位置上小声说道，仿佛他才是受审的对象一样。

“不同……那么多人，还有枪，我他妈的敢说不同意吗？”徐家斌觉得好像愚人节提前过了一样，自己被人家大大地愚弄了一番。

“你又不是坏人，你怕警察干什么啊？”交警无奈地看了他一眼。

“废话，谁不怕警察！行了，不跟你啰唆了，我走了。”徐家斌说着拉开门向外走去，见此情景，交警连忙想要阻止，却在“哎”了一声以后坐了回来。

就在他以为自己没有完成林峰的嘱托时，门外，徐家斌又转身走了回来：“哎，不对，这事可不能就这么算了，你们这算是犯法吧？”徐家斌大大咧咧地走回来，一屁股坐到座位上。

“对，对，这事肯定不能这么算了，你等他们回来好好跟他们算账。”见到他回来，交警立刻眉开眼笑地说道。

“算账，算账是轻的。别以为我不知道，刚才就是林峰领队过去抓的我，这次我一定让他吃不了兜着走。”徐家斌狠狠地说道。

听到徐家斌的话，交警连忙赔着笑容将他让回到座位上：“算账倒不至于，有些事情大家坐在一起谈，谈一下事情说不定就解决了，是吧？”

“是啊，事情肯定是要解决的。”徐家斌坐回到位子上，冷冷地说道。两人之间的气氛瞬间变得尴尬起来，为了缓和气氛，交警连忙拿出烟递给对方。

看着交警手里廉价的香烟，徐家斌冷哼了一声，索性把头一转，见此情景，交警讪讪地坐回到自己的位置上，审讯室里顿时陷入沉默之中。

就在交警思索着要如何打破这个尴尬的局面的时候，门外一阵嘈杂声响起，伴随着隐约的怒吼，审讯室的大门被一把推开，徐区长一脸冰冷地看了房间内的徐家斌一眼，而后转头看向陪他一同过来的刘局长。

“刘局，刘局长，我儿子到底犯了什么罪，值得你们这么兴师动众地派人把他从工作的单位抓回来？”徐区长的声音冰冷，但却可以明显地感受到压抑的愤怒。

“事情还在调查，会给你一个满意的答复的。”刘局长看着徐区长，微微一笑说道。

“满意，是你满意，还是我满意？虽然你们公安局是执法机构，但也不能说抓人就抓人吧？公安局不是讲证据、讲法制的地方吗？什么时候变成有些人的私人卫队了？”徐区长看着一脸笑意的刘局长，诛心地问道。

“这个可不能乱讲啊，我们都是依法办事的，行动之前也是经过商量和讨论的，徐区长如果对我们的处理手段和处理流程不满意，可以请人大质询我，至于让您儿子过来配合调查，也是我们执法机构规定的权限。”刘局长收拢笑容看着徐区长说道。

“配合调查，那是配合调查吗？装甲车和特警都用上了，你们就差调军队过来抓我了，请问我犯了什么罪？”听到这话，一直坐在一旁的徐家斌霍然起身愤怒地问道。

“配合调查是公民应尽的责任和义务，至于你是否犯罪，罪行大小，公安机关会按照规定和程序通报你的。”刘局长看着徐家斌，平静地说道。

“那你的意思是，我来这里是白来了？”徐家斌愕然反问道。

“怎么会白来呢？第一，你配合了我们的调查；第二，也可以在这里学习一下法律知识嘛，对以后预防犯罪，保护自己都有好处。”刘局长再次笑着说道。

“这他妈的什么跟什么，公安局都是一群神经病吗？爸，咱们回家！”徐家斌忽然有种一拳打在棉花里的感觉，所有怒气都被憋在心里没有发出来，在狠狠地咒骂了一句之后，快步向门外走去。

“刘局长，我们能走了吧？”徐区长看着刘局长，冷冷地询问道。

“当然，调查完就可以走了。”刘局长点了点头说道。

“还好，这里能进能出，只能进不能出的话……”徐区长话说到一半，转身向外走去。

就在两个人离开审讯室准备向大门口走的时候，林峰忽然擦着头上的汗水快步走了过来，看到迎面过来的林峰，徐家斌终于找到了愤怒的发泄口，指着林峰：“爸，就是他！就是他抓了我两次。”

听到徐家斌的话，徐区长的眼中仿佛冒出怒火一般，死死盯着林峰。

林峰丝毫不在意对方愤怒的目光，而是笑着走过来：“哎？徐区长，带您儿子回去啊？”

“问我？你算个什么东西？”徐区长破口大骂道。

“这里没东西什么事，都是人的事。”林峰嘿嘿一笑说道，样子像足了身后快步赶来的刘局长。

“让开，小心扒了你的狗皮！”徐区长一边说一边伸手推向林峰，可手刚碰到林峰胸口，就被对方一把拨开。

“对不起，徐区长，有些事不是您说了算的，您可以离开，但您儿子暂时走不了。”林峰侧身一把抓住徐家斌，下一秒钟，一副锃亮的手铐已经铐在对方的手腕上。

“你什么意思，你们什么意思？”见此情景，徐区长对刚刚走过来的刘局长大喊道，“刚才不是说可以走吗？”

听到徐区长的话，刘局长看了林峰一眼，见对方微微点了点头，就笑着看向徐区长：“调查完了当然可以走了。”

“那这是什么意思？”徐区长指着儿子手腕上的手铐。

“没调查完，暂时不能走。”刘局长喘了口气说出后半句话。

身边，林峰忽然收拢笑容，换了一副表情：“徐家斌，你因为涉嫌非法集资，现依据《中华人民共和国刑法》，依法拘捕你，逮捕证会在稍后发送给你或是你的亲人。现在，跟我走吧。”

林峰说着，用力将徐家斌从徐区长手里拉过来，带着他向刚刚出来的审讯室走去。

“证据呢？犯法不犯法，不是你说了就算的。”徐区长一把拉住林峰，大声质问道。

“证据？这里正好有。”林峰说着，对一旁的小陈摆了摆手，后者连忙拿过一大沓登记资料。

“这是刚刚从一分公司集资人员那里登记回来的资料，包括金额、联系方式，以及集资合同的复印件，都在这里了。”小陈说着，将厚厚的一沓资料向对方晃了晃，“一共一百二十七人，初步估计金额超过两百万，无论是金额还是人数都超过了国家对非法集资的规定。”

小陈的话，让徐区长瞬间愣住了，他很清楚这份资料对于儿子到底意味着什么，他想说点儿什么，却发现自己竟然无话可说，脑子更是混乱一片。

“徐大公子，走吧，我们就别打扰徐区长思考问题了。”林峰冷哼了一声，推着徐家斌向审讯室走去。

“爸，爸，你弄他，他栽赃我，他不给你面子，他这就是故意的。”徐家斌挣扎着回头向徐区长喊道，但这一次，无所不能的父亲却只是愣愣地站在那里，一动不动。

同一时间，刚刚从飞机上走下来的钱子寅重重地打了个喷嚏，然后茫然地向四周看了看，没来由感觉到一阵寒冷的他，完全不清楚自己为什么会忽然感到一股寒意。不过这种感觉刚刚萌生，就被对面迎来的人打断，看到钱子寅走下飞机，对方立刻凑过来热情地抱住他。

“这次又要麻烦你们了。”钱子寅看着对方，笑着说道。

“怎么会，钱老板的事情就是我们的事情。”对方一边拉着钱子寅向停在旁边的豪华轿车走去，一边笑着说道。

第十五章　突破口

林峰看着坐在对面的徐家斌，对方脸上的嚣张早已经不见了，取而代之的是一副忐忑的表情。看到林峰看向自己，徐家斌心虚地低下头。

“姓名，年龄，工作单位！”林峰冷冷地询问道。

“徐家斌，二十八岁，济源公司一分公司常务总经理。”徐家斌低着头老实地回答道。

“把关于你们一分公司的财务状况和日常的营业方式告诉我一下。”林峰看也没看对方，一边低头翻着笔记本，一边对徐家斌说道。

“这……这个公司有规定，涉及公司机密，需要经过董……董事长……”徐家斌说到这里却再也说不下去了，不由自主地再次低下头沉默以对。听到徐家斌的话，林峰抬起头，带着微笑看向徐家斌。

“你在济源公司的工资是多少？值得你这么为钱子寅卖命？那你知不知道，其实你替他筹集的钱，都已经被他以各种名义从别的公司转走了？”林峰说着，举起一摞厚厚的银行往来账目，上面清晰地标注着一分公司每一笔现金的收入和支出，数额巨大得让人吃惊。徐家斌见此情景，再次低下头去。

“你作为公司负责人，应该很清楚，银行每一笔现金流水都应该有对应的票据，而你公司的账目是否能提供相应的票据和佐证，你比我更清楚。”林峰重重地将账目摔在桌子上，响声吓得徐家斌浑身一颤。

“钱子寅给你多少工资？你至于为他这么隐瞒吗？你我都很清楚，济源公司的水有多深，你替别人顶缸，你想没想过后果是什么？”

林峰看着徐家斌，后者虽仍然保持沉默，但内心的挣扎和搏斗已经到了崩溃的边缘。徐家斌很想把所有的事情一股脑儿和盘托出，落个心里轻松，但他也清楚，一旦说出所有的事情，也意味着他将彻底告别从前，弄不好以后要身陷囹圄。

沉吟良久，徐家斌抬头用一副讨好的表情看向林峰：“林科长，我爸是徐区长，能不能给点儿面子？”

“面子？这个时候你还考虑面子？你知不知道，你护不住钱子寅，不但你帮不了他，你爸也帮不了他。钱子寅打从开始干这行起，就已经走上一条不归路，他肯定是要完蛋的，你这个时候还挡在他前面，你说你到底是傻，还是故意坑爹？”林峰索性放下笔，看着徐家斌说道。

“不能吧？钱总他……”徐家斌惊愕地看着林峰，仿佛刚刚的一段话一下子打开了他从未考虑的东西。

“徐家斌，你作为当事人，肯定比我清楚从你公司账上转走的现金到底有多少，你考虑过没有，这些现金根本没有任何票据和账目来证明它们的合法性，你以为只凭借你们那份漏洞百出的合同就能解释这一切吗？再说了，你考虑过没有，你们名义上是自负盈亏，这是不是意味着一旦出事的话，所有事情都要你一个人承担呢？”林峰的语气从询问变成了语重心长，但他的话却让徐家斌脸上再次浮现出惊诧。

“凭什么我承担？公司都是有账目的，所有的钱只是在我们公司的账户上走了一圈，就被转到三分公司那里，我是一分钱都没有贪的，凭什么……”徐家斌说到一半戛然而止，在看了林峰一眼之后，再次低头闭上了嘴巴。

“你以为你说了不该说的？你说的事情我都知道。”林峰说着，举起一摞厚厚的银行往来账单，“这是你们所有分公司的银行账目，一分公司所有的钱都转入到三分公司，并且由三分公司转入负责开发城郊那片地的四个分公司名下，资金每经过一个公司的账目，就自动减少 10%，这 10% 会以各种名目被提现，然后不知所踪。”林峰说着，站起身，拿着账目走过来，轻轻将账目放在徐家斌面前。

“好好看看吧，我可以负责任地告诉你，这里的每一笔资金，你都要做出合理的解释，否则，别说你爸救不了你，就是国家主席也救不了你。”林峰说着，回到自己的座位上，拿起放在一边的茶杯，悠然地吹开水面上浮着的茶叶，轻轻啜了一口。

林峰的态度让徐家斌越发忐忑不安起来，他低头看了看放在自己面前的往来账目，上面一笔笔写满了人名和金额，虽然他根本记不住到底哪一笔有多少钱，但账目的详细程度却足以证明了它的真实性。

“林科长……”徐家斌咽了口吐沫，用祈求的目光看着林峰，“……我说了，会不会没我的事？”

“按照国家规定，认罪态度良好是减轻处罚的重要依据，这方面你应该能明白。”林峰看着徐家斌说道，“不过呢，机会要抓紧，我们已经开始着手调查其他分公司的事情了，如果其他人要是比你先交代的话，减轻处罚可就轮不到你了。”林峰口气轻松而悠闲，但目光却死死盯着徐家斌，对方的一举一动都丝毫不差地落入他的眼中，并且在他脑子里被逆推还原成心理动向。

“能……能给我根烟吗？”徐家斌本能地摸向口袋，却发现早在进来之前，东西已经被全部收走了，他不由得看向林峰，怯怯地要求道。

“可以！”林峰点点头，抽出一支烟递给徐家斌，又帮他点燃，然后索性拉过一张凳子就势坐在他旁边。

“父母养大我们不容易，坑谁也不能坑父母。小徐，你想过没有，如果你继续替钱子寅扛着，到时候，拖累的可不止你自己，你爸徐区长本人也一定会受牵连，他为你付出那么多，年纪这么大，眼看要退休，你让他晚节不保，你这么做对得起他吗？”林峰凑到徐家斌身边，语重心长地说道，就仿佛两人此刻不是审讯双方，而是推心置腹的朋友一般。

林峰的这番话最终让徐家斌下定了决心，后者一口气将整支烟抽到底，然后重重地碾碎了烟头，一脸决绝地看着林峰。

“啥都别说了，你们问吧，我把知道的事情都告诉你们！”

“徐家斌撂了！”当林峰笑嘻嘻地推开门拿着一叠厚厚的口供走出来的时候，迎面看到弥勒佛一样的刘局，喜笑颜开的他更是抑制不住心中的兴奋走过来大声对刘局说道。

“嗯，不错。这个我拿去看看，你回办公室给我老实写检查。”刘局不动声色地点点头，接过口供，给林峰丢了一句话。

林峰一愣，连忙追了过去：“什么检查，我写什么检查啊？”

“擅自动用装甲车和特警，光这一项就够你写上几千字的了。”刘局长白了他一眼，悠然地拿着口供向楼上走去。

“那什么……局长，不是你亲自批准的吗？”林峰心虚地试探着说道。

“我批准的是让你们配枪，谁让你们动用特警的，少在这里玩小心思。告诉你，检查若是不深刻，重写！”刘局走到电梯门口，冷冷地丢来一句话，彻底将林峰之前的小心思揭穿。

“刘局，刘局，你听我解释啊。”林峰连忙追上去，但电梯门此刻却堪堪关闭。

被弄得灰头土脸的林峰一脚踢在墙上，随后转身向办公室走去，可却被迎面走过来的小陈一把拦了下来。

“头儿，那小子撂了？”小陈笑嘻嘻地问道。

“啊！”林峰被检查弄得一扫之前的喜悦，没好气地答应了一句。

“那晚上去吃个饭，庆祝一下吧？”小陈没看出林峰不高兴，追着他建议道。

“哪有钱？一边凉快去。”林峰不高兴地说道。

“刘局刚批了办案经费，还有你垫付的餐费也实报实销。”小陈凑过来说道。

“国家的钱也得省着点儿用，大吃大喝和贪官有什么区别。”走到办公室门口，林峰一把推开门对小陈说道，不过还没等他说完，一个俏丽的身影就出现在他眼前。

“林科长！”唐欣恬看着林峰，轻轻地打了个招呼。

“啊，小唐，你怎么来了？”林峰看到唐欣恬，眼前一亮，“正好，晚上我们单位聚餐，你一块去吧。”

“国家的钱也得省着点儿用啊，大吃大喝的和贪官有什么区别？”唐欣恬看着林峰笑着说道。

“是，是，所以，我请客，我请客。”林峰被以彼之道还施彼身了一把，立刻憨笑着摸着头说道。

听到他的话，还没等唐欣恬答应，身后的小陈就怪叫着溜进办公室。

“大家准备啊，科长请客！”喊声一起，立刻得到众人的响应，大家调笑着，簇拥着两人冲出了办公室。

钱子寅躺在酒店舒适的大床上，有种久违的轻松感。在这里，他不用考虑公司那已经濒临崩溃的财务状况，更不用考虑有人敲门抓他。如果可以，钱子寅真希望自己能在这里待上一辈子，不过可惜的是，他知道不行。

澳门虽然有独立于内地的执法权，但却不意味着可以包容自己这样一位罪犯，他真正的出路是在国外，那些与中国没有引渡条约的国家，只有到那里，他才算可以彻底放松下来。想到这里，钱子寅一下子坐起来，揉了揉因为心情放松而有些松弛的面部肌肉，快步走出房间，向楼下的赌场走去。

澳门的赌场，唯一能用来形容的词语就是金碧辉煌，放眼望去一片金色，甚至在空气中都能闻到一股浓浓的金钱味道，往来的人群一个个带着对财富的渴望和觊觎，手里或紧紧攥着或随意拿着的筹码都包含着不菲的价值。可对于钱子寅来说，赌场的一切对他却毫无影响，或者说，他对赌场和那充斥在赌场内的欲望打心底里排斥。

钱子寅不赌博！

说来有点儿让人不敢相信，可事实确实如此。自幼的贫穷让钱子寅对钱财格外珍惜，这也是他虽然坐拥亿万财富，却从来不肯浪费一分钱的原因。除非必要，钱子寅甚至连早餐都只吃最便宜的豆浆、油条。

在钱子寅看来，钱是用来花的，但却不是用来浪费的，更不是用来以小博大，拼所谓运气。无论是合法的还是不合法的，赚钱的途径只有一种，就是辛苦。所以，钱子寅从来不赌博，也不相信赌博。

信步走下台阶来到大厅，兑换筹码的地方稀稀落落地站着几个人，钱子寅走过去，随手掏出一万元人民币递给对方。柜台里，兑换小姐看着钱子寅微笑了一下，很迅速地点出一叠筹码递了出来。

拿着筹码，钱子寅并没有去赌博，而是在围着每一个台子转了一圈后，然后再次来到另外一处兑换窗口，这一次，他直接将刚刚换好的筹码从窗口扔了进去。

“麻烦您给我换一张现金支票。”在兑换小姐准备为他换取钞票的时候，钱子寅不经意地说道。

对方愣了一下，但仍然很快为他写好了一张现金支票，钱子寅微笑着接过支票，折叠整齐之后揣进自己的怀里。

如无意外，这张支票会被钱子寅带回内地，然后存进以庄世仁为名开设的银行账户中，而资金来源会被标注为从澳门获取的赌资，虽然听着让人觉得不舒服，但它的来源却可以合法通过任何国家的金融监管。

这就是通过赌场洗钱最简单、最便利的方式，虽然目前澳门政府正在打击这种洗钱行为，但却防不胜防，钱子寅已经联络好了本地的一些人，只要资金到账，这些人就会在他的要求下将大笔的钞票通过在各个赌场之间的筹码兑换变成一张张现金支票。钱子寅粗略估计，最多只要三天时间，大约两亿的现金就可以完全变成合法的支票重新回到自己的口袋。

唯一的缺点是，赌场不收取银行卡，只能依靠现金，所以，要想将大额现金转为支票，就必须要有一个第三人帮忙。一想到这点，钱子寅整个人也仿佛轻松了很多，在哼着小曲走出赌场大厅之后，他快速拨通了联络人的号码，后者显然早已经等待多时，接通电话之后，立刻告知了他见面地点。

按照与联络人的约定，钱子寅很快到达了双方见面的餐馆。因为还未到吃饭的时间，此刻的餐馆里并没有太多人，几名服务员也只是远远地站在一旁，而看到钱子寅进门，早已经等候多时的联络人立刻笑着迎了过来。

“钱老板，酒店怎么样，住得还舒服吧？”对方带着广味的口音让人听着怎么都觉得有点儿和壮壮的身材不相符合，不过钱子寅仍然笑着点点头，然后被对方让到座位上。

“阿灿，这次又要麻烦你了。”钱子寅坐到位置上，立刻开门见山地说道。

被称为阿灿的男子就是澳门俗称的叠马仔，所谓叠马仔是澳门博彩中介人营运商的俗称，主要是向博彩娱乐场贵宾厅介绍客户，收取佣金。而他们除了为赌场寻找客源之外，还有另外一个作用，就是利用他们第三者的身份将大量金钱输送到外地及各个赌场，客户一般依靠博彩中介人替他们调拨资金，这样就会很难辨别出资金的来源及客户身份。

“什么麻烦不麻烦的，总要有人去做的嘛。”阿灿满不在意地摆摆手，露出胳膊上鲜艳的文身图案。

“那我们就还是按照以前的那个数如何？”钱子寅点点头再次说道。

“钱总，现在不同往日，以前十个帕先就可以做，但最近大陆和澳门打击得厉害，至少十五个帕先。”听到钱子寅的话，被称为阿灿的男子立刻面露难色地说道。

“打击归打击，你一次涨 5%，这个怎么说都有点儿高了，我要你们不过是帮我在赌场里转一圈而已，一百块就让你们拿走十五块，这样我是不是太亏了。”钱子寅看着阿灿，一脸不满地说道。

“事情当然不是这么算的啦。”阿灿撇了撇嘴巴，“钱总你也知道，我们是要人的嘛，人要吃饭、睡觉、养家糊口的，一旦这件事被赌场和警方知道，受罪的人肯定是我们啊，对您来说，拿着支票就可以走掉，我们可是要生活在这里。”

“行了，你也别十五，我也别十，就按十二算，这一次比较多，降一点儿你也少赚不了。”钱子寅不耐烦地摆了摆手说道。

“这一次有多少？”听到钱子寅的话，阿灿一脸兴奋地凑过来问道。

“咳，两个亿！”钱子寅想了想，凑到阿灿身边低声说道。

“两个亿！钱总……”阿灿被数字吓了一跳，四下瞅了一圈之后重复道。

“嗯，怎么样，多长时间能搞出来？”钱子寅小声询问道。

“现在澳门三十三家赌场，我们有二十个人，一人一天最多在一个赌场只能带出十万块，否则一定会被他们盯上。这样，一天就是六千万，照例说，三天应该可以，但现在澳门政府对洗黑钱的事情管得很严，所以肯定不能天天做，否则……所以，我想至少要隔一个星期一次这样才安全。”阿灿想了想说道。

“不行，三天，我最多给你三天。”听到阿灿的话，钱子寅立刻摇头说道，“三个星期就是二十一天，算上杂七杂八的时间，就是一个月，我等不了那么长时间。”

钱子寅说的是实话，他确实等不了那么长时间，从林峰第一次与自己接触到现在，转眼已经将近半个多月过去了，如果澳门这边洗钱加上存款、取款、转款又要一个月，那么势必要耽误之后的移民办理，而三个月一旦过去，就是第二次利息偿付的时间，公司账上的钱连发给员工的基本工资都不够，又如何去偿付天文数字的利息？那帮集资的用户一旦闹起来，恐怕谁都压不住。到那个时候如果他还留在国内的话，那么恐怕真的走不了了。

对钱子寅来说最重要的就是时间。

“三天，时间太短了吧？这么大的现金流，赌场一定会发现的，到时候您走了，我们怎么办？”阿灿看着钱子寅，不无担心地说道。

“十五帕，两个亿你能拿走三千万。怎么样？”钱子寅仿佛下定决心一般，死盯着阿灿说道。

三千万的字眼儿似乎打动了阿灿，后者眼神转动了几圈后，最终点了点头。

“那一切就按钱老板您的意思办，反正我们干完这一票怎么都要回大陆躲一躲风声。”阿灿看着钱子寅说道。

“痛快，这才是爷们儿该说的话。”钱子寅微笑着点头说道，“我这就去钱庄问一下转账的事情，稍后和你联系。”钱子寅说完，掏出几张钞票扔在桌上，转身快步走出餐馆。

一直目送着钱子寅离开，阿灿才收回目光，随手拿出电话。

“喂！嗯，我们见面了，他应该还不知道，具体不清楚，不过到时候如果他们要让我们帮忙的话，呵……”阿灿说完，将桌上的钞票拿起来抽出一张递给服务员，其他的则一股脑儿揣进自己怀里，而后快步走出餐厅。

钱子寅在离开餐厅就迅速向曾经去过的地下钱庄走去，作为赌城，澳门的地下钱庄星罗棋布，分散在城市的各个角落，因为赌场不收取银行卡和提供刷卡服务，只能使用现金购买筹码，而这些钱庄提供的服务就是为客户所携带的借记银行卡非法提现。

钱庄外表看起来形态各异，有的是正规的财务公司，有的则是一些看起来毫无关系的便利店发廊等，但无论是哪种店面，只要有需求的客户进去，都可以提供相似的服务，所不同的只是金额的大小。

因为曾经来过一次，钱子寅对此轻车熟路，很自然地走到一处挂着便利店牌匾的门口，在左右看了一眼之后，信步走进店内。

“老板，刷卡提现！”钱子寅一边说着，一边从钱包里拿出自己办好的银行卡递给对方，但在疑惑地看了钱子寅一眼之后，对方却摆了摆手。

“办不了！”老板犹豫了一下说道。

“为什么？”钱子寅回头看了看店门外，没发现什么异常。

“大陆管得严，不让做咯！”老板摆摆手，说着拿出移动 POS 机递给钱子寅，后者低头看了看，发现上面显示着“停用”两个字。

“怎么会，以前不是可以的吗？”钱子寅惊讶地问道。

“以前是以前啦，现在不可以咯，大陆那边管得特别严。说什么我们洗钱，什么洗钱我们都不懂。”老板仿佛被问到痛处，愤怒地咒骂道。

“那这里谁还做这行？”钱子寅心中一惊，连忙追问道。

“谁？谁都不可以做啦，大陆那边和这边联手的，谁刷的量大，就会找麻烦的。不做了，不做了。”老板一边说着一边摆手向房间里走去，独独留下钱子寅一个人愕然站在房间内。

最不可能出现问题的地方出了问题，这是钱子寅没有预料到的。他在沉默了好一会儿后，才匆匆离开便利店，打车返回到自己住的酒店。通过酒店里配备的网络，钱子寅很快查到了关于这方面的资讯。

年初，澳门警方集中对利用银联卡终端非法套现进行了集中扫荡。不法商户在内地通过第三方支付渠道购入用于银联线下支付的终端 POS 机，以邮寄或其他方式偷运到澳门。以内地获得的银联终端在澳门刷卡，可绕开银联基于外汇管制的跨境支付限额，从表面上来看只是一笔数额较大的国内消费。嫌疑人直接经由第三方支付平台为需要赌资的客人冒充正当消费。

针对这样的情况，澳门警方与内地的十七家银行合作，针对大额银行卡的支付进行监管，并且实时交换信息。任何刷取大额的银行卡都会被锁定。

看到这条信息，钱子寅忽然有种虚脱的感觉，他一直自认为不算问题的问题，此刻却出现了大问题。

一直以来国家对货币流通实行着严格的金融监管，按照合法的方式，钱子寅最多只能带两万块来澳门，如果将所有的钱都通过这种方式带到澳门，恐怕他需要不眠不休地带上三十年。

而现在国家将银行卡的漏洞堵上了，那也意味着最后一条资金的通道被堵住，接下来要如何做，钱子寅真的有点儿焦头烂额。

此刻他的脑子里是一团乱麻，所有可以理清乱码的通道都被堵得死死的，让他根本找不到一点点出路。

这种感觉让钱子寅觉得自己是一个被烧开的闷葫芦，体内沸腾得仿佛要爆炸，但却没有一个出口可以宣泄。

就在钱子寅为眼前的事情烦恼的时候，电话铃忽然响起，屏幕上孙雪婷的号码在悦耳的铃声中不断跳跃着。

钱子寅不耐烦地接通电话，一个比他更焦急的声音瞬间从电话那边传了过来。

“子寅，出事了！”孙雪婷的声音焦急中透着无助，对他的称呼也从一贯的钱总变成了子寅。

“什么事大惊小怪的？”钱子寅不耐烦地问道。

“警察把徐家斌抓了。”孙雪婷抑制着声音中的颤抖，压低声音说道。

“不是抓过一次吗？怎么又来？”钱子寅奇怪地问道。在他的记忆里，一分公司最近并没有什么大动作。

“还不是因为之前晚会的事情嘛，当时晚会之后，主任级别的业务人员就告诉我们，资金的募集已经差不多了，但不知道是谁，把风声透露出去，结果引来很多人到一分公司参股，我本来是让徐家斌不要受理的，谁知道，他私自受理了一百多笔，募集了大概三百多万的资金。”孙雪婷连忙说道。

“妈的，谁让他这么干的？”听到孙雪婷的话，钱子寅大声咆哮道。在这个时候募集资金，等于往林峰手里送证据。这么愚蠢的事情，也只有徐家斌这种没脑子的笨蛋才会做出来。

“他将三百万划转到总公司账上之后，我以为他已经停手了，谁知道……”孙雪婷的声音低了很多，语气中更是带着深深的自责。

“公安局怎么会知道得这么清楚？”冷静下来的钱子寅思索片刻后向孙雪婷询问道，“公司的现金流他们怎么会掌握得这么迅速？”

电话那边，孙雪婷沉默了片刻：“具体情况我也不清楚，不过听当晚一起吃饭的郑行长说，和林峰一起去餐厅的那个女的，是鲁北央行国际业务部的主任，或许……”孙雪婷话说到这里，没有继续下去，但钱子寅已经明白什么了。

“通知保安部，让他们照顾一下这个唐欣恬！”钱子寅说完，放下电话转而看向窗外。

事情总是在你没预料到的地方出错，这句话不知道是谁说的，但在钱子寅看来，却不啻为一个真理。从事情曝光被公安局察觉到现在，每一次出现状况都在意料之外。无论是老人的跳楼还是林峰的搅局，再到央行对银联卡 POS

机的管制，以及眼前徐家斌的被抓，每一次都是这样。

越发变得错综复杂的情况让钱子寅感到焦虑的同时也让他异常疲惫，此刻的他有种迫不及待地想要离开这一切的欲望，可每次一想到那一笔巨款，他就越发地感觉到就此离开太不甘心。

钱对自己到底有多重要，钱子寅也不清楚，他只知道，从自己有记忆以来，生活就一直伴随着贫困和饥饿，那种让人无法忍受却偏又必须去忍受的困顿就仿佛缠绕在每一块骨骼上的绳索，你需要将所有的精力和智力都透支出来与他们对抗，可偏偏他们又像是一种让人无法回避的东西，就如同时间、太阳、月亮一样，每一天，每一小时，每一分钟都需要去面对。

他至今仍然记得当初为了决定到底是谁该去读书，而谁应该留下来成为家里的劳力时，自己与弟弟之间那种看似谦让但实则对抗的竞争。

尤其在母亲含泪的眼神，弟弟瘦弱却倔强的样子面前，钱子寅无可奈何地败退下来时，心里那种压抑和不甘，几乎是刻在他骨子里，每每回忆起来都仿佛火焰舔舐一样，有种让人难以磨灭的痛。

钱子寅也曾经想过，如果那一次他坚持下去，而不是将机会让给弟弟，会是什么样？或许他的人生会完全不同，他会考上大学，拿到文凭，或许会进入一个大公司当一名勤勤恳恳的白领，或许会出国留学，成为众人艳羡的海外学子。

可惜，“如果”就是不可能实现的一种借口。事情已经过去就不会再回头，就好像机会从眼前闪过的刹那，你不伸手抓住它的话，那么你就再也不可能去抓住它了。所以，钱子寅告诉自己，他没时间也没必要去回头，他所要做的，就是一直向前看。

“喂，阿灿吗？我有件事情想要找你谈谈，现在有时间吗？”钱子寅想到这里，拨通了阿灿的电话。

在简单地交谈了两句之后，两人很快约定地点。放下电话之后，钱子寅很快准备了一下，然后快步走出酒店大门。

第十六章　开始收网

“济源公司成立于2012年，是一家以经营食用油和保健品为主的私营集团企业，法人代表为钱子寅，济源公司在鲁北市共设立了至少三百个分部和介绍点，这三百个介绍点分属四个营业部，每个营业部设立会计、出纳各一名，并由一分公司主要管理。公司募集资金的主要方式是超额回报，用后来者的投入支付高额利息，直到雪球最终崩塌。

“济源公司的集资周期是半个月，还款周期则为三个月。投资者介绍他人参与集资，每份可获0.6元收益；如果能介绍3000份，并保持每期4%以上的增长，就可以成为营业部经理。

“营业部经理可享有每月1300—1500元的固定收入，每份集资提成0.5元，超出4%的部分每份可再提0.3元。每份定价184元，投资者投入资金后，即可以三个月为周期，每期至少获得13.2元的收益，投资年收益为33.276%，一份‘产品’的回报曾高达57元、42元、35元。目前阶段已经增加到每期至少获得16.3元……”

公安局大会议室内，林峰站在投影仪前，向与会众人介绍着济源公司的背景资料，与往日不同的是，这一次的会议除了局里内部的人员之外，还多了几位“局外人”，但林峰很清楚，只要这几位点头，那么，随后对济源公司犯罪人员的抓捕将进入倒计时阶段，而能否让他们点头，就看林峰目前所举证的资料是否能证明济源公司正在进行违法犯罪活动。

“……这是我们目前所掌握的资料以及犯罪嫌疑人徐家斌所陈述的口供。口供显示，济源公司早在两年以前就悄悄地进行非法集资，以8—10的月利非法吸纳存款，并计入复息。仅仅根据目前我们所掌握的济源公司的银行往来账目，他们非法集资所吸纳的存款就已经高达六个亿。所以我建议，立刻对济源公司进行查封行动，同时申请批捕以钱子寅为首的济源公司主要领导层。”林峰说到这里，看向座位上的几位“局外人”——包括市委书记在内的几名市领导此刻正眉头紧锁地低声交谈着什么。

“济源公司是我市的纳税大户，贸然对他们动手会不会引起一些麻烦？”一名市委常委在翻看了一下面前的资料之后，转头向书记询问道。

“纳税大户是不假，但我们也知道“王子犯法，与庶民同罪”的道理。不能因为他给国家纳了税，我们就放他一马，那样的话和拿钱买命有什么区别？另外，我看，这个公司除了非法募集资金，还有一些传销的性质。”书记微微摇摇头说道，随后看向一旁的市长。

“我最担心的不是税收的问题，少了他们济源公司，难道我们鲁北就吃不上饭了？我担心的是，群众过渡问题。你们也说了，目前查出来的非法集资额已经高达六个亿，那么即便是一人五万块钱的话，所涉及的人数就高达一万两千人，这一万两千人背后就是一万多个家庭，如何让他们平稳过渡才是最大的问题。”书记在与市长交换了一个眼神后看向林峰说道。

听到书记的话，林峰也是一愣，说实话自打接手这个案子，他就没考虑过这个问题，他一直以来的目标就是抓住钱子寅，将对方骗走的钱追缴回来，至于其他问题他从来没考虑过。

见林峰不说话，书记微笑着对他摆了摆手。

“刘局长，你们现在最要紧的是组织足够的人手，为案件破获后可能出现的问题把关，当然更重要的是安抚群众，我们目前还不知道案件最后案值有多大，但至少不会少于六个亿，所以我们要考虑的问题是如果群众不理解怎么办？在某些人的煽动下闹事怎么办？”书记看向一旁的刘局长，慎重地说道。

“嗯，书记您放心，目前我们已经成立了专案组，由我直接领导，林峰同志负责具体的侦破工作，我们的目标就是在尽量不会造成大波动的前提下，完成对案件的侦破工作。”刘局长接口说道。

“好的，这样最好。有什么问题你直接向市政府提，我们一定会解决的。记得，案件有任何进度，必须第一时间向我们汇报。”

就在刘局准备点头补充的时候，会议室外忽然响起敲门声，随后小陈未经允许就快步走进来，凑到林峰身边。

“头儿，唐姐出事了。”就在林峰准备开口询问他贸然进来的缘由时，小陈率先开口说道。

“出事了？出什么事了？”林峰惊讶地问道。

“目前还不清楚，只知道下班的时候被人给打了，用板砖，从后面打了一下，目前还在昏迷中。”听到林峰的询问，小陈小心地说道。

“书记、刘局，我……我先出去一趟马上回来，你们等我啊。”还没等小陈说完，林峰整个人飞出会议室，只留下声音在走廊中回荡着。

钱子寅到达见面地点的时候，阿灿早已经等在那里，看到钱子寅到来，他照例迎了过去。

“钱总这么急找我，有什么事吗？”两人坐到位置上，阿灿疑惑地问道。

“你为什么不通知我？”听到阿灿的询问，钱子寅疑惑地反问道。

“通知你什么？发生什么事了？”面对钱子寅的诘问，阿灿则一脸迷茫。

“澳门查银行卡查得这么厉害，你会不知道？”钱子寅看着阿灿，目光中透露着不信任。

“查银行卡了？怎么回事？”阿灿一脸惊讶地反问道，“我也是刚从大陆避风头回来，怎么会知道？”

“不管你知不知道，现在这个事情做不成了，所有无线 POS 机一旦被发现盗用刷卡，澳门警察会第一时间过来的，银行卡也会受到内地银行的处理。”钱子寅没空去分辨对方态度的真假，叹了口气无奈地说道。

“哎，怎么会出这样的事情啊，大陆对现金的控制太严格了！就算我们找人回大陆一笔笔带过来的话，也要不少时间的。”阿灿长吁短叹道，“也不知道没有银行卡之前，那些老前辈是怎么做到的。”

阿灿说到这里不经意地看了钱子寅一眼，发现对方似乎已经陷入沉思之中。

钱子寅确实是在考虑，刚才阿灿那句话确实提醒了他，在没有银行卡之前，大量的钱钞是怎样运到澳门的呢？这个念头一旦腾起就再也无法消弭下去，钱子寅随手打开一份路边发送的澳门地图，地图上珠海到澳门的距离只有短短的几厘米。对于钱子寅来说，这几厘米就是他需要跨越的一道天堑。

“阿灿，你有相熟的货车司机没有？我想，如果我们从拱北口岸用货车将现金运过来会怎样？”钱子寅把地图平铺在桌面上，对阿灿说道。

“钱总，相熟的司机我倒是认识两个，但这个有点儿太大胆了吧，万一口岸有人查怎么办，而且我觉得，与其用车，倒不如用船，澳门和珠海之间，快艇只要十几分钟，随便找到一处没人的海滩很快就可以搞定的。”听到钱子寅的询问，阿灿立刻建议道。

“船？你有相熟的吗？对我来说必须是牢靠的。”钱子寅沉吟片刻后问道。

“当然有，早年都是干水货的，只要您能把东西运到，他们就可以搞定了的啦！”阿灿拍着胸脯保证道。

“好，就这么定了。我现在立刻回鲁北，等运到珠海，我会通知你的，你联络好船，记得一定要随叫随到。”钱子寅点点头，最终敲定道。

阿灿忙不迭地点点头，一脸轻松地招呼服务员吃东西，却被钱子寅摆手拒绝，后者在又嘱咐了阿灿两句后，快步起身向外走去。

目送着钱子寅离开，阿灿冷笑了两声，随后从推来的食车上，大大地拿下了几笼叉烧包。

时间对于钱子寅来说已经很紧张了，现在他需要做的就是马上回去，把钱运到珠海。虽然制订了计划，但人员的甄选上却是个问题，说实话，钱子寅谁都信不过，他更不信任有人会安心地帮着他开着载有几个亿现金的货车。在思来想去之后，他最终决定由自己和孙雪婷一起轮流开车将钱运到珠海。

前往机场的路上，钱子寅又确定了一些细节的问题，可就在他进入机场准备登机的时候,包里的电话忽然响起,他随手拿起电话,发现竟然是弟弟的号码。

已经几个月没和他联系的弟弟为什么会给他来电话？钱子寅疑惑地接通电话，二亭低沉的声音立刻从电话那边传来。

“哥，我是子亭，咱妈的生日要到了……”弟弟的话忽然一下子将钱子寅拉回到现实中，他猛然间想起，再过几天就是母亲七十岁生日，之前钱子寅一直叨咕着要替妈妈好好庆祝一番，可是现在看来，这似乎只能是个奢望了。

“咳，我在澳门呢，一会儿就回去，等我们回去再商量吧。”钱子寅犹豫了一下说道。

“嗯，那我等你回来。”弟弟回答道。

“那什么，二亭，你那边怎么样？”就在弟弟准备挂断电话的时候，钱子寅忽然有种想要和弟弟说说话的愿望，在思索了片刻后，他试探着问道。

“唔，还行！”弟弟有些意外，一直以来，哥哥表现出的都是强势的外在，突然的问候让他有些许的不适应。

“注意点儿身体。我不在家的时候，多看看咱妈，你也知道，咱妈不喜欢搬家，就想待在老院子。你常去看看她的话，她就不觉得孤单了。”钱子寅有一句没一句地交代道。

“行，你什么时候回来？我派人接你去吧？”弟弟那边沉默了片刻，随后问道。

“不用，我这就回去了。”钱子寅说完，随手挂断了电话。

抬头看看机场的电子屏，钱子寅觉得视线有点儿模糊，突然的伤感让他心里萌生出隐约的悔意，有那么一瞬间，他甚至希望时光能倒流，不过他很清楚，这种希望不过是奢望而已。

快步走到安检口，钱子寅回头看了看高楼林立的澳门，忽然发现，它的繁华中似乎透着一丝没落。

林峰到达医院的时候，唐欣恬已经睡了，医生的诊断是轻微脑震荡合并外伤。看着她头上缠着的白色绷带以及略显苍白的脸色，林峰叹了口气坐到床边。

病床上，似乎感觉到了有人在身边，唐欣恬动了动之后缓缓睁开眼睛。

“你怎么来了？”看到林峰坐在身边，唐欣恬连忙问道。

“我必须得来啊。”林峰嗔怪着说道，然后用手按下试图坐起来的对方，“都受伤了，你就别坐起来了，这个时候还讲什么客套啊。”

唐欣恬赧然一笑重新躺了下来：“怎么样，案子有进展了吗？”

“嗯，等待批捕了，不过因为涉及的范围太广，恐怕要费些周章。”林峰点点头，目光中透出一丝担忧。

“其实现在来看，我们当初做出的努力还是没有白费的，捋顺了济源公司的资金流向，就等于抓住了他们的尾巴……”唐欣恬看着林峰忧虑的神态，连忙安慰道。

看到唐欣恬略显苍白的面色以及手上还沾着的血迹，林峰随手拿起暖瓶，倒了半盆热水，将毛巾弄湿，为唐欣恬擦了擦手。突如其来的亲热举动让唐欣恬略感羞涩，她本想躲闪拒绝，但林峰适时地说话，却打断了她的想法。

“我不担心济源公司，我担心的是你，你考虑过没有，他们怎么知道你家在哪儿呢？”林峰看着唐欣恬疑惑地说道，“不单是这件事，其实一直以来我都很奇怪，钱子寅对我们的情况似乎很了解，但又不是全部了解。”

“为什么会这样？”唐欣恬奇怪地问道。

“或许……”就在林峰犹豫着要说出自己的猜测时，小陈忽然从门外走进来。

“头儿，刘局那边批了，秘密抓捕！”小陈走过来低声对林峰说道。

听到小陈的话，林峰犹豫了一下，一旁的唐欣恬连忙摆摆手：“你先去吧，我家人会过来照顾我的。”

“那我去了！”林峰说着，快步走出房间。

“小陈，你带人去钱子寅家，告诉其他人立刻去济源公司，按照我们拟定的名单，一个一个给我抓，济源公司所有的中层、高层，包括业务主任在内，一个都不能放过。”林峰一边说着，一边快步走出医院。

唐欣恬目送着林峰离开，正准备躺回到床上，身边的手机忽然“滴”的一声传来微信的声音，她好奇地低头看去，发现林峰竟然给她发来一条消息。

“唐欣恬同志，鉴于我们之间的关系已经有了实质性的进展，所以，我提前预约你出院后的第一次约会，不知道可否？”

“什么实质性进展啊？”唐欣恬被弄得一头雾水，连忙回复。

“肌肤之亲啊，你可别抵赖啊，我刚才可是碰到你的手了。”等待片刻，那边回了一句。

“无聊！”唐欣恬回了一句，好奇地起身向外张望。

门口，早已经准备好的警车在林峰刚钻进去，就迅速发动起来，很快消失在茫茫车流之中。

公安局门口，已经集结完毕的车辆早已经等待多时，在林峰的车子刚一出现，就迅速发动，排成一字长龙驶向济源公司。一路上，频闪的警灯和警笛吸引了大部分路人的目光，而相比于之前的那次色厉内荏，林峰这一次心里要有底得多。

一分公司的证据和徐家斌的口供已经足以证明所有和一分公司有账目往来的分公司都脱离不了关系，而作为领导者的总公司和钱子寅等人更是罪责难逃。

一想到即将抓到钱子寅，林峰就没来由地一阵激动。两年的时间，几个亿的案值，这个趴在鲁北人民身上的吸血蚂蟥终于到了被捏死的时候。

在林峰的催促中，车子很快到达了济源公司大门口。看到突然出现的警车，保安犹疑地站在大门前，不过这一次林峰已经没有耐心和对方纠缠了，在他的命令下，协助抓捕的同事纷纷下车控制住了还要跃跃欲试过来拦阻的保安。

站在自己曾经来过的这座大厦面前，林峰抬头看了看那在阳光下仍然熠熠生辉的济源公司金质大字，微微挥了挥手：“动手！”

众人蜂拥着冲进办公楼，而林峰则大步流星直接向钱子寅的办公室走去。推开房门，里面陈设依旧，曾经坐过的凳子仍然摆在那里，只是少了大班台后面的钱子寅。

走廊里，同事们依靠徐家斌提供的名单按屋搜查着，一群人很快就被集中带往楼下，但让林峰感到意外的是，这里面却少了两个人。

刘海玲和孙雪婷！

“他们两个哪儿去了？”林峰拽住一名嫌疑人问道。

“孙总？她刚走，刘经理这几天都没来。”对方顺从地回答道。

“刚走？没来？”林峰皱了皱眉头，转身快步向孙雪婷的办公室走去。

办公室的摆设纤尘不染，与钱子寅的不同，那里似乎空旷了很久，而这里却仿佛刚刚仍在使用。

空气中充斥着一股淡淡的香味，而沙发上凌乱地散落着个人物品。大班台上，资料四散凌乱，几本翻开的账本上有明显的撕扯痕迹。这一切都显示着孙雪婷刚刚离开。

“立刻去保安监控室，调取监控录像，查查这个孙雪婷去了哪里。另外，找人在这里搜集一下证据。”林峰打量了办公室一圈之后命令道，而他则信步走到对方桌前，缓缓坐在刚刚孙雪婷的座位上。

对方走得太巧了，巧到让人本能地觉得有问题，但问题在哪儿呢？林峰却不得而知。他一边思索着一边随手摆弄着桌子上的东西，良久才抬起头看向一旁的小陈。

“查一下孙雪婷的所有通信方式，尤其注意最近几天和她联系频繁的人。”林峰说完，起身快步向外走去。

浩浩荡荡的警车车队一如刚才进来一样再次离开济源公司，也再一次引来了所有人的注意。如果在抓捕问题上，林峰很好地执行了局长的抓捕命令的话，那么他在保密方面却并没有做到这一点，或者说他有意无意地将信息通过这种方式传递了出去。

车队很快返回到公安局，嫌疑人也在同事们的押解下被分别收押，接下来的就是审讯，对此林峰并不担心，有徐家斌的口供和证据，证明他们有罪并不是什么难题，他唯一担心的是仍然没有落网的钱子寅和突然离开的孙雪婷。

虽然已经命令小陈前往钱子寅家中，但林峰对此却并不抱太大希望。他很清楚，钱子寅早在两人第一次见面的时候就已经藏起来了，能找到他的，除了他信任的几个人之外，再无其他人。

小陈很快带队返回了局里——他只带回了钱子寅的老婆，而钱子寅一如林峰预料的那样，早已经消失不见。

“立刻突击审讯，搜集证据把钱子寅的罪证落实下来，准备网上追逃钱子寅。”林峰看了被押解进来的钱子寅的老婆一眼，迅速命令道。

第十七章　亡命鸳鸯

孙雪婷一直觉得背后有人跟着自己，虽然为了怕人发现，她早已经将车停在了后面的路口，而她自己也戴着一副大大的口罩，可即便如此，她仍然觉得路边的每一个人都仿佛在盯着自己一样。孙雪婷强迫自己不去看别人，只是努力地快走，虽然她也不知道自己要到哪里去。

身后忽然响起的警笛让孙雪婷本能地向路边一跳，连累得一旁的路人也被忽然撞了一下。感觉到自己有点儿紧张的孙雪婷在慌忙道歉之后，低头快步向前走去，同时再次拿出手机拨通了钱子寅的电话。

可惜，电话仍然处于关机状态，虽然之前钱子寅发信息告诉她，自己正在返回鲁北的飞机上，但孙雪婷却仍然不可抑制地乱想着。

钱子寅什么时候回来？他万一被抓了怎么办？他回来会有什么解决办法？一个个疑问伴随着惊恐充斥在脑子里，仅仅一会儿，孙雪婷就觉得自己仿佛被逼到了悬崖边上一般。

在犹豫了一下之后，她随手叫停了一辆出租车，可在钻进车内之后，她却始终不知道自己应该去往哪里。

那个给自己发信息的人已经告诉她了，公安局对济源公司的调查已经到了收网的阶段，要想不被抓住，就立刻躲起来，可是，她要躲到哪里？

驾驶位上，出租车司机透过观后镜看着陷入沉思中的孙雪婷，等待片刻后轻轻地咳嗽了一声。孙雪婷夸张地颤抖了一下，然后才明白过来。

“师傅，去飞机场。”孙雪婷说完，委顿地倒在座位上，对于现在的她来说，唯一能做的就是等待钱子寅回来。

对济源公司中层员工的预审很快有了结果，在徐家斌的口供证明的影响下，大部分人都痛快地交代了他们的罪行。但也有些人表现出少有的冥顽不灵，这其中就包括钱子寅的老婆。

“田桂芳，你一直担任济源公司的财务总监，可你却说对所有的财务问题丝毫不了解，你觉得这样合理吗？”看着面前低头坐着的钱子寅老婆，审讯员厉声质问道。

“我平时就在家里做做饭，总监不过就是是挂个名而已，你说的那些事情我都不知道。”田桂芳低头说道。

“那你知道什么就说什么！”审讯员看着田桂芳说道。

这一次，回应审讯员的是田桂芳的低头无语——对方很快发现了沉默的好处，在接下来的审讯中，一直保持着沉默，直到房门被再次推开，林峰快步走了进来。

林峰挥手让审讯员离开，自己坐到了位置上，在翻看了一下田桂芳的资料之后，重新抬头看向田桂芳。

“你和钱子寅没有孩子，是吗？”林峰问了一个与案子无关的问题，但田桂芳却明显地颤抖了一下。

“田大姐，您的岁数比我大，我尊称您一声大姐，虽然我没您那么多阅历，但我也知道，夫妻生活在一起，凭的是相互之间的感情，而不是一方对另外一方的百依百顺。尤其现在，钱子寅明显是在犯罪，如果您还毫无原则地替他掩盖并不是在帮他，而是在害他。”林峰看着田桂芳，用少有的感性口吻说道。

可对面的田桂芳却依然低着头一句话不说，似乎打定了不开口的主意。就在林峰犹豫着要怎么让她开口的时候，门外小陈忽然推门进来，将一摞口供资料交给林峰，随后在他耳边耳语了几句，听到小陈的话，林峰忽然有了办法。

“田大姐，我们刚刚统计了一下抓捕名单，您知道除了您老公钱子寅之外，还缺了谁吗？”林峰假装整理了一下手头的口供资料，忽然漫不经心地说道，而在他对面，田桂芳虽然仍未开口，但似乎也留意地在听。

“孙雪婷。她是临时接到了别人的通知，提前逃走的。我们刚刚查了孙雪婷的电话通信记录，发现在她离开前，曾经拨打过钱子寅的电话十几次。”林峰说着，将手里的一份通信记录晃了晃。这一次，田桂芳终于抬起头来。

“你想说什么？”田桂芳捋了捋垂下来的头发，缓缓开口道。

“没事，我就是在想，到底是谁通知的孙雪婷，他为什么只通知孙雪婷，不通知别人，要我说，肯定不是你老公……”林峰说完，霍然起身，向门外走去，而在走到田桂芳身边时，特意将通信记录轻轻放在她面前。

推开门走出房间，一旁站着的小陈立刻迎了上来：“怎么样，撂了没？”

“估计得热一会儿。”林峰抽出一根烟放在嘴边，却没点燃，而是转头看向小陈，“你小子怎么忽然想起编派人家的绯闻这一招了？”

“怎么是编派？是真事，上午我们预审其他人的时候，很多人都有意无意地说，钱子寅和孙雪婷的关系不一般。”

“不一般还有好几种不一般呢，非扯到男女关系上去？以后这事没真凭实据别说啊，咱们是警察，又不是狗仔队，何况钱子寅他也不算明星啊。”林峰说着点燃了香烟。

“不过，头儿，您不觉得孙雪婷走得有点儿蹊跷吗？说实话，我查了和她有关的所有通信记录，都没发现异常，但她走得也太巧了，难道说……”小陈看着林峰小心地说道。

“这事你别管，我有谱！”林峰点点头，目光透过袅袅升起的烟雾看向远方悠悠地说道。

钱子寅刚下飞机就被迎面走来的孙雪婷一把抓住，后者裹得严严实实的打扮吓了钱子寅一跳。

“怎么了？”看着孙雪婷有点儿虚脱的样子，钱子寅奇怪地问道。

“警察刚刚去公司把大家都抓了！”孙雪婷急促地说道，“子寅，我们快走吧！晚了我们就走不了了！”

“怎么回事？”钱子寅一怔，连忙问道。

“今天一早，警察就忽然到公司，把所有人都抓起来了，据说是徐家斌提供的名单。”孙雪婷连忙说道，“子寅，现在马上上飞机去香港或者澳门，如果被警察找到的话，就什么都完了。”

“别慌，把话说完，你是怎么出来的？”钱子寅恼怒地瞪了她一眼，然后问道。

“是他告诉我的。”孙雪婷说道。

“哦，还算有点儿良心，知道什么叫一损俱损。”钱子寅点点头说道，“那领导那边说什么了？”

“没有，什么都没说。”孙雪婷摇摇头说道。

“刘海玲呢？也被抓了？”钱子寅意外地问道。

“没有，她好几天前就没来公司了。”孙雪婷摇摇头。

“好啊，这是要过河拆桥的节奏啊！”钱子寅咬着牙恶狠狠地说道。

“那现在我们怎么办？”看着钱子寅愤怒的样子，孙雪婷小心询问道。

“什么怎么办？当然是回去，钱还没拿出来呢！现在走，出了国也是穷光蛋！”钱子寅一边说着，一边带着孙雪婷向机场外走去。两人很快拦了一辆出租车重新向对他们来说应该避之如蛇蝎的鲁北市而去。

此刻的鲁北市已经人心惶惶，早上那次针对济源公司的抓捕行动在迅速扩散下几乎瞬间就遍布到城市的每一个角落。所有和济源公司戚戚相关的人员或惶恐、或紧张、或迷茫，每个人都不断向周围人打听事情的缘由，但却又问不出个所以然来。

在这种情况下，各种谣言四散而起，满足着人们各式各样的心理需求。

有人说济源公司得罪了人，有人则说是因为上市问题被人报了假案，更有人说只不过是一次消防演习被人以讹传讹罢了……但无论是何种谣言，都规避了一个问题，就是关于济源公司非法集资的事情，似乎所有人都在这一刻选择性失明，面对这样一个问题却视而不见，又或者说，他们其实心中已经隐隐察觉到了，只是不愿去相信和接受罢了。

但无论是散播谣言者还是笃信谣言者，大部分人心里都存着这样一个念头，就是第二天无论如何都要去济源公司看看。如果可以，最好能将存在那里的钱先取出来，哪怕损失点儿利息也是好的。

钱子寅就是在这种情况下重新回到鲁北市的，他不知道，他的名字和济源公司现在已经成了所有人茶余饭后提到最多的词。对他来说，此刻最重要的就是把钱转移走，只要到了澳门转成合法资金，那么鲁北无论发生什么事都和他没有半点儿关系。抱着这样一种心理，钱子寅带着孙雪婷驱车来到母亲家，可还没进院门，房间里的争吵声就破窗而出，传到门外钱子寅和孙雪婷两人的耳朵里。

争吵中，照顾母亲的保姆气冲冲地甩门走出院子，在低声咒骂了两句之后，快步离开。院内，弟弟面色严峻地走到门口，一直目送着对方的身影消失不见，才转身准备回去，可就在他刚刚拉开门的时候，身后却传来了一声招呼。

“子亭，你怎么来了？”招呼声中，钱子寅带着孙雪婷快步走过来问道，神态轻松得就仿佛刚刚的一切他丝毫未见一样。

“大哥，出事了吗？”见到钱子寅出现，弟弟隐隐松了口气，随后关切地问道。

“出事？出什么事？”钱子寅疑惑地看了他一眼，反问道。神态平常得不能再平常。

听到大哥的反问，钱子亭没有说话，而是将目光转向一旁的孙雪婷，后者有点儿慌张的表情立刻落入他的眼中。

“妈在里面吗？我去看看她！”钱子寅见状拉着孙雪婷快步向里面走去，身后的弟弟本想问一句，但最终还是打住了话头。

房间里，母亲正在弟媳的陪伴下絮叨着什么，看到钱子寅出现，立刻想要下床，却被钱子寅一把拦住。

“大抢子，你没出什么事吧？”母亲看着钱子寅，关切地问道。

“我能出什么事啊，这不挺好的吗？”钱子寅戏谑地转了个身，母亲却并没有因此放心。

“那保姆两口子说……”母亲看着钱子寅欲言又止道。

“他们说啥？他们说啥你也别往心里去，以后有事让他们找我。”钱子寅似乎明白了什么，但却没有细问，而是直截了当地说道。

“你要有事，就跟妈说。你是不是缺钱？缺钱的话跟我说，我这里虽然不多，但你们俩平时给我的零花钱我都攒着呢。”母亲一边说着一边在口袋里摸索着，钱子寅见此情景，慌忙过去一把将她的手按住。

“你别闹了，压根儿没有的事。我什么时候缺过钱了，不信你问我弟。”钱子寅一边说着一边回头看向弟弟，后者犹豫了一下，点了点头。

见二儿子点头，母亲似乎终于放下心来，这才看向一边的孙雪婷：“这是谁啊？田儿怎么没过来？”

“哦，这是我公司的孙总，过来帮我办点儿事，田儿在家收拾屋呢。”钱子寅慌忙应付了一句，然后看向孙雪婷，后者连忙走过去亲热地打了个招呼。

“要不，大哥，我今晚带妈去我那边住？”看到气氛缓和下来，钱子亭话题一转，忽然说道。

“去吧，没事，你不说我还想把咱妈送过去呢，老让她在一个地方待着也不是个事儿。”兄弟俩很快达成默契，听到弟弟的话，钱子寅立刻点头答应道。

母亲对两个儿子的安排没有提出异议，在微微点点头之后跟着钱子亭妻子向外走去，一直到母亲离开，钱子亭才叹了口气看向哥哥。

“警察今天上午到我公司去了。”钱子亭看着哥哥说道。

“哦？”钱子寅惊讶的口吻更像是敷衍，且没有一丝接下话题的意思。

“保姆问着咱妈要钱，说钱放你公司拿不回来了。”弟弟接着说道。

“哼！”钱子寅嗤之以鼻地哼了一声。

“哥，有什么事，有什么困难你就跟我说……”钱子亭犹豫了一下再次说道。不过这一次，哥哥似乎连敷衍的兴趣都没有了。

“那……我走了！”钱子亭叹了口气转身走出房间。

“给妈多穿点儿，记得别忘记提醒她吃药。”出门的刹那，钱子寅的嘱咐从身后传来。

一直到门外传来汽车引擎的发动声，钱子寅才终于脱去伪装，一屁股坐在床上，一旁的孙雪婷乖巧地凑过来坐在他旁边，想要安慰几句，却又无话可说。

“钱就在外面的小仓房里。”搂着身边的孙雪婷，钱子寅小声说道。听到他的话，孙雪婷惊讶地抬起头。

“明天我们找辆车带着钱去澳门，我和阿灿说好了，他三天就能把这些钱洗白。”钱子寅忽然重重地搂着孙雪婷压在床上，撕扯着对方的衣服，“到时候我们就可以远走高飞了。”

钱子寅突然的疯狂让孙雪婷有点儿抗拒，但在钱子寅的强势下最终顺从了对方，可是在几番努力下，钱子寅却发现身体竟然根本不听从他的指挥，最终他完全失去了兴致，整个人颓然从孙雪婷身上倒下去。

“睡吧，明天早上有我们忙的。”钱子寅说这句话的时候，不知道怎么忽然想起了自己的母亲。

第十八章　威　逼

虽然已经是深夜，但公安局大楼内却灯火通明，为了协助林峰办案，刘局长几乎抽调了辖区内所有可以抽调的警力。被腾出来的办公桌旁，无数人在忙碌着整理和摘抄审讯获得的材料，而在审讯室内，分别被提审的济源公司中层领导的口供又不断完善着这些材料。在众人的努力下，一张巨大的非法募集资金的网络渐渐在眼前展开。

墙壁上，在大家的合力统计下，非法集资的数额正在不断攀升，很快从预先估计的六个亿攀升到令人咋舌的十个亿。庞大的数字催动着所有人的神经，也驱散了身体的配备，包括林峰在内的所有人似乎都忘记了休息，加班加点地统计着钱子寅诈骗的金额，

而对钱子寅的抓捕行动也已经进入执行阶段，各个派出所以及相关的火车站、汽车站等交通枢纽都已经接到钱子寅的通缉令。与此同时，干警兵分三路来到钱子寅的公司、家里，以及他弟弟的住宅蹲守。

可即便如此，林峰觉得自己似乎还是漏掉了点儿什么。钱子寅既然做好了逃跑的准备，那么这方面他也一定考虑过，并且肯定会有应付的对策，而之前的一切也证实了这一点，无论是举办晚会还是对集资者的恫吓，都说明了钱子

寅周全地应付着这一切，若非属下的人太过贪婪，或许此刻林峰还拿他没有办法。就在林峰考虑这个问题的时候，门外，刘局长带着一阵饭香缓步走了进来。

“怎么了？又想什么好主意呢？”刘局长将两大兜盒饭轻轻放在众人的桌子上，然后看着林峰问道。

“哦，刘局，您还亲自来送饭了？”看到刘局长，林峰一愣，然后玩笑着说道。

“这话说得有点儿诛心啊，我怎么送饭还要封个亲自呢？”刘局长指着林峰对大家说道，两人的话让埋头忙碌的众人纷纷抬起头来，原本寂静无声的办公室也顿时热闹起来。

“刘局，我们头儿的意思是，以后您再有这样的事，就别麻烦亲自动手了，直接变现就行。”小陈率先跑过来，在盒饭里挑出一盒自己爱吃的之后，转头跑到角落边吃边说道。

“哎，看来是有什么领导就有什么兵啊，这话还真让人找不到反驳的地方。”刘局笑着说完，收拢笑容看向林峰，“市里已经决定成立工作组彻查济源公司，并且专项解决有关济源公司的问题，不过上面点名需要你配合一下。”

“我，配合？”林峰刚要伸向盒饭的手忽然一僵，惊讶地问道。

“是啊，我已经说了，你现在主要负责侦破案件，把你抽调走会对案子的进度影响很大，可是……”刘局长说到这里，不禁停顿了一下，目光也看向众人，在发现大家都没有注意他们之后，才又转过头看向林峰。

虽然刘局长没有说明，但林峰似乎已经明白了什么，显然有人已经不希望他继续留在经侦科调查案子，于是来了这手所谓的“明升暗降”。

“他们让我怎么配合啊？”林峰看着刘局长，眉头一皱反问道。

“嗯……包括彻查济源公司财产，以及配合市政府人员对现有的集资者进行走访登记。”刘局长叹了口气说道，“要不这样吧，我会把这件事顶回去的，你安心负责查案，争取最短时间内把钱子寅给我抓回来。只要把他抓回来，那么一切就都 OK 了。”

听到刘局长的话，林峰却忽然摇摇头：“我倒觉得，这其实未必是坏事，只要我们操作好了，也可以是个机会。”

林峰的话让刘局长一愣，后者疑惑地看了林峰一眼，然后明白了什么，微微点了点头：“这么说……你打算去？”

“嗯，不光要去，我们这里还要做出安排，监控的人员由明转暗。还有，把发出去的通缉令也都暂时收一收，制造点儿假象给对方。”林峰点头说道。听到他的话，刘局长原本严肃的面孔中露出一丝笑容。

“嗯，欲擒故纵对明升暗降，看着还真挺般配。”刘局长说完，转身向外走去，刚走出没多远，就被林峰叫住。

“刘局，下次您别亲自送饭了，这菜太辣了，辣完上面辣下面啊。”林峰的话，顿时引来众人的一阵哄笑。

钱子寅搂着怀里的孙雪婷却一夜没有睡，虽然孙雪婷闭着眼睛躺在怀里，呼吸平稳，但钱子寅知道，她其实睡得也不踏实，晚上几次忽然抽动着醒来，在摸到钱子寅仍在身边之后才又缓缓睡去。

两人就这么依偎在一起，一直熬到天亮才终于起身。虽然双眼熬得通红，但钱子寅却丝毫没有任何睡意，脑子里乱七八糟地充斥了一大堆的念头，各种隐藏在角落里的人和事更是不断涌出，他不知道自己这种状态应该用什么词形容，或许可以说是忐忑，或许是亢奋。

天刚蒙蒙亮，钱子寅就起床叫醒了孙雪婷，在嘱咐了两句之后快步离开了房间。目送着钱子寅离开，孙雪婷慌忙准备着，搜罗起房间里的棉被和物件，将它们堆到屋子中间，自己更是一屁股坐在上面，直到外面响起汽车的引擎声才从愣神中醒悟过来，快步迎了出去。

院子外，钱子寅租来的卡车已经停在门口，两人对视了一眼之后，默契地向仓房走去，拉开房间里的破烂和伪装物，一捆捆的钞票立刻显露在两人眼前。

可是钱子寅看到这些钞票的时候，心中已经没有了以往的炽热。对他来说，这一切已经成为他必须要达成的使命，而和它本身的价值没有多大关系。

两人迅速地将一捆捆钞票用准备好的棉被和背包装好，摞进车厢里，浅浅的车厢很快就被五颜六色的各种包裹填塞得满满的。忙碌中，天色渐渐由暗转明，周围的邻居也三五成群地准备着上班。看到这一幕，众人纷纷露出好奇的表情，有人更是张口询问了两句，但都被钱子寅冷漠的眼神和话语抵挡了回去。

接近两个小时的忙碌，仓房里的钞票终于变成了车厢里的包裹，在最后检查了一遍之后，钱子寅拉着孙雪婷一头钻进驾驶室里发动汽车绝尘而去。

回头看着身后的景物越变越小，钱子寅一直压抑的心情忽然瞬间放松，那就仿佛将所有的包袱都一股脑儿甩掉的感觉，身体轻盈得就仿佛要飞起来了一般。

“雪婷，我们赢了！”钱子寅兴奋地看了孙雪婷一眼，猛地一踩油门，车子“唰”地蹿上了通往珠海市的高速公路。

身后，随着车子不断前进，鲁北市逐渐从一座座房子变成一个城市的剪影，再渐渐地消失在视线中。

随手拿出手机，钱子寅拨通了阿灿的电话号码，电话里的后者仍然是那副礼貌到谦卑的声音，不过这一次在钱子寅听来，他的声音也充满了让人喜悦的元素，与对方大概约定了一下见面的事情，钱子寅随手挂了电话扔在仪表台上。

就在他转身准备和孙雪婷说点儿什么的时候，仪表台的电话忽然响了，钱子寅拿起电话，上面一个熟悉的号码随着音乐铃声不断跳动着。

“他怎么来电话了？你告诉他我这个手机的号码了？”钱子寅看着上面的电话号码，脸上的喜悦之情一扫而空，皱着眉头看向孙雪婷。

“没有，这个号码只有我们两个人知道。”孙雪婷连忙摇头。

钱子寅意味深长地看了电话一眼，最终还是按下了接听键，随着电话接通，一个熟悉的声音再次传来。

“子寅啊，到哪里了？”电话那边，领导用惯用的慈祥声音询问道，不过在钱子寅听来，声音里却丝毫没有任何情感因素。

“哦，领导啊，我这快到济源了，怎么了？”钱子寅打了个哈哈反问道。

“到济源？到济源你想自投罗网吗？别瞒我了，人这么长时间不见，号码也换了，是不想走了吧？”领导在那边冷笑了一下之后说道。

“我哪敢瞒您啊，电话号码换了您不是也知道了吗？所以，我在您眼里就是个小透明。”电话里钱子寅虽然笑着，但脸上却丝毫没有任何笑容，眼神中更是透着少见的冰冷。

“别打哈哈了。长话短说，公安局那边已经对你立案了，市里通报的。所以，能快点儿走就快点儿走，能早走就早走。至于林峰那边，我已经把他暂时架空了，不过也坚持不了多长时间。所以，你最好把握住这个机会。”领导也没继续寒暄下去的意思，索性直接向他通报道。

“那我真该谢谢您。”钱子寅殊无诚意地说道，“不过，您要真是想帮忙，就好人做到底，徐区长那边您要是能使把力气，事情说不定就没那么麻烦了。”

“徐区长？他怎么了？”听到钱子寅的话，领导沉默了片刻之后问道。

“他不仗义啊，钱他赚了，过河拆桥、釜底抽薪他都干了。本来没多大事，他非让他儿子自己动手到公司里抽钱，结果事情一下子大条了。谁能想到他儿子的骨头还不硬，人家问两句就全招了，结果一下子到了这步田地，这事您不会不知道吧？”钱子寅索性直截了当地说道。

“哦？有这事？”电话那边，领导装得仿佛才听说一样，从语气声调中似乎都惟妙惟肖，可钱子寅很清楚，如果他连这事都不知道，那就真不配“领导”这两个字了。

“是啊，所以，如果你方便，就给徐区长带个话，我这孤家寡人一样，力气有限，能承担的我肯定自己承担，但承担不了的话，就别怪我趴下了。”钱子寅说到这里，重重地挂断电话，随后将手机一把扔到角落。

“这么和他们翻脸，不太好吧？”副驾驶上，孙雪婷有点儿担心地说道。

“翻脸？早就翻脸了，你以为刘海玲为什么不来了？他们想得比我们周到多了，他们现在最盼望的就是我赶快走，或者死了才好呢！否则一旦我到案，他们恐怕也要职位不保。哎，有这份心思，不去好好为人民服务还真可惜。”钱子寅一边咒骂着，一边从口袋里掏出钱包和身份证，随手扔给孙雪婷，“一会儿到服务站，用这张身份证买两张新卡，我就不信了，他还能跟踪到我。”

听到钱子寅的话，孙雪婷默默地看了一眼身份证，随后小心放在口袋里。

一旁，被破坏了好心情的钱子寅索性一脚将油门踩到底，卡车带着巨大的轰鸣声一路向前，很快消失在公路的尽头。

林峰到工作组报道的时候，众人已经等了多时，看到林峰到来，纷纷点头致意，作为领头的市政府的一位秘书更是热情地走过来与林峰握手，不过看着对方一团和气的样子以及身上那个看起来不轻不重的职务，林峰很快明白过来，自己所要面对的工作恐怕还真是“不轻不重”。

秘书随后交代的工作任务，很快证实林峰的猜测，工作组的工作和案件其实没有多大的关系，更多的只是安抚和调节。不过林峰对此却并没有提出什么异议，只是静静地坐在一旁听着大家的议论，虽然七嘴八舌的讨论中大家更多的也只是惊讶集资金额的大小。

在秘书组长的催促下，众人纷纷钻进早已经准备好的面包车，他们的第一站是市政府，面对的是市政府门口集结的人群。对于这件事，林峰早有耳闻，可直到来到现场，他才明白钱子寅的集资案具体到人头，到底有多么巨大和壮观。

市政府门口，成群结队的人拥塞在门前广场上，原本宽敞的广场因为人群的缘故变得狭窄了许多。中国人的特性，决定了他们一旦有什么事情就必须去找“父母官”，而忽略了作为法治社会的中国，很多事情有正规而且合理的渠道可以解决问题。

人群围拢的中心，有几名老人哭天抢地地在大门口哭喊着，用力摇动着大门，用他们过激的行动诉说着自己的不幸。其他人则木木然地站在一边，手里有气无力地摇晃着写满黑字的白色布匹，为几位老人的英勇出头有气无力地摇旗呐喊着。

对于大家来说，有人出头无异于是好事，中国人特有的稳妥思维让他们觉得躲在这群老人身后远比自己出去摇动大门好得多，至少有人可以试探一下政府的反应，为下一步做准备。当然，此刻众人似乎都选择性地遗忘了骗他们的人并不是市政府，而是钱子寅和济源公司。

林峰等人很快从车上跳下来迎在众人面前，领头的市政府秘书举起手里早已经准备好的喇叭用力向众人摇了摇，不过，他并不健硕的身影在人群中看起来并不显眼，虽然声嘶力竭，但仍然被众人嘈杂的声音淹没。

一直到市政府门口的保安机智地拿过来一张椅子，秘书才算终于有了“出头之日”。

“同志们，乡亲们，关于济源的案子，市政府已经知道了，为了表示对案件的重视，特意委派我以及公安局、税务局、工商局等几个部门组成联合工作组，进驻到这里帮助大家整理案件，所以，大家冷静下来，不要急躁！”秘书扯着脖子大喊道。经过扩音器放大的声音让人群的喧闹平息了不少，几名老人也在身边人的搀扶下停止了哭泣和晃动看向这边，但双手仍然牢牢地抓在栏杆上。

“我们的钱能还我们吗？”人群中有人大喊道。

听到他的话，秘书立刻看过去，说话的人很快和他的声音一样消失不见。不过众人流露出的表情却显示着，他们对这个问题很重视。

“放心，钱的事情一定会对大家有个交代，作为犯罪行为，公安机关已经介入调查，并且抓获了大部分嫌疑人，漏网之徒也已经在追捕之中，抓住他们是指日可待的。”秘书说了一段听起来充满了希望，但实际上却毫不确凿的话。

他的话在人群中再次引来一阵阵嘈杂的议论声，众人交头接耳地品读着秘书的话，不断从其中分析和推理着子虚乌有的承诺和结果。

“公安局能不能快点儿抓人？事情都在这儿摆着呢，怎么还抓不到人？”一阵嘈杂过后，人群中再次爆发出一阵询问，听到询问，秘书忙不迭地看向林峰。

“说到案件，我们特意请来了市公安局经侦科的林科长，他也是主抓这次案件的负责人，有什么问题大家可以向林科长询问。”秘书显然找到了一个可以将烫手山芋交给别人的机会，一边说着，一边将手里的喇叭交给林峰，后者愣了一下，但很快地接过喇叭站到了凳子上。

“公安局的，你说说，什么时候能抓到人，把我们的钱退回来。”见到林峰出现，立刻有人大喊道。

“对，还有利息，这么长时间了，你们都干什么吃的？”斥责声一起，立刻为众人找到了愤怒的宣泄口，纷纷大声指责道。

林峰看着众人各异的表情，沉思了片刻，举起手里的喇叭，不过接下来的话，却让在场所有人都是一愣。

“你们是干什么吃的？把钱巴巴地往骗子手里送？你们不知道那是骗子吗？”林峰的话语让现场为之一静，没人想到这位代表着政府的人竟然出言如此不逊。

“一个个都想着天上掉馅儿饼，你们谁见过天上掉馅儿饼的？天上能掉石头、掉垃圾、掉星星，就从来没掉过馅儿饼。老祖宗告诉我们勤劳致富，没告诉我们等着天上掉馅儿饼。你们一个个都在想什么，我比谁都清楚，我们经侦科每年办的案子里有一大半是你们这些事。不就为了那点儿利息吗？比银行高个一点儿半点儿的，就让你们把身家性命都交给人家了？我问问，你们谁通过这件事发财了？举举手，给我看看。”林峰说着看向众人，众人似乎也因为他的凌厉而变得怯懦起来，在互相看了看之后，没有一个人响应林峰的话。

“知道了吗？这个行当发不了财。钱是怎么来的？是我们靠双手一分一分赚来的。你们自己都好好想想，你们赚的那些钱，哪一分是你们低头捡的狗头金？”林峰的话说到了众人的痛处，面前的群众纷纷赧然地将目光看向别处。

“所以，大家都别闹了。相信政府，相信我们公安局。我们是干什么的？就是专门收拾这些犯罪分子的。我们要是让他们跑了，领导也扣我们工资，不但扣工资，说不定还要开除。所以，大家要对我们有信心。”看到众人的样子，林峰话头一转，再次说道。

“那我们这事到底咋办？”人群中，一名样子老实木讷的中年男子犹豫了半天，抬头看着他问道。

“咋办？抓到人，把钱给你们要回来，我们就要这么办！对了，还有，公安局正在对大家的受骗金额进行登记，你们谁还有没登记的，一会儿去公安局登记。记得，早登记就早能拿到钱，大家就别在这事情上拖延了，都听明白了吗？”最后一句话，林峰忽然扯脖子喊道。

“听见了！”有几个人本能地回答道。

“听见了就散会吧！记得，千万不能有下次了。”林峰说着挥了挥手里的大喇叭，听到他的话，众人竟出奇地顺从着散开了。门口，几位老人也放开了紧紧攥着的已经攥出水的大门铁栅，用不逊色于别人的速度快步离开。林峰说去公安局登记的消息在他们的推理下变得充满了希望，没人愿意这个希望被别人捷足先登。

聚集在门口的人群就这么充满戏剧性地散开了，虽然仍然有一些人不甘愿离开，远远站在树荫下面，但对于工作组的众人来说，任务已经算是超额完成了。

“小林，看不出你有两下子啊。”秘书一脸轻松地走过来，友善地夸赞道。

“这怎么能是两下子呢，这才一下子。”林峰嬉笑着回答道，随后随着众人一同钻进车内。

林峰没注意到的是，在他身后的政府大楼里，一双怨毒的眼神一直注视着车辆离开，才缓缓收回目光。

第十九章　图穷，穷途

从鲁北到珠海，接近两千公里的距离，二十四小时的车程。在钱子寅看来，不过是一天一宿而已，可直到他坐上车才知道，这种滋味是他从未经历过的。

狭小逼仄的车厢里，人只能窝在座位上，既不能躺也不能站，那种仿佛被囚禁的感觉让身体的每一个关节都发出呐喊。虽然能借着与孙雪婷交换开车的时间下车抻一抻腿，但那种一瞬间的舒适却让整个行车过程更加难熬。

草木皆兵的感觉让钱子寅根本没有停车休息一下的想法，实际上，每一次从身边路过的公路巡查闪烁的警灯都会让他神经质地颤抖一下，钱子寅只能不断在心里鼓励自己：再坚持一下，再坚持一下。

相比于自己，看似软弱的孙雪婷却表现出让他刮目相看的坚韧，一路上没有任何抱怨，就是全神贯注地开着车，只是偶尔对钱子寅的鼓励回报一个善意的笑容。

或许是孙雪婷已经接受了即将离开国内的结果吧。一想到这点，钱子寅心中却没来由地一颤。他很清楚，自己一旦跨出那一步之后将意味着什么——他将再也见不到自己的母亲、弟弟，而且也代表着以后再也不能回到这片生他、养他的土地上。

想到这点的钱子寅忽然心中萌生出一种从未有过的留恋感，他转过头看向车窗外，郁郁葱葱的田地和树林不断从眼前掠过，然后一去不复返。钱子寅贪婪地想要看清楚一棵树或者是一朵花，但飞快的车速却没有给他这个机会，一切在他眼前都是一副轮廓，还没看清楚就已经消失不见。

有那么一瞬间，心底似乎有个声音在自问：是不是真的应该就这么放弃这一切？不过这个声音却很快被另外一种巨大的力量压抑得消失不见。

走，一定要走！钱子寅比谁都清楚闯了多大的祸，他更清楚的是，这么大的祸不再是小时候可以让妈妈来承担的，也不是她能承担得了的。这不是砸了人家一块玻璃，偷了人家两块钱的小事。这是让整个城市里的一部分人倾家荡产的大事，一旦他被抓住，刑法上直至死刑的判决会毫不犹豫地落在自己头上，到时候等待他的将是永恒的死亡。

一想到这个结果，钱子寅激灵一下清醒过来，整个思绪也瞬间摆脱了之前的伤感，变得理性，在低头重新核对了一下电子地图之后，钱子寅和孙雪婷换了个位置，而后一脚油门踩下去，车子用与它庞大的体型不相称的速度一路疾驰而去。

车子到达珠海的时候已经是深夜了，不过幸运的是阿灿的电话很快就拨通了，当对方听到钱子寅已经到达的时候，语气中流露出少有的惊喜和兴奋。在反复交代了几句之后，双方很快约定了见面的时间。

钱子寅挂掉电话之后，搓着手一脸兴奋地看向身边的孙雪婷，后者的美貌因为一路的颠簸憔悴了不少，不过此刻在他眼里却充满了吸引力。钱子寅索性一把抱住孙雪婷，手更是探入她的怀里肆意摩挲揉搓着，可随后孙雪婷的一句话，却仿佛一盆雪水一样让他的欲念瞬间消弭无形。

“子寅，这个阿灿可靠吗？”孙雪婷的询问让钱子寅一愣，后者收回手想了想，忽然发觉竟然从未考虑过这个问题。

“之前找他办过一次事，人还不错。”钱子寅给阿灿下了一个他自己都不太相信的定义。

“可靠就好，我怕的是……”孙雪婷欲言又止地说道，不过她的话却让钱子寅没来由地一阵心烦。

“怕什么？你整天就知道怕，都到这一步怕也没用，只能一直往前走，知道吗？”钱子寅厉声说道。听到他的话，孙雪婷顿时沉默下来。

见到对方不再说话，发泄了愤怒的钱子寅也冷静下来，他在心里重新思索了一下之后，却发觉自己对阿灿并不了解，可此时此刻，虽然阿灿不如自己想得那么可靠，但为今也只能选择相信对方了。

“一会儿我先下车，你等我电话再过来，知道吗？”钱子寅犹豫了一下对孙雪婷交代道，后者点点头正了正坐在驾驶位的身子，轻轻踩下油门，车子顺着车道滑动，由慢变快向与阿灿商定的会合地点驶去。

珠海的夜色多了一些内陆城市没有的清亮和透彻，夜晚的街灯不但没有让周围变得更加明亮，相反却让头顶的天空变得更加黑暗和深邃。

透明的大气让天空中的星光洋洋洒洒地落下，为原本单调的黑色增加了一些趣味和点缀，带着一点儿腥味的空气更让周围的一切看起来充满了少有的柔美。

不过对于车内的两人来说，对这美好的一切却视而不见，两人的心思已经完全沉浸在之后的会合之中，不仅仅是钱子寅，连孙雪婷都对之后的会合充满了紧张。人性这个东西很难说清楚，或许平常熟识的人会因为一点点小事反目甚至动刀，或许某些只见过一次面的人却敢于仗义执言。

钱子寅无从猜测阿灿的想法，他只是凭借直觉和本能去揣度，只是他自己也没有发现自己的这种本能已经被焦急和贪婪所影响，变得似乎不那么准确了。

车子很快到达了预定地点，钱子寅跳下车后嘱咐孙雪婷将车停在路的另一边，然后再次与她确认了电话联络之后，才躬身钻进路边的草丛向路基下的海边走去。

阿灿约的地方是一片偏僻的海域，按照他的说法是，这里有一座废弃的码头可以方便停船，钱子寅对于这个说法表现得不置可否，他现在只希望能看到船，见到人，见到可以保证一切顺利进行下去的证据，至于这个证据到底是什么，他自己也说不清楚。

顺着通往海边的小路走到海边，还没等钱子寅拨通电话，一道黑影就晃悠悠地从一处洼地走了过来，看到钱子寅，黑影扬了扬手里的手机，蓝色的光芒打在对方的面孔上，看起来仿佛三流恐怖片里的鬼怪一般。

“钱总，怎么才到啊？”阿灿看着钱子寅，语气中带着少有的嗔怪道。

“不熟悉路嘛，肯定要多耗费点儿时间。”钱子寅走过去拍了拍阿灿的肩膀说道。

“哎，他们都等急了。这边不安全的，总有大陆的水警查！”阿灿不经意地左右张望了一眼，“哎？怎么没见车子？钱总，你不会没带钱吧？”

“怎么会，没带钱我来干什么？”钱子寅看着阿灿说道。他用力在阿灿的脸上想要找到一点点他能找到的信任，可是仿佛夜色在对方的面孔上凝结得特别浓重，怎么也看不透。

“那还不让他过来？时间不等人的呀！”阿灿再次左右看了看，没发现周围有车子的痕迹。

“去哪儿啊？我这又没看到船，又没看到人的，你难道让我直接开过去？”钱子寅皮笑肉不笑地说道。

“船，船不就在那里吗？”阿灿顺手一指，不远处两艘快艇忽然出现，顺着扑打的海浪猛地冲上海滩，四名身材壮硕的大汉从快艇上跳了下来，快步向两人走了过来。

没有码头？看着快艇冲上海滩，即便是钱子寅对此毫不了解，也很清楚，这样的快艇根本用不上什么码头，那么之前阿灿和他说的码头的说辞就只能是借口了。

“这么小点儿的船能装下什么啊？我带的东西可好几吨呢！”钱子寅一边说着一边向后退了两步，而后没等几个人反应过来，就忽然撒腿向回跑去。可还没等他跑出几步远，身后一股巨大的力量就忽然传来，他整个人就翻滚着跌在沙滩上。挣扎中，几名壮汉已经快步围拢上来，而后对着钱子寅就是一顿拳打脚踢。

疼痛传遍了钱子寅的全身，他只觉得身上的每一块骨头都在惨叫，虽然他本能地挣扎反抗，但对方四个人的力量远远超过他一个，几次挣扎遭到的都是对方更加猛烈的回应。

终于，在阿灿的一声喊叫声中，众人停止了殴打。看着气喘吁吁的钱子寅，阿灿走过来蹲在他身边，一脸哂笑地说："钱总，钱交出来，你好我好大家好，否则，这些人可都不会跟你客气的。"

"操，你这是要明抢，是吧？"钱子寅擦了擦嘴角的鲜血，索性坐到地上看着对方。

"明抢？我们不敢。大陆的法律太严格了，暗抢的话就好一些，而且，就算钱总你被抢了，你敢报警吗？"阿灿一边嘿嘿笑着，一边用手拍着钱子寅的面颊。

"你他妈的说得还真对，我还真不敢报警。"钱子寅歪着头说道，然后再次看向阿灿，"你说怎么办吧！要不，我分你一半，让我走算了。"

"一半……"听到钱子寅的话，一旁的壮汉再次要冲过来动手，却被阿灿一把拦住。

"好！钱总痛快，一半就一半，一人一半，然后分道扬镳。"阿灿边说着边回身使了个眼色，身后几个人立刻明白过来没再出声。

"行，那我让他们过来。"钱子寅一边说着，一边掏出电话拨通了号码，在电话接通的刹那，阿灿忽然明白过来，伸手就要去抢钱子寅的电话，可是后者却已经先一步喊了出来。

"雪婷，快跑！这帮家伙想抢钱！"钱子寅的喊声即便不用电话也能被孙雪婷听到，下一秒钟，一旁的路边立刻传来发动机的轰鸣声。

"叼你老母啊，给我打！"阿灿愤怒地对几个人命令道，然后向路边张望着，他看到一道灯光远远地在眼前闪过，很快就消失不见。

“给我打！打到他服气，然后绑了带走。我就不信，人在我手里，他会不给钱！”希望瞬间落空让阿灿几乎抓狂，在愤怒地咒骂了两句之后，也跟着围上去对着钱子寅狠狠踢了两脚。

可就在众人打完准备将钱子寅拖走的时候，一道刺目的灯光忽然在夜幕中划过，下一秒钟，在巨大的轰鸣声中，一辆卡车速度不减地向众人冲了过来。

孙雪婷并没有走，她只是将车头掉了个方向，然后毫不犹疑地顺着公路冲了下来。

她不知道自己为什么这么做，或许在潜意识里，钱子寅已经成为她最后的希望，她不希望这最后一根稻草在眼前折断。

油门已经被踩到了底，车子的速度相当快，快到沙滩上的沙子都被巨大的车轮扭矩力卷了起来。看到车子冲过来，所有人都本能地向四下躲开，只有躺在地上的钱子寅挣扎着迎着灯光坐了起来，而车子也默契地在他面前一脚刹住。

“子寅，快上车！”驾驶室里，孙雪婷焦急地喊道，而四周，阿灿等人很快明白过来，纷纷围拢上去。

此刻的钱子寅不知道从哪里来的这股力气，飞快地跑到车后厢，一咕噜翻进车厢，尚未熄火的车子再次发动，迎着冲上来的阿灿撞了过去。

阿灿堪堪躲过，等他回头看去，车子已经头也不回地冲向前方，很快消失在黑暗之中。

“哈哈哈，哈哈哈哈！”车厢里，劫后余生的钱子寅仰天大笑着，他很清楚这一次到底有多凶险，如果人和钱都落在阿灿手里，那么他的结局可以预料，为了隐藏钱的事实，阿灿一定不会放过他，或许在若干年后，案子会被破掉，而他可能会在某个荒芜的角落被人找到还剩下的一堆骸骨。

车子一直开出很远，并且确定没有人跟上之后，才最终停了下来，孙雪婷招呼着钱子寅重新坐回到驾驶室内，看着钱子寅仍然抑制不住的笑声，孙雪婷一脸疑惑地看着他。

“子寅，你怎么了？”孙雪婷的询问，忽然间让心中的笑意瞬间融化消失，一股悲痛却从喜悦之下翻涌而出。钱子寅一把抱住孙雪婷，忽然大声痛哭起来，他的哭很快感染了对方，两人同时放声大哭。

夜幕下，孤零零的路灯旁边，一对面色憔悴的成年男女坐在车里，肆无忌惮地放声大哭着，哭声顺着夜色传出好远，久久没有停息……

林峰刚刚回到局里，就被刘局叫到了办公室，他以为迎接他的会是以往的夸赞，却没想到，刚进办公室就被刘局劈头盖脸地臭骂了一顿。

“你是属大炮的吗？什么都往外放？骂老百姓，这事你也能做得出来？”刘局长一把将手里正看着的文件摔在桌子上，走到林峰面前，指着他的鼻子骂道。

“我？我什么时候骂老百姓了？”林峰愕然，连忙反问道。

“市政府门口你说什么了？别装傻！我告诉你，你还没回来，市委那边的电话就打过来了，说你在那里大放厥词，还说老百姓是干什么吃的，我说你胆子怎么那么大啊？”刘局长愤怒地说道。

“我……我那是说老百姓呢吗？我……”林峰结巴地辩解道。

“那你说的是谁？说我呢？我倒希望你说的是我！”刘局长愤怒地说道。

“我……我说的是不明真相的围观群众！”林峰说到这里不由得低下头。

“什么也别说了。据说市委里的一些领导对这件事特别不满意，你暂时就不要管案子了，去下面帮着大家做登记工作吧。”刘局长平息了怒气，低声安排道。

“登记？登记这事还用我来吗？他们几个人就能搞定。”林峰连忙说道。

“几个人？你把人都从市政府门口给我招到局里来了，还说几个人？快给我去！”刘局长刚刚平息的火气再次被勾起来，大声咆哮道。林峰见此情景连忙闭嘴不再争辩，快步跑出办公室。

“记得写检查！三千字！少一个字，我饶不了你！”走廊里，刘局长的声音不断回荡着，一直陪着林峰走出好远。

上面对林峰不满这件事正确与否先不谈，刘局长有一件事说对了，林峰确实把在市政府门口的人都招到了公安局。此刻，公安局的院子里，人山人海，围了个水泄不通。负责登记的桌子仿佛汪洋中的小舟，在人潮中似乎随时都要被淹没。

林峰几乎是游着钻进人群，挣扎着坐到同事身边，拿起一摞已经准备好的登记簿看向对面的人。

“大爷，你投资多少？跟我说说！”林峰看着对面那个上了年纪的老人，开口询问道。

“一万五，不算利息。天杀的济源公司啊！公安同志，你们可要给我做主啊。”老人扶着桌子痛哭起来，看那样子仿佛随时随地就要跪下去。

“大爷，别说这个。他们犯法咱们肯定会抓的，不过你要按照要求把这个事情登记下来。谁联系的你，你的上线是谁，下线是谁，都登记好，然后留下你的联系地址，一旦案情有突破，我们会第一时间通知你的。”林峰慌忙摆了摆手说道。听到他的话，老人一愣，收拢了悲痛的表情，拿起林峰递给自己的表格认真地看了起来。

“下一个！”林峰趁着老人看表格的时候，向队伍身后招呼道，不过话还没说完就被老人一把拦住。

“别的，小同志，我这事还没处理完呢，别找下一个。”老人说着，再次拦在林峰面前。

“老大爷，您先填表格，有什么不懂的可以问我，其他人也可以趁这个机会登记。”林峰连忙解释道。

“别！没其他人什么事，就我这儿，你先处理吧！”老人一边说着，一边从怀里掏出一大沓合同，然后小心地摆在林峰面前。

“这是我以我大儿子名义买的，这个是我女婿，这个是我女儿的，还有我老伴儿和外孙女的。”老人一边说着，一边将一份份合同工整地摆在林峰面前。每一份合同上，一长串的数字都让林峰感到触目惊心。

“大爷，您这是多少钱啊？怎么都投到这里了？”林峰看着上面的数字，不断用心算着，却怎么也算不过来。

“一共二十六万啊，我们家盖房子的钱都投到这上面了。我啊，差点儿没死在这上面。”老人看着合同，两行泪水从混浊的眼中流淌出来。这一次，他的悲痛没有任何虚假和伪饰。

第二十章　触目惊心

林峰从坐到椅子上起，一整天没站起来过，虽然膀胱因为喝水的缘故憋得生疼，但他硬是忍着把最后一份登记归档之后，才终于夹着腿跑到厕所释放了一下体内的压力。

林峰不是在拼命，实际上，从登记的那一刻起，他就发现了一个触目惊心却又如此合情合理的现象。

在济源公司，所有受骗的人之间大多是亲戚、朋友的关系！从某种意义上来讲，与其说是济源公司在骗他们，倒不如说是朋友和亲戚之间的欺骗。

林峰依稀记得有个理论叫六度分隔，也被称之为小世界理论。大概的意思是，一个人和任何一个陌生人之间所间隔的人不会超过六个，也就是说，一个人最多通过六个人就能够认识任何一个陌生人。这种理论听起来玄之又玄，但实际上却很具体地涵盖了人与人之间的关系到底有多么紧密又多么简单。

而济源公司就是如此，他们依靠人与人之间的关系，利用这种亲情、友情之间的信任，编织出一个巨大的集资网络。

林峰不知道第一个受骗者到底是谁，但他却可以完全想象出他或者她在获得利润之后的惊喜，以及为了亲族之间的共荣而迫不及待地将这个消息扩散出去。

中国人的亲族观念，从来不是一个抽象化的概念，相反，它是一种极其具体的行为。

作为中国人，从他诞生伊始，就天然地拥有了一张复杂的关系网。这个尚在襁褓中的孩子，有了爷爷、奶奶、父亲、母亲、伯伯、叔叔、阿姨、舅舅，这些人都对他表现出无条件的信任。

而当这个孩子成年，与他或者她结婚后，这个关系网瞬间就扩大了一倍，关系网中的任何一个人，哪怕出现一点点动静，都会引来这个网中所有人直接或者间接的关注，进而在波动中影响到每一个人。

每个人身后都有着这样一张网，不会因为你的出生和死亡消失，只会在层层叠叠中越聚越密。每个人都被钉在属于自己的一张或者几张网上，无一例外。当然，这并不是否定亲情之间的观念和联系，但一旦这种联系被邪恶利用，所产生的破坏力也是空前巨大的。

林峰翻看着每一份登记备案，上面的上线和下线之间的关系无一不是亲人、朋友之间。不得不说，钱子寅的“成功”，和这些关系网上的人有着很大的关系。这种完全非法的集资方式，却在相当长的一段时间里，在家庭之间、亲朋之间，以一种半秘密的形式互相传递，并且直到扩大到相当大的规模，才逐渐被外人所知。

想到这里，林峰心中忽然有种莫名的悲哀。他不知道这种感觉从何而来，尤其当想到之前查封一分公司时，那些老人们惊讶嗔怪的表情，以及当得知这一切都是骗局时那种无助的表情，都让林峰很难将这样两种截然不同的反应融为一体。

这种感觉与其说给他带来苦恼，倒不如说更多的是困惑。他不知道这些受骗的人为什么会如此盲目。在这种显而易见的骗局面前，他们为什么还是被虚幻的利益冲昏了头脑。

就在林峰沉浸于自己为自己所提出的疑问的时候，门口忽然响起敲门声，他随意应了一声，可随着对方出现在他面前时，林峰却一下子被对方拉出了自己的思绪。

“唐儿，你怎么来了？”看到眼前的人，林峰一愣，连忙起身关切地询问道。

“我怎么就不能来，别忘了，可是你把我借调到这里的。”唐欣恬微微一笑说道。

“这个话说得可有点儿诛心啊，我是关心你。”林峰连忙将对方让在座位上，然后拿起杯子为对方倒上水，就势坐到一旁，“对了，你的伤怎么样了？”

听到林峰的询问，唐欣恬随手摸了摸后脑，笑着摇摇头：“医生说还要再观察观察，不过我觉得没什么大事了。”

“医生说观察就观察一下呗，照理说，你这算是工伤。”林峰连忙说道，“我可找人调查了，你们附近小区的监控里，作案人显示的可是济源公司的保安队长。”

“看来我是够招人恨的，否则他们也不会下这种黑手。”唐欣恬不以为意地嬉笑着，随后话锋一转，“对了，案子怎么样了？钱子寅归案了吗？”

“没有，这小子好像蒸发了一样。我们把通缉令秘密下发了，但毫无结果，从通缉令下发开始，有关他的所有身份证、银行卡信息都没有任何动向，包括孙雪婷本人的身份证信息也没有出现过任何登记的情况。”林峰摇头说道。

“哦，估计他正在为洗钱做准备呢。对了，我今天来是告诉你一个好消息和一个重要消息的，你想先听哪一个？”唐欣恬忽然想起自己此行的目的，连忙开口询问道。

“那肯定是好消息啊！这一天到晚的都被坏消息弄到头大如斗了。”林峰立刻回答道。

“好消息就是，央行加强监管了 POS 机的使用和销售，所有跨境走私 POS 机进行刷卡转移资金的行为都会受到大陆与澳门警方联合监管，银行这边也会二十四小时对账户进行监控，发现有大规模资金流动的就会立刻通知澳门警方排查。所以，之前我们考虑过的钱子寅要通过澳门洗钱的手段恐怕要落空了。”唐欣恬一边说着，一边掏出一份央行下发的材料递给林峰。

“哦，这可是个大好消息啊，这样的话，钱子寅想要转移资金的手段恐怕就乏善可陈了。”林峰接过材料，大略看了一眼之后笑着说道。

“你别高兴太早，还有另外一个消息，你知道的话，恐怕就不会这么高兴了。”唐欣恬看了他一眼，随后又拿出一份材料递给对方。

“这是我们对济源公司账户进行检查和监控时发现的，他们大约在一年前与一个叫作大鲁生物柴油公司的企业进行了几笔转账交易，交易完全合法，金额也不大，本来我们将它当作正常交易，没有重视，但后续调查发现，这个公司老总的名字叫钱子亭。”唐欣恬说到这里，顿了顿，然后看向林峰。

“钱子亭？钱子寅的弟弟！”林峰瞬间醒悟过来连忙说道。

“是的。钱子亭的大鲁生物柴油公司，主要业务是以油料作物、野生油料植物和工程微藻等水生植物油脂以及动物油脂、餐饮垃圾油等为原料进行生物柴油的生产和销售。目前公司主要的业务范围就是收购餐饮垃圾油制作生物柴油。”唐欣恬继续补充道。

“你担心的是什么？”林峰看着唐欣恬反问道。

“我不知道。我只是在考虑，他们之间是不是真的没有一点儿联系。”唐欣恬犹豫着摇摇头说道。

“餐饮垃圾油，是不是就是常说的地沟油？”林峰沉思着看向唐欣恬，后者点了点头。

“如果我没记错的话，之前济源公司伪装成直销的业务中，就有食用油的销售，两者之间……”林峰说到这里，沉吟了片刻，忽然站起身来，“看来我们需要找个人好好问问。”

林峰说完，转身向门外走去，唐欣恬见此情景连忙跟了上去。林峰在下楼的同时已经拨通了看守所的电话，要求提审田桂芳，趁着嫌疑人还未送到，两人多了一些可以在院子里走一走的闲暇。

因为已经进入深夜，白天的喧嚣被夜色所驱逐，四周也变得宁静异常，虽然景物依旧，但少了喧闹之后竟然别有一番陌生的味道。默默地走了一段路，两人都没有找到工作以外的话题，在相视一笑之后，唐欣恬打破了沉默。

“刚刚我进来的时候，看你愁眉苦脸的，到底因为什么啊？”

听到唐欣恬的询问，林峰收拢面上的笑容，叹了口气。

“今天忙了一天，为受害人登记集资金额，说实话，我都没想到，之前几亿几亿的抽象金额一旦具体到人头上，竟然会那么触目惊心。可是看到老百姓声泪俱下地向我们诉说被骗的经历的时候，我既觉得可怜，又觉得可恨。你知道吗，其实在这个巨大的骗局里，钱子寅充其量只是多米诺骨牌的第一片，之所以能发展到这么大的一个规模，很大程度上是老百姓对这种骗局的默认和支持，登记的人里面，父女、母子、姑表、娘舅之间的关系错综复杂，几乎涵盖了我所知道的所有亲族关系，有一家甚至是通过这对夫妻，分别联系到了男方所有的亲戚和女方所有的亲戚，这一大家族总共被骗金额超过两百万。有的时候，我真的想不明白，大家对亲情的信任为什么会超过对法律的信任。”林峰仿佛找到一个宣泄口一般，索性和盘说出自己的想法。

“如果形容一个人，用‘可怜人必有可恨之处’肯定很恰当；可是如果是一大群人的话，我觉得更应该说是一种现象。说实话，中国老百姓挺不容易的，他们辛苦劳作，一分一分地攒钱，其实没几个人是给自己消费，大多数是为了子女、父母、亲戚、朋友。如果非要给这个现象下一个定义的话，我觉得可以毫不夸张地说，每个人从生下来的那一刻起，他就不属于自己。他服务的对象也不是自己，而是一个家庭和一个家族，当这种责任和亲情被利用了，骗子就找到了他们最大的行骗土壤。”唐欣恬点点头说道。

唐欣恬的话给林峰心中的疑问一个很好的解答，他心中仿佛有种东西忽然被打开，原本压抑的心情也随之变得晴朗起来，就在他准备开口向对方致谢的时候，忽然闪烁的警灯和鸣叫的警笛打断了两人之间的对话。

“田桂芳带来了！”林峰看着看守所字样的警车进入院子，犹豫着开口道。虽然唐欣恬现在是协助办案的借调人员，但按照规定她不可以参与审讯案犯的工作。

“哦，正好，我也回去了。”唐欣恬点了点头，笑着转身离开。目送着对方略显消瘦的身影，林峰忽然脑子一热对着对方的背影大喊了一声。

“唐儿，我约你的事你考虑得怎么样了？要不，周末我请你看个电影，成吗？”

听到林峰的邀请，唐欣恬没有回话，只是头也不回地摆摆手，示意自己听见了。

一直目送着对方的身影消失不见，林峰才最终收回目光，可他刚一转身，却发现小陈不知道什么时候竟然站在自己身后，学着他的姿势眺望着什么。

“你看什么呢？”林峰凶巴巴地问道。

“有夫之妇，头儿，你这么做可犯错啦。”小陈不无担心地说道。

“什么有夫之妇？哪儿跟哪儿啊！”林峰气恼地给了他一下子。

“唐姐不是结婚了吗？”小陈捂着脑袋反问道。

“是啊，结婚啦。”

“人家结婚了你还约人家看电影？”小陈愕然地说道。

“结……结婚……结婚就不能一起看电影啦？照你那么说，电影院就一定是搞对象的地方呗？”林峰结巴了好半天才驳斥道。

“行了，头儿，要我说，收收心吧。唐姐是好，都装人家碗里了，就不是你的菜了。”小陈见自己占了上风，索性开口揶揄道。

“行了，别在这儿臭贫，赶快回去。”林峰气恼地摆了摆手，快步向办公楼走去。

“我回哪儿去？我……我就回去？”小陈连忙问道。

“爱回哪儿回哪儿。”林峰头也不回地说道。

林峰推开门走进审讯室，情绪才算平稳下来，田桂芳早已坐在那里等着他的到来。

“田大姐，又见面啦！”林峰笑着向对方点了点头，打开笔记本，对方本能地点点头，可又觉得似乎这样的招呼不符合现在双方的身份，很快收拢表情低下头去。

“和您说个事，钱总那边的通缉令已经发下来了，一同下发的还有孙雪婷孙总的。”林峰随意地说了一句，就仿佛这句话和对方毫无关系一般，但听到这句话，田桂芳的身体明显地颤抖了一下，虽然很快就恢复过来，但细微的身体反应仍被林峰准确地捕捉到了。

“咱今天不聊钱总的事，你窝火，我也窝火，咱说点儿别的。”林峰看着对方，口气随意地说道，就仿佛两人在唠家常一般。不过，在他对面，田桂芳仍然低头无语，既没有对林峰的话表示同意，也没有表示反对。

“我听说钱总有个弟弟，也是搞这行的？”林峰看着对方问道，对方依旧没有反应。林峰似早有所料地点点头，“你不说，我就当你默认了，一会儿我们就过去找他调查，就说你说的。”

“我什么也没说。”田桂芳忽然抬头说道。

“那你总得说点儿什么啊，你这样不说话，等于是抗拒，你知道吗？我能明白你们夫妻的感情很深厚，我也没问你钱总的事，这我都理解，可你这样问什么都不说话，你让我也很为难啊，大姐。”林峰说到这里索性站了起来。

他的话似乎让田桂芳心有感触，后者缓缓抬起头看向林峰：“你到底想知道什么？我说了，公司的事我不知情。”

“我没问你公司的事啊，我就问问钱总的弟弟是干什么的。你说，我问这个问题过分吗？”对方开口对于林峰来说是个好机会，他索性绕过桌子，拉一把凳子坐到田桂芳对面，直截了当地说道。

林峰的话让田桂芳犹豫了一下，在思索良久后觉得应该和自己没有太大的利益冲突之后，才缓缓抬起头来：“子亭不是做我们这行的，他做的是正经生意，生产生物柴油的，他大学毕业学的就是这个专业，毕业以后放弃留京，决定回来创业。其实当时子寅本来想资助他弟弟的，可是他弟弟怎么也不同意，执意要自己干一番事业。”田桂芳说到这里顿了顿，看了林峰一眼，似乎是在向他表明，自己说的话已经足够回答他的提问了。

“不对吧，田姐，我可听说了，你们两家公司是有业务来往的。咱明人不说暗话，有就有，没有就没有，都是成年人了，撒谎让人笑话。”林峰一脸疑惑地看着对方，摇头说道。

“业务是有，不过只有几笔。我们当初因为需要，就向他们公司购买了一些分离油，其他就没有任何业务来往了。”田桂芳点头说道。

“你们买油干什么啊？”林峰迅速追问道。

“我们业务……”田桂芳本能地要回答，但话到嘴边却被她硬生生地咽了回去。见此情景，林峰没有继续追问，在又询问了几个不相关的问题之后匆匆结束了审讯。

这次审讯，对于林峰来说比上一次有价值得多，至少他知道了钱子寅所销售的食用油，大部分都是粗加工的地沟油。要说这件事他弟弟不知情，林峰表示怀疑，可仅凭这一件事情去接触钱子亭，又让林峰觉得过于单薄，在思来想去之后，林峰最终还是放弃了接触钱子亭的想法。

第二十一章 亲 情

深夜，一辆灰白色的卡车孤独地奔驰在高速公路上，车厢里，两张木然的面孔倒映在挡风玻璃上，仿佛被时间凝固了一般，久久没有变化。

开车的孙雪婷不知道目的地是哪儿，她只是本能地向前开着，而在她旁边，鼻青脸肿的钱子寅斜靠在车门上，似乎是思索着什么。

车子就这么一直向前开着，两人似乎谁也没有改变的意思。澳门之行让最后的希望彻底破灭，虽然车厢后面装着让普通人咋舌的现金，可对于此刻的两人来说却毫无帮助，两人都很清楚，一旦被警察抓住，那么车后面的现金就是最好的罪证。一想到这点，钱子寅的头就疼得仿佛挨了一棒子，头疼牵连着全身都疼了起来，让钱子寅不自觉地“哎哟”了一声。

“子寅，你没事吧？”孙雪婷猛地一踩刹车，关切地问道。

“没事，开你的车！”钱子寅不高兴地说道。

“可……我们去哪里？”孙雪婷犹豫了一下，终于问出一直想要问的话。

“一直走！”钱子寅随口说了一句，继续窝在座位上。

接下来到底要去哪里，钱子寅也不知道。拉着一卡车的现金，对于现在的他们来说就是个定时炸弹。他不知道自己要去哪里，他甚至不敢住酒店，不敢吃饭。车上海量的钞票不但不能给他提供美好的生活，相反却成为一种负担，可面对这种负担，钱子寅却毫无办法。

用力缩了缩身子，让自己在副驾驶上能舒服一点儿，虽然对于他来说，无论怎样身上的疼痛和脑子里的混乱都丝毫不会减少。

孙雪婷听到钱子寅的命令，没有再说什么，而是继续驾驶着汽车向前行驶着，前方的道路在车灯的照耀下，氤氲而不清晰，似乎随时都有可能从半模糊的黑暗中出现点儿什么。

孙雪婷感到有点儿恐惧，但她仍然强忍着向前行驶着，之前的种种此刻如同电影一般在眼前一遍遍回放，重复的片段让她感到一种莫名的后怕，她不知道自己怎么会有勇气驾车冲向那群家伙，此刻回想，如果失败的话，他们将会遭到怎样的对待。

她看了一眼萎靡地瑟缩在副驾驶位置上的钱子寅，此刻的钱子寅已经不复以前的意气风发和自信气度，眼前的他即便放在农民工里，看起来也毫无二致。

有那么一瞬间，孙雪婷犹豫着自己这么做是不是错了，但这个念头很快就被汹涌的记忆和感受充斥得无影无踪。钱子寅对她太重要了，这种重要几乎可以说是不可取代的，自从家庭的变故，唯一能给她带来荣誉和地位以及关心的就只有钱子寅。

在外人看来，或许她与钱子寅仅仅是情人关系，但私下里双方之间的关心和温存却让孙雪婷如同中毒一般无法离开对方。

电话就在这个时候突兀地响了，虽然设置的震动，但静谧的环境中一阵阵嗡嗡声仿佛杂音一样在车厢里震起一片涟漪。钱子寅本能地颤抖了一下，目光散漫地看向电话，却没有接听的意思，一直到身边的孙雪婷看到屏幕上的电话号码，才开口提醒了对方。

“子寅，是你弟弟的。”钱子寅的弟弟和他的母亲对他来说是身边最重要的人，孙雪婷对于他的亲族观念自然知道得很清楚，所以在买来新电话卡之后，她自然将新号码发给了钱子寅的弟弟。

听到孙雪婷的话，钱子寅愣了一下，随手从仪表台上拿下电话，犹豫了一会儿后按下接听键，电话那边，一个略显老成的声音从里面缓缓传来。

“哥，明天是咱妈的七十大寿，你方便的话就回来一趟吧。”弟弟的话一下子将钱子寅的思绪从虚无中拉回到现实中来。

“哦，酒店订了吗？”钱子寅本能地问道，可话一出口就立刻后悔，以他现在的身份似乎已经很难出入酒店了吧。

“没有，你弟妹说不想惊动太多人了，就想在家里包顿饺子。”弟弟想了想说道。

“那个……有什么需要我准备的吗？”钱子寅犹豫着问道，虽然他知道此刻的他已经不是那个呼风唤雨的济源公司董事长，而是一个逃犯，即便真的需要他，他也根本一点儿忙都帮不上。

“不需要了，你能回来就最好。”钱子亭在电话那头沉吟了片刻后说道。

“哦，咱妈咋样？”钱子寅再次问道。

“咱妈挺好，就是想你！”弟弟的话彻底击穿了钱子寅最后一丝犹豫，他忽然有种迫切的欲望想要马上回去看看，虽然不知道前路如何，但钱子寅却很清楚，无论是最好的结果还是最坏的结果，他都在很长时间内无法再见到母亲，甚至有可能连养老送终都做不到。一想到这点，钱子寅心里就仿佛被一千根针反复扎了个通透一样，疼得一点点缝隙都没有。

他不知道自己怎么挂的电话，因为此刻他满脑子的想法就是回去，立刻回去。当这个声音无数次在心里回荡之后，他终于抑制不住地冲口而出。

“掉头，回鲁北！”钱子寅大声命令道。

“子寅，你疯了？”孙雪婷一愣，连忙说道。

“疯了又怎么样？咱俩现在还不够疯吗？”钱子寅嘿嘿冷笑着说道。看到他状若疯癫的样子，孙雪婷犹豫了一下，最终叹了口气掉转车头，车子在高速公路上打了个转，再次向来路返回。在看了一眼钱子寅，发现对方似乎毫无反悔之意后，孙雪婷一脚油门，车子飞快地蹿了出去。

钱子亭放下电话之后一脸忧郁地看着妻子，在默默地摇了摇头之后，一屁股坐在沙发上，他此番电话的意思本想是希望哥哥能向他吐露一点儿内情，毕竟济源公司被查封的事情已经闹得满城风雨，不仅如此，他在自己公司门口也发现了监视的便衣警察。可即便如此，大哥似乎也没有想要和他吐露心声的意思，虽然在电话那边，他的声音显得疲惫而无力。

对于哥哥，钱子亭忽然发现他所有的印象都停留在成年以前，那个时候的哥哥为了帮助贫穷的家里，几乎干过所有他那个年龄能干、不能干的活计，而自从上大学以后，他和哥哥见面的次数就更是屈指可数。大学毕业，因为创业的缘故，他回家的次数不多，也都是大哥一力承担照顾母亲的责任。一想到这里，钱子亭忽然觉得胸口、嗓子有点儿发堵。

似乎看出丈夫情绪上的波动，妻子走了过来，轻轻在他一旁坐了下来："或许事情没你想得那么严重，再说了，大哥那边不是也没说什么嘛！"

"有些事情你不知道，关于大哥公司的传言其实很早就有了。"钱子亭不善于解释，在轻轻拍了拍妻子的手以示安慰之后，站起身走到窗户前看向窗外。天空中，月亮已经开始慢慢移向东边，在它的光明的牵引下，东方已经泛起一丝鱼肚白，这代表着新的一天开始的信号。在钱子亭看来，却是充满焦虑和担心的开始。

一夜的颠簸让钱子寅疲惫不堪，不过看到副驾驶上沉沉睡去的孙雪婷，钱子寅还是放弃了叫醒对方的想法，继续坚持着向前开去。虽然内心对于再次返回鲁北市十分忐忑，但钱子寅思量几次却发现没有感到一丝后悔。

此刻的鲁北到底什么样了，他并不知晓，但他很清楚，此刻城市里的每个人可能都在寻找着自己。一想到这点，钱子寅原本惶恐的心情竟然多了一点儿得意。他觉得作为一个普通人，能变得这么受人瞩目，无论做的是好事还是坏事，起码不是什么容易事。

一夜的颠簸让钱子寅已经饿得有点儿虚脱了，眼看着离鲁北市已经不远，趁这个机会补充点儿体力至少可以应付一下以后可能出现的变故。车子在他的操纵下很快拐入一家停靠点，缓慢地将车子停到车位之后，随手脱下衣服，为孙雪婷盖上。钱子寅跳下车，攥着两张钞票快步跑向便利店。就在车门关闭的刹那，孙雪婷忽然醒了过来，她惊慌地向四周张望了一下，在发现身上的衣服以及钱子寅在便利店的背影之后，她才安心地重新靠在一边，沉沉睡去。

钻进便利店，随手拿了几包食物放到收银台，可就在钱子寅将钱递给收银员的时候，却无意中发现在对方的桌子上，一张印有他和孙雪婷头像的通缉令正塞在玻璃板下方。一股巨大的寒流倏然从心底涌出，几乎不可抑制地让他打了个冷战。钱子寅本能地低下头，在匆忙接过对方找的钱之后，数也不数地一把塞进口袋，然后三两步蹿进车内。

刚刚还未停稳的车子，在猛然的发动中再次蹿了出去，剧烈的晃动一下子将副驾驶上的孙雪婷摇醒，后者茫然地睁开眼睛看了他一眼，然后坐正身子。

“怎么了？”孙雪婷看了看钱子寅，又回头看了看车外，似乎没有看出什么异常。

“没事，车子有点儿颤。对了，我买了点儿吃的，你先吃吧。”钱子寅不经意地看了一眼观后镜，镜子里的他被一脸的疲惫和半脸的胡须遮盖，样子已经和通缉令上的大不相同。可即便如此，骤然的变故仍然吓得他胃口全无，此刻的钱子寅迫切想要做的就是看母亲一眼之后，马上带着孙雪婷和钱远走高飞。

车子在他的操纵下再次回到公路上，或许是因为通缉令的催促，钱子寅将车开得飞快。卡车呼啸着冲向远处，很快消失在公路的尽头。

一直到下午，钱子寅终于返回鲁北，原本熟悉的城市因为两天两夜的跋涉忽然变得有点儿陌生。坐在车内的钱子寅一边打量着周围，一边将车子开向弟弟家的方向。

钱子亭是在稍后接到了哥哥的电话，当他在对方的叮嘱下绕了好大一个圈子见到哥哥的时候，却发现对方两人正坐在一处馄饨摊前狼吞虎咽地大吃大嚼着。在两人面前，叠着三四个空碗，蓬头垢面的钱子寅在看到弟弟出现之后，也只是在忙碌之余对他咧嘴笑了一下。

钱子亭就这么一直等着哥哥吃完，才在钱子寅的要求下坐着卡车向家的方向驶去，挤在驾驶室内，闻着里面一股浓浓的异味，钱子亭几次想要开口询问，却最终都卡在嘴边。

钱子寅似乎看出弟弟的犹疑，率先打破了沉默，对他笑了笑：“子亭，还记得小时候去妈妈厂子里偷东西那次吗？我拿了好大一堆变压器里的铜丝卖了十块钱，你非问我要坦克，结果因为给你买了坦克被妈妈发现了钱，我被狠狠揍了一顿。”

“嗯！”钱子亭默默地点了点头。

“说实话，如果再让我回去一次的话，我肯定要告诉咱妈，让她对我下手再重一点儿。”钱子寅说完，一个刹车，将车停到门口的车位上。

“哥，到底怎么了？你和我说，事不论多大，咱俩扛！”看着孙雪婷下了车，钱子亭一把抓住哥哥，低声问道。

“扛？只怕有人不想让我扛！”钱子寅若有所思地笑着说道，随后拨开弟弟抓着他的手，利落地跳下了车。

在见母亲之前，在钱子寅的要求下，弟弟带着他重新换了身衣服，刮了脸。当焕然一新的钱子寅从房间里出来时，之前的萎靡和困顿似乎都从他身上消失不见了。

走进客厅，母亲正在和弟妹包饺子，钱子寅连忙凑上去热络地忙乎起来，看到钱子寅出现，母亲原本忧郁的表情顿时一扫而空，在嘘寒问暖之后，才将目光投向不远处站着的孙雪婷。

“大抢，你可要记得，不能对不起桂芳！”母亲的声音不高，但却足以让孙雪婷听见，后者尴尬地笑了笑，收回准备上去帮忙的脚步坐到一边。见此情景，钱子寅犹豫了一下走了过去。

“什么对不起，对得起的。你别瞎操心了，桂芳最近忙，要不早过来了。”钱子寅不满地说道。一如往常的口气消弭了母亲心中本就不多的疑惑，将她的心思重新引入到面前的饺子上面。

热气腾腾的饺子在三人忙碌了一阵之后很快上桌，在众人簇拥下，母亲一脸笑意地坐在最中间，在她简单的幸福里，或许此刻就是她长久以来一直期盼的。不过她似乎没注意到，除了她之外，其他人表情上的笑容看起来却那么虚假和勉强。

晚饭并没有持续多长时间，就因为母亲的疲乏而结束。看着一桌子几乎没怎么动的饭菜，钱子寅索性一屁股坐在那里狼吞虎咽地吃了起来。看到钱子寅吃饭，钱子亭对妻子和孙雪婷使了个眼色，两人转身离开客厅。

看到周围没有了旁人，钱子亭犹豫了良久，才缓缓说道："哥，事我都知道了！"

听到他的话，钱子寅的动作停顿了一下，但随后神色如常地点点头："哦，知道了？也好，早晚都要知道的。"

"你打算怎么办？"钱子亭随后询问道。

"怎么办？能怎么办？国内我是留不下了，事情这么大，而且有人可不希望我留下。"钱子寅用力夹了一个饺子放在嘴里使劲儿嚼了嚼说道。

"有挽回的余地吗？"钱子亭看着哥哥，忽然觉得无论是他的表情还是态度都让自己感到陌生。

"余地？余地就是把钱都退回去，然后我再主动到监狱里，这就是余地。"钱子寅忽然一把将筷子摔在桌子上，用罕见的大声说道。

"我听小孙说了，你们在珠海……"哥哥的声音将钱子亭后续想说的话一下子堵了回去，在沉吟了一下之后，他转而说道。

"小事，你哥还没到山穷水尽的地步。"钱子寅已经彻底失去了吃下去的胃口，索性起身说道。

"哥，能跟我说说，到底为什么吗？"看着哥哥走向沙发的背影，钱子亭犹豫着问道。

"为什么，为什么，哪来那么多为什么？我们为什么生下来就这么穷？我们为什么上不起学？这个社会的人为什么要分三六九等？为什么都是一样做事，他们就是好人，我就是骗子？为什么出了事，他们就能让我背黑锅？为什么，你说为什么？"钱子寅忽然转过身，猛地扑到弟弟面前，用压抑着的嘶吼质问道。

“我告诉你为什么，就是因为钱。我们没钱，我们穷，我们是穷人，所以我们要赚。人上人就是把别人踩在脚下，可除了钱以外，你还有什么手段能把别人踩在脚下？是，我是骗子，我非法集资，可我不管什么是合法的，什么是非法的，赚到手里才是真的。子亭，我不怕丢人，我告诉你，我穷怕了，我不想过以前的日子。如果让我选择一个是穷，一个是死，我宁愿死，也不愿意穷。”钱子寅歇斯底里地发泄了一番之后，深深吸了口气，捋了捋头发，将手搭在弟弟肩膀上友善地拍了拍。

“老弟，以后妈就靠你照顾了！你能替我尽一份孝，我感激你一辈子。”钱子寅说完，头也不回地大步流星走出房间，在他身后，孙雪婷犹豫了一下连忙追了出去。

随着门被关上，脚步声越来越轻远，很快消失不见。一直到脚步声彻底消失，钱子亭才终于一屁股坐在沙发上。哥哥的反应完全在他的预料之外，如果非要用一个词来形容的话，就是疯狂，是的，他已经接近疯狂的边缘。钱子亭很清楚，如果一直这样下去，最终他会被自己的疯狂所毁灭。

身后，脚步声传来，虽然没有回头，但钱子亭仍然知道是自己的妻子，他有点儿无力地将头靠在对方抚上来的手上：“我们该怎么办？”

“如果他不是你哥，我们该报警！”妻子爱怜地抚摩着他的面颊说道，“可他是咱哥……”

“他是我哥又怎么样？他犯法了，你知道他们公司的涉案金额有多少吗？”钱子亭焦躁地说道。

“我知道，我还知道咱哥车里现在就装着两亿的现金，他必须把钱合法弄到国外，否则，他走不了。”妻子看着钱子亭点了点头说道。

“这事，我帮不了！”钱子亭烦躁地摆摆手，起身向卧室走去，可刚一拉开客厅门，母亲略带佝偻的身影就立刻出现在他眼前。

“你想过他以前怎么帮你的吗？我听你说过，为了能让你上大学，妈让你俩抽签，本来大哥抽到了长的，可他故意把自己的那根掰短了，把上学的机会让给你了。没有他，哪有今天的你？钱子亭，这份恩情你要怎么还？”身后，妻子用少见的大声说道。

钱子亭迟疑了一下，但犹豫良久，最终还是把手放在门把手上轻轻拉开了客厅门。可就在房门拉开的刹那，一个已经有点儿佝偻的身影忽然出现在他面前。

“子亭，求求你，拉你哥一把，别让他掉地上。”之前餐桌上强颜欢笑的母亲早已经看在眼里，此刻终于按捺不住向钱子亭要求道。

砰！钱子亭仿佛觉得心中有什么东西瞬间碎裂，整个人僵硬了好半天，最终才无力地转身回到客厅。

钱子寅是被一个电话叫回去的，电话里，钱子亭只说了一句话就让钱子寅放在油门上的脚再也踩不下去了。

“哥，你回来，有事咱俩一起解决！”

第二十二章　逃

“哥，我查了一下我们公司之前的往来账目，发现你之前向我们公司购买过一批生物柴油，而且我们之前签署的意向性合同显示，合同的供货时间是五年，供货金额超过一亿七千万。”钱子亭的妻子将手里的一份合同影印件放在钱子寅面前。

“哈，这个是我当时用来显示公司实力的，我没事进那么多油干什么啊。”钱子寅看着合同影印件，打着哈哈说道。

“但合同的拟定时间是在案发前，按照合同规定，我现在可以执行这份合同。”听到钱子寅的话，一直在旁边坐着没说话的钱子亭忽然开口道。

“你想问我要钱？”钱子寅一愣，看着弟弟问道。

“嗯，按照合同规定，你提前付款是没有问题的，但因为我现在的供货量没有这么大，所以我属于合同违约，我会将钱再退还给你，不过我公司现在的现金流不能支持这么大一笔退款，我会将退款按照第三方债务的方式偿还。”钱子亭看着钱子寅，一字一句地说道。

钱子寅似乎明白了什么，故意被弄复杂的债务偿还问题让他敏锐地察觉到了弟弟的意图。

“你知道这是犯法的吗？”钱子寅反问道，“如果你也出事的话，咱妈怎么办？”

“准确地说，我没有犯法，我只是执行一份合同，目前你公司还没有进入破产清算状态，所以合同是可以被执行的。”钱子亭丝毫没有任何情绪上的波动，仍然继续说道。

“这是我们的第三方债务偿还方式，与我有债务关系的五个公司会转嫁债务，以第三方公司的名义偿还，其中三家是原料供应公司，两家是生物柴油开发公司，它们在国外都有业务，所以，如果需要的话，他们会通过国际结算，进行债务的异地偿还。”钱子亭看着钱子寅，似乎怕他不明白这其中的意思，用异常缓慢的语气说道。

“大哥，你只需要在这里签字，他们会在国外将所有的债务以外币结算。”钱子亭的妻子急促地补充道。

“行了，做假合同这方面我比你清楚。我只是奇怪，子亭，你在这里掺和什么？”钱子寅摆手制止了钱子亭及其妻子，忽然询问道。

“我们想帮你，大哥。”钱子亭的妻子看着钱子寅说道。

“帮我？我刚才看了你的合同，你的那些往来公司的规模都不小，你生意做得这么大，我没理由让你们搅和进来。”钱子寅摇头道。

“可是你……”钱子亭妻子看着钱子寅，犹豫着说道。

“我的事你别管，我自己会想办法的。你们好好的，我就放心了。”钱子寅说着起身就要向外走去，可是刚走到门口，手里的电话忽然莫名其妙地响了起来。

钱子寅低头看了一眼，发现电话号码很熟悉，但却一时想不起来，在他犹豫着接通了之后，熟悉的声音意外地从电话里传来。

“子寅，还没睡吗？”一如之前的招牌式的腔调，不过此刻在钱子寅听来却是那么虚伪和让人讨厌。

“我说领导，你怎么总能打通我的电话啊？”新换的外省卡，仍然被领导打通，这让钱子寅在惊讶之余深感疑惑，索性直言问道。

“想找你，总能找到的。不过……子寅啊，我找得到你是小事，被警察找到你的话，就是大事了。”领导轻描淡写地说道。

“这个就不用领导您操心了吧？”事情已经到了这一步，钱子寅觉得自己和领导之间已经再无所谓关系和面子，话说得也更直接了。

“子寅啊，事情看得长远些。我希望你早点儿走，也是为了你好，你走了案子就挂起来了。你在国内多待一天，大家就多担心一天。”领导语重心长地说道，就仿佛此刻的他所做的不是在劝阻对方逃亡，而是劝阻对方自首一般。

“呵呵，这个我还真不担心。您也知道，我现在孤家寡人一个，老婆也被抓了，公司也被查了，我还有什么好担心的啊！”钱子寅嘿嘿冷笑着说道。

“人啊，总不是为自己活的。子寅，虽然你看得洒脱，但看事情和做事情是两码事，毕竟，你也有母亲，还有个弟弟。哦，据说你弟弟的生意做得还不错，目前正在申请市里的政策扶持，我觉得这个就很好嘛。你走了，平安了，你弟弟才能好好做生意，否则，他生意做得不好，或者是有什么波折，也让你闹心啊！”领导的口气变得更亲切了，但电话这边，钱子寅却听得浑身冰冷。

“领导，有些事情不能做得太出格了。”钱子寅的表情冰冷得仿佛能掉下冰碴儿，口气更是连丝毫的尊敬都欠奉。

“子寅，多虑了，多虑了，出格不出格的我会把握的，我现在最关心的就是你的安全问题，所以我已经替你办好了签证，你给我个地址，他们随时会给你送上门的。哦，对了，现在不应该叫你子寅了，而应该叫庄世仁，呵呵呵呵！”领导说到这里，挂断了电话，而电话这边，钱子寅仿佛被人点了穴道一般，站在那里良久，才终于缓了过来。

“把合同拿过来吧，我签字！”钱子寅无力地说道。

合同钱子亭早已经准备妥当，可钱子寅悬在合同上的笔却怎么也落不下去，他很清楚一旦在上面写下自己的名字，也意味着将弟弟牵扯其中，他不想这么做。

一直以来，弟弟都是他和母亲心中的希望，那是一种从心底萌生的骄傲，每一次提起弟弟，钱子寅的嘴角都是向上翘的。可是，现在他因为自己的关系却要将弟弟拉扯到这扯不开的网中，钱子寅心中的感觉就仿佛亲手将一幅名画变成一块涂鸦板一样。

“大抢，你倒是签啊！”身边，母亲忽然用力推开挡在面前的人，睁着发白的双眼看着钱子寅，眼中除了白色就是泪水浸润的红色。作为一个农村妇人，她似乎并不懂得这笔签下去到底有什么后果，她朴实的念头里，只要儿子平安就好。

钱子寅最终在合同上签下自己的名字，然后“扑通”一声跪在地上。

“妈！”钱子寅嘴里蹦出一个字之后，就再也说不出什么了，在嘴巴干哑地张合了几次后，被钱子亭用力搀扶起来。

“妈，我送送大哥！”钱子亭拉着钱子寅快步走出房门。房间里，母亲虽然看不见，但仍然用无神的目光一直护送着钱子寅离开家门，才终于蹒跚着走回自己的房间。

良久，钱子亭推门进来，看了看仍然等在客厅的妻子，重重地叹了口气，坐回到自己的位置上。

“让他们打款吧。还有，通知会计师，暂缓二板上市申报。”钱子亭说完，全身泛起一丝无力感，而后，重重地坐在沙发上，闭着眼睛久久没有说话。

林峰一直工作到凌晨，才算把头几天登记的资料完全统计出来。作为一个集资大案，要受到法律惩罚的人远不止济源公司的那些直接领导者，包括业务主任在内的下层主要募集者，都要受到法律的制裁。

在林峰等人的努力下，济源公司下属三百个分部的数千名主任将成为第二批的抓捕对象，他们非法收取的中介费和集资款也都将被作为收缴的目标。

就在林峰以为自己终于可以休息一下的时候，唐欣恬的到来却一下子让他的希望落空。

“刚刚得到消息，钱子亭的大鲁生物柴油公司刚刚向账户存入现金两亿元。”尚未进门，唐欣恬的声音就已经传来，她的话仿佛一阵冷风，瞬间将林峰体内的疲惫一扫而空。

“两亿现金？怎么可能？”林峰一愣，随后忽然醒悟过来，“钱子寅，一定是他！”

听到林峰的猜测，唐欣恬点了点头：“我最担心的就是这个，这种洗钱方式才是最隐蔽而且最不容易被人发现的。我查过大鲁公司，发现他们与荷兰有密切的往来交易，只要大鲁公司出具一份三方转账协议，那么钱子寅完全可以从荷兰公司直接结算应付货款。”

“走，去见见这个钱子亭！”唐欣恬的话还没说完，林峰已经拿起衣服快步向楼下走去。

领导的话说得没错，他确实为钱子寅和孙雪婷办理了护照，与护照一同下来的还有孙雪婷的新身份证。看到庄世霞的名字，钱子寅有种荒谬的感觉，自己身边的情人仅仅因为一张卡片就变成了自己的亲妹妹，领导的神通广大也终于让钱子寅深有体会。

相比于钱子寅，孙雪婷却表现得很兴奋，无论是身份证还是签证，都意味着两人可以瞬间摆脱躲躲藏藏的生活，去国外逍遥自在。

看着身边兴奋得如同小鸟一样的孙雪婷，钱子寅留恋地看了一眼身后的济源市，坐上前往首都的列车。

机票已经买好了，为了避免不必要的麻烦，钱子寅和孙雪婷将会乘坐两趟航班，分别前往美国和加拿大，之后两人再会合前往最终确定的第三国。

站台上，动车在广播声中缓缓启动，逐渐由慢变快，而周围的景物也一去不复返地从眼前飞掠而过。如无意外，几个小时后，他们就会身在飞机上前往国外，而眼前这一切也将永久不会再出现。

钱子寅有点儿伤感地拉下窗帘，半躺在座椅上，而在他身边，孙雪婷知趣地没有说什么，只是靠在他身上一动不动。

林峰驾驶着车子很快到达了大鲁公司，在经过简单的询问和等待后，他很快在办公室见到了钱子亭。

钱子亭的办公室要比钱子寅的朴素很多，甚至可以用简朴来形容，整间办公室里除了有点儿凌乱的桌子之外，就是挂满整个墙壁的图标和资料，以及摆在显眼位置一尘不染的产品小样。

相比于哥哥，钱子亭的身材魁梧了一些，个子也要比钱子寅高出一些。不过两人在眉宇间有着依稀的相似，让人可以大略判断出两人之间的关系。

“钱总，你好，我是公安局经侦科的林峰。”林峰走过去自我介绍道，对方回应他的是一个微笑，在将他让到一旁的沙发上坐下之后，钱子亭却率先引入了话题。

“你们是来问两亿元货款的事情吧？”钱子亭直截了当地问道。对于这个将自己哥哥逼上绝路的警察，钱子亭自然也有耳闻，他本以为对方会是一个面目可憎的家伙，可没想到看起来却和想象中的大相径庭，至少看着不讨厌，不过对于钱子亭来说，他也绝对谈不上喜欢。

“是的，钱总，您知道我正在调查济源公司的案子。我想知道，这笔钱和济源公司有没有关系。”林峰点头承认道。在林峰心中，钱子亭对于自己的询问肯定会有所隐瞒和支吾，毕竟他牵扯进去的是一场惊动省城闹得沸沸扬扬的案子。

“有，是济源公司转给我的一笔货款，他们希望订购部分产品，但后来因为价格的问题没有谈拢，所以把钱还给他们了。这是合同，还有相关的委托证明。”听到林峰的询问，钱子亭直接拿出一份合同递给对方。

“哦，三方转账，对方要求三方转账吗？这笔钱他们要在哪里提走？”林峰看了一眼合同上协议的三方转账，合同并不违规，时间也在案发之前。但林峰很清楚，这合法的外衣下，隐藏的却是非法的行为，这让他对钱子亭的印象顿时变得恶劣起来。

“这个……我不方便回答，因为属于正常的账目往来。如果您真需要知道的话，我希望您能提供相关的证明，我会配合调查的。”钱子亭摇了摇头，目光中透露出一丝不悦，语气中也少了一丝耐心。

“钱总，我很奇怪，为什么合同的日期是三个月之前的，可你们现在才把现金存入银行？另外，他们用现金付账是不是太奇怪了？这不是买衣服，两亿的现金……”林峰看着对方再次询问道。时间是唯一的破绽，不过这个破绽却不致命，林峰很清楚，所以才会直接提出询问。

“嗯，在这方面我们确实有疏漏的地方，实际上超过一千块我们就该使用银行转账的方式，所以财务方面我们已经通报批评他们了，并且也勒令相关负责人向金融监管单位承认错误，申请调查。至于您说为什么没有在之前把现金存起来，我不方便回答这个问题。”钱子亭没有林峰预料中的躲闪和借口，而是用光明正大的方式回答道。

“钱总，您哥哥的事情您应该知道吧？”林峰放下这个问题，忽然话题一转问道。

“嗯，略有耳闻。”钱子亭点点头。

“其实我手上还有些您不知道的。我们刚刚统计出来，您哥哥公司涉案的金额高达十亿元人民币，集资参与人接近两万人，近千个家庭因此而破产，目前已知的，因为此案而自杀的参与人员就超过五人。”林峰迅速背出一连串的数字，而每听到一个数字，钱子亭的脸色就变得难看一分。新闻上的数字总是不那么敏感，但一旦牵扯具体的人头，会立刻让人有种切肤的体会。

林峰说完，并没有继续坐下去，而是起身向门口走去，在临到门口之前，他才回过头来看向钱子亭：“钱总，情、理、法，虽然情在前，法在后，但是法律其实是最合情合理的。”

林峰说完，离开钱子亭的办公室，一直到钻进车内，他才长嘘了口气看向等在旁边的唐欣恬：“钱子寅要跑，我们得想办法把他追回来。”林峰一边说着一边发动汽车，车子很快冲向公安局所在的方向。

坐上前往首都机场的的士，孙雪婷的表情轻松了很多，似乎知道马上就要离开国内，她索性放弃矜持，软软地依靠在钱子寅的身边。

“子寅，你说等我们出国以后，先去哪儿玩？”孙雪婷一脸憧憬地说道。

“玩，想去哪儿去哪儿。”钱子寅笑着回应道，眼睛却不住地向外张望着。

虽然马上就要到机场了，可他总觉得自己哪里遗漏了什么，合同和委托书已经在包里，证件和签证都已经装好。为了避免可能的通缉，他甚至还为自己准备了墨镜，可即便如此，他仍然觉得忐忑不安，就仿佛他已经掉进一个巨大的漏洞之中，自己却被蒙在鼓里一般。此刻的钱子寅迫切地希望能快点儿到机场，快点儿坐上飞机，快点儿离开这里。

“我一定忘了什么事，一定忘了什么事！”林峰不断用头撞着靠背自言自语着。

“别着急，慢一点儿想，是不是和钱子寅有关系？”听到他的话，一旁的唐欣恬耐心地开导着。

“钱子寅，钱子寅。对了，钱子寅！”林峰忽然醒悟过来，一脚刹车将车停到路中央，引来身后车辆不满的滴滴声。

“钱子寅曾经给我打过电话，我记得我留下了录音。”林峰一边说着，一边翻出手机急切地翻找着。

“就是这个，你听！”很快，在找到录音之后，林峰快速按下播放键，钱子寅的声音立刻从扬声器里传了出来。

“哦，林科长的意思是，我不算人民群众了？”林峰播放到这里，忽然按下暂停键。

“你听到什么了吗？”他转头看向唐欣恬问道。

“没有！”唐欣恬茫然地摇摇头。

“再来一遍！”林峰再次播放了一遍，这一次，唐欣恬终于分辨出声音之外的东西。

“这是……机场广播。”唐欣恬迅速说道。

“是的，机场广播。该死！我没有想到，其实钱子寅早就为自己找到了新身份。”林峰用力捶了方向盘一拳，恨恨地说道。

“你可以查一下他打电话的时间有什么航班，一般航空公司都有乘客记录。”唐欣恬在一旁提醒道。

“对，你不说我都忘了。”林峰说着，迅速拨通机场电话。

“喂，机场吗？我是快递公司，我这里有一份邮寄的行程单，没有名字，您能帮我查一下吗？我告诉您电话号码。”林峰一边说着，一边将钱子寅的号码报了过去。

“哦，姓庄，是吗？能告诉我全名吗？什么？不能。这个有什么秘密的啊？我这不是想把东西送过去吗！”电话里，机场方面并没有因为林峰的借口透露姓名，在絮叨了半天之后，林峰也只问到了一个姓。

“看来需要到局里开证明才能调取所有信息了，不过我怕时间来不及！”林峰焦躁地说道。

“问题是，我们不知道他会在哪个机场出境！”唐欣恬连忙提醒道。

“除了省会机场之外，就只有首都机场最近，逃不过这两个地方。这样，我打个电话看看能不能找刘局长让机场派出所协助调查一下。”林峰一边说着，一边迅速拨通了电话。

电话接通之前的时间变得异常漫长，就仿佛过了一辈子一样，当刘局长那低沉的声音从电话里传来的时候，林峰仿佛忽然看到了晴天一样。

“刘局，钱子寅化名庄姓可能从机场逃跑。”林峰急促地说道。

“你等我电话！”那边，刘局长沉默了片刻之后嘱咐道，随后挂断了电话。

“怎么样，刘局说什么？”唐欣恬连忙问道。

“让我们等！”林峰皱着眉头回答了一句，随后掏出一根烟，推开门站在车旁等待着。副驾驶上，唐欣恬看着林峰的样子，犹豫了一下，也跟着下了车。

“谋事在人，成事在天。有些事情你努力就好。”走到林峰身边，唐欣恬安慰道。

“我不信天，我信的是良心。我就不明白，这帮坏人怎么就那么吃得开，吃饱了一抹嘴转身就跑，怎么就不能找个什么办法把他们一下连根拔起呢？”林峰重重地吸了口烟，语气中透出少见的愤怒。

“你知道吗？我和他是在大学的舞会上认识的，当时的他品学兼优，还是校学生会的会长。说实话，即便是现在看，他也具备了一个完美恋人所具备的所有优点。”唐欣恬犹豫了一下，缓缓说道。身边，林峰忽然转过头，当他看到对方迷离的眼神时，之前的阴郁瞬间不见了。

“所以你一直想不明白，是吗？”林峰转而询问道。

“不，其实考虑了这么长时间，我已经很明白了。现在想来，他太自负、太骄傲了，但贫寒的出身却又让他极度自卑。我们在毕业后一起被分配到鲁北市，因为我父母的关系，我顺利地被分到鲁北人民银行，但他却被分派到银行分理处，从职员做起。当时的我已经被幸福包围，完全没有意识到那个时候他已经敏锐地察觉到我们之间的差距。”唐欣恬整个人仿佛回到了过去的记忆里，悠悠叙述着，而林峰则作为唯一的忠实听众，在旁边聆听。

“……我一直在筹划着结婚的事情，因为我们俩都没有经济基础，所以父母为我们筹办了一切，包括住房和车子。但当我把这件事告诉他的时候，他那激烈的反应却出乎我的意料。他告诉我，他就算死也不会住在我们家人提供的房子里。当时我很吃惊，可现在想来，当时的安排已经将他所有的骄傲抹杀。”唐欣恬说到这里沉默了下来，不知道是后悔还是感叹。

“我当时接手案子的时候也吃了一惊，他的前途太光明了，分理处的主任，而且据他的领导说，他很快就会被调到分行，连调令都已经下来了。”林峰很清楚唐欣恬未婚夫的事情，当时他携款潜逃的案子是由林峰直接负责的。

“我只是不明白，他离开我的时候，把我们的感情放在什么位置？难道和钱、荣誉相比，感情就真的无足轻重吗？”唐欣恬看着林峰，既像是询问又像是指责。虽然她流泪，但话语中的悲戚却如同雨前湿润的空气，弥散在两人周围。

“我不知道……”林峰老实地说道。

林峰的电话一下子将整个鲁北公安局调动起来，所有人在刘局长的指挥下忙碌起来，而刘局长更是亲自拨通了省指挥中心的电话，请求他们协查一下省城机场即将离境的人员名单，不过那边很快给予的答复是，在飞往国外的航班里，没有姓庄的。

刘局长放下电话，沉吟了片刻，林峰通报的消息似乎有点儿让人觉得意外，之前的线索完全没有与之相关联的地方。不过在思索一会儿之后，他决定无条件地相信林峰，况且省城机场的回答并不能证明什么，如果钱子寅真的想外逃，那么首都机场无疑是个更好的选择。

“省指挥中心吗？我是刘援朝，请帮我联络一下首都机场派出所，我们目前侦办的一起案件的犯罪嫌疑人，有可能化身另外一个身份准备通过机场离境。嗯，好，是的，我立刻把钱子寅的通缉令发给他们一份。”再次拨通了省指挥中心的电话，刘局长要求道。或许是感受到了他的焦急，对方很快联络上了首都机场。

电话那边，派出所的负责人很快为他调取了旅客的信息记录，但这一次意外再次出现了。

两人之间的沉默被突然响起的电话声打断，林峰快步冲过去拿起电话，刘局长的声音很快从里面传出来。

“什么？一共有二十四名姓庄的旅客，怎么会这么多？”听到刘局长的话，林峰惊讶地说道。省会机场的一个没有让他意外，而首都机场的查询却让他更惊讶。

“局长，能不能让我来和机场同志协调一下？”林峰思索片刻后要求道，刘局长那边点点头，将双方的电话并线在一起。

“同志，我是林峰，案件的主要侦办人。麻烦您能不能替我广播找一下鲁北来的庄老师，您就说他弟弟有一份涉外资料需要交给他，请他马上到广播室查收！”林峰沉吟了好一会儿，才谨慎地向对方要求道。

“这个恐怕有点儿不合规则吧？”对方犹豫着说道。

“同志，您放心，有什么问题我负责。如果来的人符合通缉令上的图像，您立刻扣住；如果不符合，我会亲自道歉赔偿；如果抓住了人，就会替国家挽回几个亿的损失。所以，拜托您了。”林峰用少有的口气请求道。

电话那边，林峰“为国家挽回损失”的理由终于说服了机场派出所的负责人，后者在犹豫了半天后终于答应下来：“不过，林老师，我们这里可说好了，只广播三遍。如果找不到人的话，我们也只能到此为止了，毕竟您没有按要求出示协查通报。”

“行，行，拜托您！记得重点找一个男的，通缉令我们会在稍后发给您。”听到对方的话，林峰连连答应，而在刚一撂下电话之后，他就立刻将一张名片递给了身边的唐欣恬。

“这是钱子亭的电话号码，未来五分钟，你一定要想方设法地给我拖住他，不管在电话里聊什么，千万不能让他放下电话！”林峰抓住唐欣恬的肩膀向她要求道，后者盯着林峰看了好一会儿，才慎重地点了点头。

电话很快拨通，听筒里钱子亭低沉的声音随之传来。唐欣恬调整了一下情绪，很快报出自己的名字，然后礼貌地开始就大鲁公司涉外的经济情况提出询问。

一切似乎都没有什么问题，但林峰却知道，此刻却是最关键的时刻，自己发出的广播就是为了让钱子寅误以为他的弟弟希望能联系他，而弟弟电话打不通的话，那么钱子寅唯一能做的就是去广播室找人询问。

如果钱子寅真的是在这二十四个姓庄的乘客之中，那么他一定会入瓮。想到这里，林峰不禁死死地攥紧了拳头。

同一时间，首都机场候机大厅内已经完成了安检程序的钱子寅和孙雪婷此刻正等待着最后的登机时刻，飞机此刻已经停在停机坪上做最后的准备，看着一箱箱行李不断地被装进机腹，钱子寅的心情轻松得仿佛要弥散在天空中。一旦登机起飞，那么下一刻将不会再有人找到他，也意味着国内的一切事情都将与他毫无关系。在此刻，钱子寅忽然有一种欲望，想要再次拨通林峰的电话和他交谈一番，不过这一次他忍住了这种欲望，而是静静地搂着孙雪婷坐在椅子上，等待着最后一刻的到来。

就在两人小声憧憬着以后的幸福生活时，机场广播里一串清脆的女声语音却打破了两人的交谈与幻想。

“来自鲁北的庄老师，请您听到广播后速到广播室，您的弟弟有涉外资料急需转交给您。来自鲁北的庄老师……”声音不断重复着，而听到广播，依偎在他怀里的孙雪婷忽然抬起头看向钱子寅。

“庄老师，弟弟……子寅，是不是子亭要找你？”孙雪婷犹豫着问道。听到她的询问，钱子寅也皱起眉头来。

“按说不会，他能有什么资料要交给我啊？”钱子寅疑惑地摇摇头。

“会不会和钱有关！”孙雪婷压低声音说道。听到他的话，钱子寅也是一愣。

“我给他挂个电话问问！”钱子寅说着掏出电话拨通了弟弟的号码，可是让人意外的是，电话却无法接通。

“电话无法接通！”钱子寅看着孙雪婷说道。

“那怎么办？”

“不管了！”钱子寅索性靠在椅背上，不过下一秒钟，他却又坐直了身子，“会不会真有什么事啊？”

“要不，你去看看吧。应该不远，离办登机手续还有一会儿！”孙雪婷点点头说道。

“不对，我总觉得有问题。要不，你去一趟吧。”钱子寅想了想说道。

“我，可是我……”孙雪婷一愣，有点儿犹豫。

“你不也姓庄嘛，去了的话你随便问问，如果有事你就给我打电话，我过去；如果没事，就马上回来。反正你是女的，不行就说你听错了。”钱子寅拍了拍孙雪婷的肩膀安慰着说道。

“可是……”孙雪婷还是有点儿犹豫。

“没什么可是的，要是和钱有关系的话，事情就麻烦了。”钱子寅最后的话坚定了她的决心，在犹豫了一下之后，她起身向机场广播室的方向走去。

目送着孙雪婷离开，钱子寅再次拨打起弟弟的号码，不过显示的状态却仍然是无法接通。有点儿焦躁的钱子寅起身来回走了两步，再次坐回到自己的位置上，然后不断地拨打起弟弟的号码。

“……是这样，我们央行针对涉外企业想要做一次调查……什么，您不需要……哦，那您能告诉我一下负责这方面业务的负责人的电……哦，好的，我知道了……”电话这边，唐欣恬几乎将所有可以找到的理由都说了个遍，而那边已经很不耐烦的钱子亭已经准备随时要挂断电话了，眼看着唐欣恬支撑不住，林峰忽然一把将电话抢了过来。

“钱总吗？我是林峰，您好，我正在抓您哥哥呢。嗯，我们通过技术手段调查，发现他目前正在试图和您联系，如果他给您打电话，您一定要接一下，方便我们确认他的位置。”林峰笑着对电话里的钱子亭说完，优雅地按下了挂断键。

“为了保护他哥哥，钱子亭一定不会接听钱子寅的电话了。你这么利用亲情是不是有点儿卑鄙？”接过林峰递来的电话，唐欣恬忽然看着他问道。

“卑鄙？我不觉得啊。能抓住钱子寅，再卑鄙点儿我都无所谓。”林峰自嘲地笑了笑，目光落向远处。

唐欣恬没有继续说话，保持着相同的安静。两个人就这么一直看向前方，似乎谁都没有打破这份宁静的意思。

“我最反感利用别人的感情！”唐欣恬忽然开口说道，既像是自言自语，又像是在对林峰说。

“谢谢你将秘密分享给我，我也知道你想问他要个解释，可他逃了三年了，如果想给你解释，只需要一个电话而已。”听到唐欣恬的话，林峰缓缓开口说道。唐欣恬的身体不由自主地一颤，目光也瞬间变得涣散。

“当初我们俩调查这个案子的时候，我就知道，你心里其实放不下，其实我可以再等等……”林峰再次说道，不过还没等他说完，唐欣恬已经一把拉开车门走了出去。

“你去哪儿啊？我送你！”林峰慌忙追出来问道，不过对方却丝毫没有停下的意思，就这么一直顺着路走了下去。

“唐欣恬，我告诉你，我一点儿都不卑鄙。你知道钱子寅这个家伙害死了多少人吗？你知道自杀的那个毕阿姨吗？我们现在都还没联系到她的家人。”喊声中，唐欣恬的身影越变越小，很快消失，林峰最终无力地坐回到车内。

“我卑鄙，哼，我卑鄙也是对坏人卑鄙。谁让他们干坏事了，谁让他们犯罪了。对，好人我可……”林峰自言自语地说道，仿佛是在为自己解释一般，而就在此刻，他手里的电话忽然响了起来。

孙雪婷快步向前走着，神态如常，平静自若，而在她前面，半开着门的广播室里，俏丽的女播音员正在第三遍播送着广播通知。孙雪婷走到门口，犹豫了一下轻轻敲了敲门，房间里的播音员对她笑了笑，随后关闭了广播。

“您是……”播音员礼貌地问道。

“我姓庄，刚刚我听到您的广播，所以想过来问问。”孙雪婷故意说得含糊了一些，不过还没等她说完，房间的角落里，几名身着警服的警察已经冲了出来将她围在中心。

“身份证！”一名警察礼貌地对孙雪婷敬了一个礼，然后要求道，孙雪婷强压住内心的恐惧，从口袋里掏出新的身份证递给对方。

“庄世霞？”警察看了一眼疑惑地说道。

“啊，是我！”孙雪婷愣了愣才知道是在叫自己，连忙回答道。

“您是广播要找的人吗？”警察再次询问道。

“啊，我也不知道，我听到要找庄老师，我正好也是个老师，就过来看看，有可能弄错了吧。”孙雪婷有意无意地摆脱道。

“哦，我们要找的应该是个男的。”警察点点头解释道，“您这是要去哪儿？”

“美国，去参加一个研讨会。”孙雪婷随口编造道，“关于青少年心理健康的。”为了怕对方不相信，她刻意补充了一句。

“是啊，青少年教育啊，这事真是不好办啊。我女儿，今年十四岁，别的不说，整天就是迷明星啊什么的，天天要钱去听演唱会，海报弄得满房间都是，我的头被她弄得都大了一圈。”听到她的话，警察仿佛被打开了话匣子，连声抱怨起来。

“哦，是这样的，我们将这个归纳为青少年教育的不全面。”孙雪婷应付了一句，然后回头看了看楼下，故作焦急地说道，“这样，警察同志，我们的航班可能要登机了，如果没事，我可以走了吗？”

“哦，对了，我都把这事忘了。您先忙，你先忙！”警察连忙一脸歉意地说道，孙雪婷微笑着点点头，随后快步向回走去。

身边，桌子上的传真机忽然发出“噼”的一声轻响，一张印着通缉令的传真纸缓缓从出纸口伸出，站在旁边的同志一把将通缉令扯了下来递给之前的那名警察，后者在瞄了一眼上面有点儿失真的照片之后，脸上的笑意瞬间消失不见。

“孙雪婷！”警察对着孙雪婷的背影大喊了一声，后者身体一怔，随后忽然快步向楼下跑去。

第二十三章　咫尺之遥

孙雪婷几乎没有任何跑掉的机会，可即便如此，她在被押解到派出所的时候仍然奋力地挣扎着，她不甘心在即将离开的时刻被抓住，那种在胜利的边缘忽然被翻转的感觉让人愤怒也让人崩溃。

可事实就是如此，一个人一旦犯罪，那么也就意味着他必然会迎来这一时刻，无论在哪里，在什么时候，这一天的到来都是必然的。

或许是挣扎得太累了，在被押解到审讯室之后，孙雪婷就一言不发地坐在那里，木然的样子就仿佛被点了穴道一般。

“孙雪婷，事情很清楚了，你现在最好的出路就是立刻告诉我们钱子寅在哪里，这是你争取宽大处理的最好机会。”负责审讯的机场派出所民警在扫了一眼传真过来的案情简报之后，迅速地开口讯问道，不过对方给予他的却是一张毫无表情的面孔。

见此情景，民警叹了口气转身向外走去，同时拨通了林峰的电话号码。

车内，林峰在电话响起的第一时间就按下了接听键，当听到孙雪婷落网的消息，他却并没有表现出应有的兴奋。

“钱子寅呢？他们俩应该在一起！”林峰迅速向对方说道。

“是的，我们估计也是如此，但现在的问题是，对方根本没有开口的意思，短时间内应该询问不出什么结果。”民警叹了口气说道。

“查她的机票，他们俩一定会乘坐一趟航班。”林峰想了想再次说道。听到他的话，民警一愣，随后醒悟过来快步向回跑去。

孙雪婷包里所有的东西都被一股脑儿倒了出来，机票、护照、签证，一样样被摆放在眼前，当看到登机牌上写着的航班号，民警立刻带着人冲了出去。

“子寅！快跑！”目睹这一切的孙雪婷忽然大声对门外喊道，但她的声音却随着门被关闭而彻底被截断在房间里。

民警迅速跑下楼，向登机口跑去，忽然出现的民警让登机口所有人都是一愣，可是在经过细致的寻找后，他们却发现，本应该在这里的钱子寅却根本不见踪影，而得到通报的林峰，也不禁皱起了眉头。

钱子寅就这么失踪了？这不可能！林峰思索良久后忽然想到什么，再次拨通电话，电话那边，得到通报的民警迅速离开登机口，向控制中心跑去。

整个航班所有客人的资料在民警的要求下被调取出来，详细的身份证信息与照片清晰地罗列在屏幕上。民警在仔细核对之后，很快发现了钱子寅的踪迹。

“找到了，钱子寅化名庄世仁！与孙雪婷同一航班，不过……”民警说到这里顿了一顿。

“不过什么？”林峰迅速询问道。

“不过，他刚刚买了前往斯里兰卡的机票，目前飞机已经起飞！”民警看着上面显示的信息向林峰说道。

“飞机起飞了！”这让林峰在失落的同时有点儿茫然，但他很快就摆脱了这种感觉，再次拨通了机场的电话号码。

“可否联系航班机长，询问一下钱子寅是否在飞机上，如果在的话，我们可以申请返航。”林峰向对方要求道。

“我们刚刚联系了机长，但机长告诉我们，钱子寅并没有登机！”所长对着电话说道。

“没登机？！你是说，他有可能还在国内？”林峰连忙追问道。

“不，不确定，我们通过技术手段正在核查各个航空公司，发现有十三张机票是以庄世仁的名字购买的，时间分布在一周之内，包括大陆以及港、澳共七个机场。同时网络购票途径显示，还有五张以钱子寅身份证购买的机票已经显示出票成功。”看着不断从屏幕上罗列出的数据，派出所所长迅速向林峰说道。

“这个钱子寅，想要干什么？”林峰听到对方的话，低声自语道。

钱子寅确实买了飞往斯里兰卡的机票，时间就在孙雪婷刚刚离开没多久。至于这么做的理由，恰恰是刚刚的那段广播。

弟弟会不会用这么张扬的手法来联系自己？钱子寅思索片刻后就给出了否定的答案，而弟弟的电话一直打不通，更证明了这一点。之前的广播因为播出得很突然，让钱子寅一时慌了手脚，可当孙雪婷离开之后，钱子寅瞬间醒悟过来，这一切似乎根本就不能成立。

不过他没有将孙雪婷叫回来，而是任由着她向那个陷阱走去。

钱子寅不是不想叫回孙雪婷，而是他需要一个人能帮他拖延时间。钱子寅很清楚，如果公安局真的知道他伪造的身份证信息，那么抓捕他就是顺理成章的事情。那么，与其两个人一起被抓，倒不如舍弃一个人让另外一个人离开。

所以，在孙雪婷刚刚离开之后，他就迅速跑到柜台前买了一张前往斯里兰卡的机票。不过，他并没有使用机票，相反，却在买完机票后，迅速离开了机场，坐上了一辆出租车。

“去天津！”钱子寅在将一叠钱甩到对方怀里之后，迅速命令道。听到他钱子寅的话，对方愣了一下，可看到那不菲的车费，司机毫不犹豫地发动汽车，一头冲向高速公路。

现在就看孙雪婷能为他坚持多长时间了，坐在车里的钱子寅不由得思索着。在坐上汽车的同时，他又迅速陆续购买了十几张机票，听着钱子寅不断在电话里重复着购买机票的信息，一旁的司机好奇地看了他好半天。

“老板，您可够忙的啊，整个一个空中飞人！”司机笑着说道，不过他的搭讪却并没有引来钱子寅的回话，后者只是冷冰冰地看了他一眼之后，就再次为自己订购了一张从香港飞往加拿大的机票。

司机讪讪地回过头，继续起自己的工作，车子在他的操纵下在高速上跑出一百公里的时速，一个小时之后，天津城的轮廓已经出现在前方。

就在司机准备询问钱子寅具体的目的地时，后者终于开口说话：“去码头！”

听到钱子寅冷冰冰的吩咐，司机自嘲地耸耸肩膀，掉转车头向天津港的方向开去。

林峰坐了最早的一班高铁来到北京，可即便如此，到达北京机场也已经是三个小时以后的事情了。机场派出所里，看到林峰的出现，之前还一直低头无语的孙雪婷此刻终于有所反应——身体不可抑制地颤抖，似乎透露出她内心的恐惧。

“孙雪婷，知道为什么抓你吗？”林峰走到她面前，义正词严地问道。对方抬头看了他一眼之后，默默地点了点头。

“案件性质有多严重，你比我更清楚，所以不要抱有侥幸心理。你作为案件的主犯之一，有不可推卸的责任，而现在，一个立功机会摆在你面前，只要你能检举揭发钱子寅，那么就可以为自己争取机会。”林峰索性坐到对方面前，直截了当地说道。

听到林峰的话，孙雪的身体仿佛凝固了一般，但随后就再次恢复到之前的样子——低头无语。见此情景，林峰很清楚，短时间内想从她身上找到突破口已经是不可能的了。

在意味深长地看了对方一眼后，林峰快步走出办公室找到之前一同办案的所长，将所有与钱子寅有关的材料交给了对方。

看着对方因为金额巨大而惊讶的表情，林峰皱起眉头：“除了从机票和航班方面，我们还有没有其他办法可以找到钱子寅呢？”

听到林峰的询问，所长犹豫了一下点点头：“可以通过监控探头找到钱子寅，我们的人已经在做了，不过因为你们之前发来的通缉令的图片辨识度不高，所以进展有限，如果你有时间的话……”

“我有时间，监控室在哪儿？”林峰还没等对方说完话，就迫不及待地说道。听到他的话，所长笑着摇了摇头，带着林峰向监控室走去。

到天津东疆港之后，钱子寅走到一处贴满花花绿绿照片的旅行社门口，犹豫了一下走了进去。看到钱子寅，里面的工作人员立刻热络地迎了过来。而钱子寅则摆出一副矜持的表情，在左右随意看了看之后，拿起一张前往韩国济州岛的邮轮介绍。

“这个是我们的特色旅游。先生，六天五夜，包括全岛游、泰迪熊博物馆、樱花……”看到钱子寅拿起宣传单，对方立刻主动介绍道。

“最早的一班是什么时候？”钱子寅放下手里的宣传单看向对方。

“哦，最早的一班就是今天，不过现在办手续……”听到钱子寅的询问，对方一愣之后连忙回答道，不过还没等她的话说完，钱子寅已经打断了对方。

“钱不是问题，我就想今天走！”钱子寅说着，从口袋里掏出一叠人民币随意地放在桌子上。

在林峰到来之前，机场民警们已经在屏幕前待了一个多小时，不过他们的困顿在林峰到来之后就迅速宣告结束，林峰只用了几分钟就从人群中找到了钱子寅的身影。

“就是他！”林峰指着左顾右盼的钱子寅，后者似乎因为孙雪婷的离开而有点儿坐立不安，不过他很快就摆脱了之前的犹豫，快步走出等候区。

“下一个探头！”听到林峰的话，操作者迅速转换到下一个探头，原本消失的钱子寅再次出现在屏幕上。

“他去的是售票处，应该是在买票！”众人的目光不断跟随着钱子寅的身影快速移动着，但很快，对方的举动再次引来众人的意外。

“他这是要离开机场吗？”钱子寅再次消失的方向让所有人感到疑惑，但当镜头重新笼罩在对方身上的时候，疑惑瞬间变成确定。

最后一个探头清晰地捕捉到钱子寅坐上出租车的身影。

“找到这辆出租车！”

钱子寅坐在广场旁边的椅子上，享受着难得的阳光，而在他对面，由妈妈和孩子们组成的旅行团让整个广场变得五颜六色。直到此刻，钱子寅才惊觉时间似乎已经到了暑假，看到孩子们在父母的面前蹦蹦跳跳的样子，他忽然感觉到自己的生活似乎缺了好大的一部分。

那种充溢在整个广场上的天伦之乐，使钱子寅有一种眩晕感，他甚至恍惚地觉得，如果一切可以重来的话，那么他宁愿娶妻生子，平平凡凡地过完一辈子，也不愿意亡命天涯。

可惜，事情无法重新回到过去，因为你无法让时间倒流。对于此刻的他来说，唯一能做的就是一直走下去，哪怕前面是悬崖绝壁，那么他也要控制着自己迈出最后一步。

广场上，导游的声音从扩音器里传来，打断了钱子寅的思绪。听到招呼，他缓慢起身，犹豫着走了过去，同时摸了摸怀里那本硬邦邦的护照……

出租车的车牌号很快被调取出来，一同调取的还有对方的电话号码，林峰甚至等不及对方马上就到机场的答复，直接在电话里询问了钱子寅的情况。

幸好钱子寅的特殊让司机记忆深刻，而当司机告诉林峰钱子寅的目标是港口时，林峰忽然醒悟过来。

“该死！同志，麻烦你安排个车，送我去天津。另外，帮忙把刚刚的影音资料发到我们局里，告诉他们，这可以证明庄世仁就是钱子寅的伪造身份，让他们立刻申请对庄世仁的拘捕令和通缉令！”林峰的声音还留在室内，人已经不见了踪影。听到他的话，所长无奈地摇摇头，随后着手准备起来。

门外，林峰离开机场航站楼，钻进早已经等待多时的警车，车子在拉开警笛之后飞也似的开向天津，虽然车子的速度已经到了高速所限定的最高速，但林峰却仍然不断催促着。因为他很清楚，现在是抓捕钱子寅最关键的时刻，双方都在抢时间，钱子寅务必要在护照被注销前离境，而林峰必须要保证钱子寅在这段时间一定不能离开。

低头看了看手表，钱子寅离开机场已经是五个小时之前的事情了，如果他此刻已经登上前往国外的游轮的话，那么是不是意味着失去了抓捕他的机会了呢？另外，钱子寅购买了那么多机票，是不是真的只是为了掩人耳目，又或者他可能会忽然出现在某个机场，乘坐其中的一架航班离开？

无数个疑问在林峰的脑子里堆积着，但却无一能被他解答，此刻的林峰唯一的目的就是找到钱子寅，让他终结这一切。

车子用远超过出租车的速度到达天津，并且迅速转往港口，可到达港口的时候，他从小陈那里得到的消息却是，入境管理局刚刚证实，庄世仁的护照已经在天津港口被登记，目的地是韩国济州岛。

“什么时候走的？多长时间了？”林峰听到小陈的报告，立刻追问道。

“大概三个小时前。”小陈的语气中透露出一丝失望。

“三个小时，那就是说，现在还没出中国海？”林峰立刻问道。

小陈被问得一怔，随后醒悟过来。电话那边迅速地响起一阵键盘敲击声，在一声压抑的欢呼声之后，小陈的声音再次从话筒里传来。

“头儿，没错！这个游轮船名为‘公主号’，隶属于国际邮轮公司，母港在中美洲，因为主要以载客游览为主，所以最大航速只有二十二节，约等于四十公里一小时，如果我没计算错误的话，那么现在他们还没出渤海，我们还有机会！”小陈兴奋地在电话这边喊道。

“问题是，我们怎么追上他们？”林峰对着电话咆哮道。那种明知道目标就在那里，却始终无法追上的无力感，让他几乎抓狂。

“船肯定是不行，除非有飞机。对，直升机！”小陈忽然醒悟过来，兴奋地喊道，“我们应该可以在日落前追上他们。”

“联络所有人，问问他们到哪儿能弄到直升机！”林峰焦急地催促道。

林峰的声音随着扩音器传遍了专案组办公室的每一个角落，当听到他提出的直升机的要求后，一直坐在周围的其他几位局里的领导纷纷低头咳嗽起来，之前的变故几乎调动了公安局所有的资源，眼前的要求几乎是有点儿超越了边界。专案组内，唯一没有任何反应的刘局长坐在中间细细品着手里的茶水。

似乎感受到了众人看向他的目光，刘局长放下杯子，缓缓抬头看向众人：“联络天津市公安局，我有一个同学应该可以帮上这个忙。”

钱子寅坐在甲板一侧的椅子上，任由强劲的海风吹拂着自己。脚下的客轮用它坚硬的舰艏劈开迎面拍来的海浪。登船已经三个小时了，陆地在身后已经变成一条细细的黑线，可即便如此，钱子寅的心情仍然没有因此轻松多少。他很清楚，孙雪婷的被捕已经意味着他两个身份证的秘密的泄露，虽然孙雪婷不会说什么，但林峰不是傻子，无论是从机票还是其他地方，都可以将这个保守得并不严密的秘密瞬间揭开。

护照和签证被废只是时间的问题，而现在要拼的就是时间和手段，看谁的手段最出人意料，时间运用得最完美，那么谁就是最后的赢家。想到这里，钱子寅忽然没来由地笑了一笑，他很清楚，或许时间上他并不充裕，但手段上，他自信林峰比不过自己。当然这不是说林峰不够聪明，而是他的道德感限制了他，因为他首先是一名警察，这听起来很神圣的职业在某种意义上却让他被限制得无法去做任何逾越规则的事情，相比于林峰，钱子寅却可以毫无顾忌地去做，所以，从这个角度来说，林峰已经输了一筹。

当然，钱子寅也不会因此骄傲自大，他很清楚轻视林峰的代价是什么，也正是因为这点，他才会放弃乘飞机出境的想法，转而从海路离开中国前往济州岛。一想到济州岛，钱子寅的心情就开朗很多，因为中国日益强大的缘故，济州岛已经成为中国签证免签地之一，只要凭借护照到达济州岛，那么接下来拥有美国签证的他就可以直接通过第三方入境美国，到那个时候，林峰即便再有手段，再聪明，也无法抓到他了。

仿佛看到林峰因为自己的逃脱而气急败坏的样子，钱子寅不禁露出一丝微笑，刮在脸上的海风也因此变得柔和了很多。可就在他筹划着下一步计划的时候，头顶上骤然响起的直升机引擎声却打断了他的思绪。

第二十四章　只差一步

一架标有天津公安的直升机飞快地从海面上掠过，作为天津应急响应中心的直升机，谁也没想到，第一次使用竟然是为了鲁北市。

林峰坐在直升机上，目光一动不动地注视着海面。虽然驾驶员已经几次提醒林峰，他不用盯着看，直升机也可以找到游轮的位置。可林峰却仍然执拗地看着海面，他有种感觉，钱子寅一定就在这里的某个地方，虽然他不确定，但那种因为双方长期交锋而产生的熟悉感却在此刻萦绕心头。

似乎是林峰的焦急感动了驾驶员，后者加快速度向前飞去。直升机呼啸着向前飞去，很快在庞大的海面衬托下，一艘看起来不是很大的白色游轮出现在众人眼前。

林峰的心瞬间悬了起来。

在驾驶员娴熟的操作下，直升机很快降落到甲板后方的停机坪上，还没等直升机停稳，林峰已经迫不及待地走下飞机，跨步向等在一旁的船务人员走去。

“我们在找一个名叫庄世仁的乘客，他因为涉嫌犯罪已经获准被批捕。”林峰一边说着，一边掏出自己的工作证，一旁的船长在翻译的传译下很快配合地点了点头。

“这是你们的领海，你们拥有管辖权。”船长一边说着一边带着林峰向船舱走去，“船上有一千多名乘客，想找到他不是一件容易的事情。不过我可以提供一点儿帮助，因为这些人分属不同的旅行团，您可以尝试着去找到他们带团的导游，或许会事半功倍。”

船长的建议显然帮助林峰减少了不少麻烦，可是在一千多名旅客的游轮上找到一名导游显然不是件容易事。一直到船长动用扩音器，导游才姗姗来迟，不过当她得知林峰的意图时，所说的第一句话，就让林峰大吃一惊。

“庄世仁先生吗？是的，他是在我们旅行社报的团，不过登船之后，他因为要下船去拿忘记的行李，错过了开船时间，所有没有在船上。”导游思索片刻后说道。

“什么？没登船？”林峰惊讶地问道，不过对方的表情显然并没有任何作伪的痕迹。

“是的，应该是没有登船。因为所有登船旅客的护照都会由我们统一保管，刚刚我已经让大副查过了，我们手里并没有庄世仁的护照。”一旁，船长插了一嘴，也从侧面证明了导游回答的真实性。

“我可以去他的船舱看看吗？”希望落空的林峰不死心地要求道。听到他的要求，导游爽快地答应下来。

而当两人来到钱子寅预定的那间客房的时候，现实彻底击碎了林峰最后的希望。船舱内干净得没有任何痕迹，似乎是在印证着导游的话。

“没来？他会去哪儿？”林峰皱着眉头思索着，一直到走到直升机旁边，他似乎仍然没有从这个疑问中解脱出来。

钱子寅，你到底藏在哪儿？

“就这吧！”钱子寅在看了一眼眼前的海面之后，笑着说道。听到他的话，一旁的水手连忙操纵着游艇停了下来。

“钱先生，这里可不是垂钓的好地方。附近应该是航道，鱼群是不会在航道周围出没的。”水手坐到钱子寅身边，诚恳地建议道。不过钱子寅却不置可否地笑了笑，起身伸了伸懒腰。

“我哪懂什么钓鱼啊？我是在这里等船的。”钱子寅笑着说道。听到他的话，水手一脸意外，但却没有说什么，而是知趣地坐回到自己的位置上。

租一艘一小时租金就要一万多块钱的游艇到领海边缘的国际海域来登船，这样的借口已经不能用蹩脚来形容了，简直就是胡扯。不过对于这些有钱的老板到底在想什么，水手早就没兴趣分辨和理解了，在他看来只要做好本职工作就可以，至于这些花钱租用游艇的老板们到底是钓鱼还是等船都跟他没什么关系。

“兄弟，这里是渤海吗？”钱子寅坐在船头，忽然询问道。

“哪有，老板，这都出了黄海，快到公海了。”水手听到钱子寅的询问，笑着说道。

“也不知道这海多深。”钱子寅看着身边湛蓝的海水，淡淡地说道。

“可是不浅，万吨的巨轮掉进去连顶都看不到。”水手回答道。

“我们家乡有句老话，叫‘东海有底，人心没底’。”钱子寅说完这番话，忽然沉默下来。

简单的对话忽然让水手对钱子寅充满了好奇，眼前这个家伙用大笔钞票租用了公司最大的一艘游艇，独自一人连行李都没带，到底想要干什么？如果是做违法犯罪的事情，水手已经想好了，一定会第一时间拿电话举报对方，不过可惜，到现在钱子寅都没有做出哪怕一丁点儿出格的事情。

似乎感受到了水手的疑问，钱子寅眯缝着眼睛向远处凝视了好久，忽然指着一个隐约出现的白点儿向水手招呼道：“那是什么？”

“那是‘公主号’，前往韩国的豪华游轮。”长期在海上，对于这些定期出现的庞然大物早就了然于胸的水手立刻回答道。

“哦，靠过去吧，这就是我要等的船。”钱子寅笑着说道。

“什么？”水手惊讶地问道。

“没什么，我只是错过了登船时间，所以……”钱子寅说着耸了耸肩，掏出口袋里的船票和护照……

第二十五章　再　见

林峰必须要离开了，因为“公主号”已经进入到国际海域，这也意味着他将不具备在这里的执法权。

可就在他登上直升机，准备离开的时候，脚下庞大的游轮忽然降低航速缓缓停了下来。林峰疑惑地看了看周围——两名水手正在将一张舷梯顺着船舷投到海面，而在片刻之后，一个让他熟悉到不能再熟悉的身影就这么突兀地出现在他眼前。

钱子寅！

林峰几乎是冲着走了过去，一把抓住钱子寅的领口，可就在他习惯性地掏出手铐准备铐住对方的时候，身后一声喝令却制止了他的行为。

“嘿，警察先生，这是我的船！”虽然对方的英语并不标准，但林峰仍然听清楚对方的制止，不甘心地将抓住钱子寅的手放了下来。

“他就是我要找的罪犯，请你允许我带走他！”林峰转头看向船长，指着钱子寅说道。

“NO！这里已经出了中国的专属经济区，属于公海，所以您在这里并没有执法权！”船长看着林峰摇摇头说道。

见此情景，钱子寅嘿嘿冷笑了一下，整了整胸前的衣服，友善又带有炫耀地拍了拍林峰的肩膀向林峰身后的船长走了过去。

“米斯特安德森！”钱子寅的英语流利得多，在看到对方之后热络地迎了过去，不过迎接他的却是船长同样冰冷的面孔。

“庄先生，您错过了登船时间，按照规定我有权制止您登船。当然，更重要的是，据说您还是中国的通缉犯？”船长看了林峰一眼，转而向钱子寅质问道。

“NO！ NO！我是一个合法公民，我所有的证件都是合法的。”钱子寅看了看林峰，随手掏出自己的证件递给对方，后者在看了一眼之后，转而看向林峰。

“我可以证明他是非法的，只要你给我一部电话！”林峰立刻走过去说道。

听到林峰的话，船长看向钱子寅，后者微笑着摇摇头：“我想我的证据更充分！”钱子寅说完，从口袋里掏出一叠厚厚的美元，随意地放在船长的手中。

“好吧，林先生，我不得不拒绝您的请求。因为，我觉得这位钱先生更友善一些！”船长将钞票揣进自己怀里之后，礼貌地对林峰摇摇头。

完胜的钱子寅得意地对林峰笑了笑，而后在船员的带领下向舱内走去，在他身后，看着一直以来盯着的目标从自己眼前消失，林峰心中的不甘仿佛火焰一样在蒸腾燃烧。

“钱子寅，你亏不亏心！”林峰对着对方的背影大喊道。

钱子寅忽然停下了脚步，犹豫了一下之后，转身看向林峰。

“亏心？我为什么要亏心？”钱子寅看着林峰大声反问道。

“你骗了鲁北市那么多人！那些钱是他们一辈子的血汗钱！”林峰大声说道，两人的声音在船舱里回荡着，仿佛无数人在共鸣。

“那是他们活该！活该你懂吗？他们笨，他们蠢，他们愿意相信谎言，他们愿意相信可以一夜暴富，愿意相信天上掉馅儿饼，可是谁见过天上真的掉馅儿饼了？反正我是没见过，我只知道钱是一分一分流泪、流汗辛苦赚来的，天上除了下雨只能掉砖头。”钱子寅忽然变得怒气冲冲，大声叫喊道。

“你是个骗子，你也配谈辛苦吗？”林峰大声反问道。

“我为什么不辛苦？你以为骗子就可以横行无忌吗？你以为没人纵容、没人保护，我能这么长时间一直逍遥法外吗？你以为我骗的那些钱真的一分不剩地到了我手里吗？别幼稚了，好吗？”钱子寅仿佛听到了什么最可笑的事情，哈哈大笑着说道。

“看来，你并不是一个成功的骗子！”林峰看着钱子寅忽然开口道。

“是啊，就和你不是一个成功的警察一样，至少你连我这个不成功的骗子都抓不到！”钱子寅揶揄道。

“和我说说，到底是谁保护了你？说不定我可以替你报仇。”林峰看着钱子寅，再次问道。

“NO！我不会告诉你的，现在我不是参与者了，我是旁观者，对我来说戏已经落幕了，对你们来说才开始。我会一直盯着你们的，我倒要看看，你到底还能做到什么程度。”钱子寅说到这里，停止了交谈，一边挥挥手，一边转身向舱内走去。

“林科长，走吧，再不走，我回去的燃料可能就要告急了！”身后，直升机驾驶员低声催促道。听到他的话，林峰不甘心地将目光从钱子寅身边挪开，转身向停机坪走去。

角落里，一直目送着林峰乘坐的直升机离开，钱子寅才终于长嘘了口气。实际上，刚刚的一切对于他来说就等同于一次赌博，林峰的出现完全出乎他的意料，幸亏那名船长的贪婪，否则此刻的他已经坐上返回国内的飞机了。想到这里，钱子寅深感侥幸，他似乎想笑，可却又笑不出来。逃跑的庆幸似乎并不能让他感到轻松，相反却有种沉甸甸的悲哀和失落。这一走，就意味着一辈子再也无法回来了，同时也意味着如无意外，他将不会再见到自己的母亲，甚至连养老送终都不能在身边。

眼前，一个个熟悉的身影不断浮现，妻子、弟弟、母亲、孙雪婷、领导……有爱有恨，但最终都会一一淡去。一个对他来说完全陌生的世界正在等着他，而他手里能拥有的只有钱。

钱子寅自嘲地笑了笑，最终起身向自己的舱位走去。

林峰的电话在飞机刚一着陆就响个不停，不但如此，上面的短信和留言更是将整个屏幕塞得满满的。林峰翻看着内容，无一例外都是在询问他抓捕钱子寅的情况。在思索良久之后，他最终决定将电话打给刘局。

“刘局，钱子寅跑了！”林峰气馁地说道。

“不意外！”电话那边，刘局长没有任何情绪上的波动，似乎钱子寅的逃跑在他意料之中一样。

“你早知道？”林峰惊讶地问道。

“从你将庄世仁的资料给我的时候我就知道了！”刘局长在电话那头回答道。

“有情况吗？”林峰立刻追问道。

“等你回来再说！”刘局长说到这里，挂断了电话。

刘局的话再次勾起了林峰有点儿低落的斗志，在完成交接工作后，他迅速跳上返回鲁北的高铁。钱子寅临走的那番话提醒了他，或许钱子寅可以暂时逃脱，但他在鲁北的网络和保护伞必然要受到法律的制裁。

再次返回鲁北的时候，已经是深夜了，回想这一天的经历，林峰觉得几乎可以浓缩成一部小说，从鲁北到首都，再从首都到天津，然后乘飞机到游轮，最终碰到钱子寅，可却因为国际海域无法行使司法管辖权而放任对方逃走。如果说小说是以戏剧性作为吸引力的话，那么现实中的这一切恐怕要远比小说更充满了波折和匪夷所思。

但是不管怎样，钱子寅暂时已经逃脱了，虽然通过省公安厅已经联络到了国际刑警组织，不过对于是否能在游轮靠岸抓住钱子寅，林峰并不抱太大希望，尤其当回想到船长拿走那厚厚一叠钞票之后的表情，林峰就越加无法放心了。

回到局里，小陈提交了这段时间统计下来的所有数据，募集资金也已经从之前预估的六个亿猛增到十个亿，如果算上应付利息，案值将猛增到二十个亿。如此庞大的数字也吓了林峰一跳，在犹豫良久之后，林峰拿着报告向刘局的办公室走去。

轻轻敲了敲房门，办公室里响起熟悉的声音，不过当林峰推开门一看，发觉里面竟然多了很多不认识的面孔。看到林峰出现，刘局立刻迎了过来，一边拉着他走进房间，一边指着他向众人介绍。

“这个就是我们公安局的拼命十三郎，经济侦查科的林峰林科长。这些是省厅下来的人。”刘局长简单地介绍一下之后，将林峰让到一边。

“刘局，这是刚刚统计出来的数字！”林峰将手里的报告递给刘局长，对方却并没有接手，而是点了点头。

“嗯，我已经知道了，案值超过二十个亿，这恐怕是我们省自新中国建立以来最大的非法集资案了。”刘局长说着看向省厅的众人，后者纷纷点头。

“其实一个钱子寅并不可怕。十个，一百个也不可怕。可怕的是，在他背后的保护伞，单单一个钱子寅想要诈骗十亿，恐怕是天方夜谭。可是在某些保护伞的帮助下，这样的天方夜谭也变成了纪实小说了。”一名省厅的同志点头说道。

“所以，归根结底，是要打掉能长出骗子的土壤，没了土壤，骗子的生命力再顽强也没法生存。”刘局长说着看向林峰，“你大概给省厅的同志们介绍一下鲁北的基本情况吧。”

听到刘局长的话，林峰点了点头：“鲁北市作为典型的人口大市，市民们的亲族观念和传统观念依旧很浓厚。我们在分析案件中发现，济源公司集资案中，99% 的受骗人员是被亲友之间的亲情、友情所欺骗，最终落入这个集资陷阱的。不仅仅如此，在很多案件上，诈骗者都是利用亲情和友情作为欺骗的杠杆。在有些典型的案件中，几乎都是一个亲戚在集资中获利后，立刻通知所有的亲友加入其中，我把这类案件称之为地瓜效应。”

“哦？地瓜效应，怎么说？”之前说话的同志笑着开口问道。

“就是抓住茎一提，带出的一堆地瓜。”林峰笑着比喻道。

“这个比喻太形象了。”众人哄然大笑。

“说实话，我们用来打比方或许听着比较诙谐，但真正接触到受骗者的话，就会发现他们其实真的可悲又可怜。很多家庭几乎是将所有的血汗钱都投入其中，现在却血本无归。而真正让他们相信济源公司可靠的，不仅仅是亲友之间的保证，更多的还有对济源公司的纵容，包括对它正面的宣传等。”林峰说到这里，表情严肃了许多。

“这是我们刚刚获得的资料，钱子寅就是依靠这个假身份才顺利逃跑的。”刘局长说着，起身将桌面上放着的关于庄世仁资料递给众人。“我们刚刚核查过了，所有的身份证件都是真实有效的，并且在国家户籍部门有登记，甚至包括小学成绩、初中成绩这样的档案资料都存在。”

刘局长的话让所有人的表情都笼罩在一层严肃和慎重的态度中，户籍对于国家来说意味着什么，在座众人比谁都清楚，而此刻户籍出了问题，意味的不仅仅是走漏了几个逃犯，而是代表着国家的基石被人撬动了。

“查出是何人所为了吗？”有人提问道。

“暂时还没有，办理户籍的民警告诉我们，所有手续都是正规渠道递交的，并且在公安局的内部资料库里可以查询得到，实际上对方是以丢失重补的渠道递交的申请。”刘局长摇摇头说道。

“这也就是说，实际上是我们内部出了问题，有内鬼！”说到这里，所有人都瞬间在震惊中沉默下来。

“我最不希望发生的就是这样的事情，但通过对方对我们内部流程的熟悉程度来看，我倾向于是内部人员作案。”刘局长点点头说道。

“他们的意图很明显，只要让钱子寅脱身，那么追查就会在钱子寅这一步停止下来，那么隐藏在他身后的保护伞也会安全。不过可惜，智者千虑，必有一失，我们已经抓到了钱子寅的副手——孙雪婷。”林峰插嘴说道。

“宜将剩勇追穷寇，不可沽名学霸王。我们要趁着这个案件的热度还没降下来，争取一次性把他们一窝端。”最先说话的省厅同志接口说道。

第二天，林峰是在小陈的招呼中才从宿舍的床上爬起来的，因为长时间加班，林峰觉得宿舍的床铺睡起来似乎要比家里的安心得多。可惜区区四五个小时的睡眠显然无法驱逐他身上的疲惫，在用冷水擦了擦脸之后，他转头看向一脸严肃的小陈。

“怎么了？”林峰问道。

“韩国那边回复信息了，国际刑警组织人员在港口码头抓捕钱子寅，不过却扑空了。据说钱子寅在船上的时候就雇了一架直升机离开，目前不知去向，因为他拥有前往美国的签证，所以可以在任何免签的第三国进入美国。”小陈将国际刑警的回函交给林峰后唉声叹气地说道。

“对咱们国家护照免签的国家起码有几十个了吧？现在看来国家强大带来的也不全是便利，也让这帮犯罪分子有机可乘了。”林峰看了看回函上的内容，毫不意外地说道。

“科长，你怎么看得这么洒脱？”听到林峰的话，小陈意外地问道。

“当你亲眼看到钱子寅从你面前溜走，那其他事情你自然就看开了。”林峰说着将昨天的事情告诉了小陈，顿时引来对方一阵阵唉声叹气和捶胸顿足。

“有叹息的时间不如多干点儿什么，今天我们的任务是查清楚济源公司的所有资产，然后封存抵押；不仅如此，钱子寅的私人财产也要封存；而且，要集中力量审讯孙雪婷，这个女人可不是钱子寅的老婆能比的，钱子寅干的坏事，她大部分都知道。”林峰拍了拍小陈的肩膀，一边说着，一边向外走去，可在他刚一出门的时候，一个熟悉的身影就忽然出现在眼前。

“小唐，你怎么来了？”来人是唐欣恬，看到她出现，林峰身上的疲惫顿时一扫而空，连忙迎上去一脸笑意地问道。

“我来是想和你说件事，今天我们对济源公司各个分公司账户进行监控，发现有一笔二十万的现金被从三分公司提走，去向不明。

相比于林峰的一脸笑意，唐欣恬的表情却一本正经，林峰也无奈地收拢笑容点了点头：“能查出来钱是怎么转走的吗？”

“不清楚，对方使用的是企业网银，异地划转的方式，我们目前只知道登录 IP，但因为没有权限，所以查不到。”唐欣恬一边说着一边将手里的信封递给林峰，林峰打开一看，发现上面工整地打印着一连串 IP 地址。

“这个我来想办法。”林峰说完，将地址交给小陈。小陈点头，快步向网络信息安全科跑去。

“那既然没别的事情，我就先走了。”唐欣恬犹豫了一下，小声说道。

“哎，别啊，要不，我们一起去吃……”林峰抬头看了看墙上的挂钟，发现才九点多，连忙改口，“……要不，我们一起去济源公司封存一下账目，说不定你还能帮上忙。”

听到林峰的话，唐欣恬犹豫了一下，最终点点头：“那……好吧！”

见唐欣恬答应下来，林峰高兴地拉着她向外走去。

第二十六章　所谓忠诚

刘海玲将银行卡收好之后，快步向网吧外走去。刚刚通过企业网银将三分公司账户上最后的二十万转走，多少让她放心了一些。之前已经有人告诉过她，济源公司所有银行账户都已经被监控，等到公安局向法院申请冻结账户通知书之后，账户就会彻底被查封。

刘海玲不甘心最后这一笔钱被冻结，索性偷偷出门将钱转到了个人户头上，为了防止被发现，她刻意跑到网吧完成这一切，而银行卡也用的是老家母亲的身份证办理的。

在重新考虑了一遍，感觉事情已经办得天衣无缝的刘海玲，哼着歌得意地走出网吧，坐上自己的甲壳虫向鲁北城外驶去。

对于她来说，现在的济源公司已经和她没有任何关系了。虽然公安局已经放出风声让公司所有负责人投案自首，但没人会那么傻。倘若公安局找上门，刘海玲也不担心，她很清楚自己身后站着的是谁，所以，于公于私，对方都不会坐看自己被抓。

不过有把握归有把握，有些事情还是别做得太张扬的好，尤其目前风头这么紧，出城回老家躲一躲还是很有必要的。想到这里，刘海玲猛地一踩油门，甲壳虫的引擎发出一阵急促的轰鸣声之后，车子猛地蹿了出去，很快消失在公路尽头。

一个小时后，几辆警车出现在网吧门口，全副武装的民警迅速冲进网吧，在搜查一番之后，转身离开，而同一时间，身在济源公司的林峰也接到了同事的报告。

“开车走了？什么车？哦，你们在那里先别动，把网吧的摄像头、上网记录，这些都查一下。另外，联络一下监控大队，跟踪那辆甲壳虫，务必要找到车主。”林峰一边询问着一边布置着工作，在交谈良久之后才放下电话赧然一笑看着身边的唐欣恬。

“哎，事有点儿多！”林峰说完，与唐欣恬快步走进济源公司的大院。

院子里的车辆已经被贴上了封条，在车子旁边，一名司机打扮的男子正与进行查封作业的民警纠缠着，一阵阵声嘶力竭的喊声并没有阻止民警，相反却更显出他的无助。

“那车是俺花十万块钱买的，条子都有！”

……

林峰略看了一眼，就转过头来。对于他来说，这样的事情已经屡见不鲜了。钱子寅的骗局涉及范围之广，似乎连他自己都不知道。

快步走进办公大楼，原本有点儿空寂萧条的大楼内，此刻却繁忙了很多，从各个辖区抽调的民警正在协助经侦科的同志进行登记查封工作，如果不看门口上贴着的一条条封条，往来人群似乎真的能给人带来一种看似热闹的感觉。

“我们在搜查钱子寅房间的时候，发现了一本账本，往来账目达到了惊人的上亿元，但让人奇怪的是，账目上所有的账户或人名都是用数字代替的，我们觉得这里肯定有什么秘密，只是还不清楚，因为没有确凿的证据，所以无法证明，你帮我看看。”林峰带着唐欣恬来到钱子寅的办公室，负责搜查的民警立刻将一本账本递给两人。

唐欣恬打开账本，上面罗列的数字庞大到让人吃惊，在粗略地看了一眼之后，她合拢账本，对林峰点了点头。

“应该是一本往来账，我粗略估算，保守估值超过两个亿。”对于账目的敏感让唐欣恬估算出大概的数值，听到她的话，周围的民警纷纷吃惊地交换了一个眼神。

“这么多？看来里面藏的不只是一条大鱼啊。”林峰左右看了看，惊讶之后露出一丝笑容。

“如果让我帮忙的话，我估计可能要一段时间。这个账目应该是你们的物证吧，如果可以，复印一份给我吧。”唐欣恬将账本交给林峰，后者点点头，随后递给身边的民警。

“我记得第一次来这里，大概还是三个月之前，当时钱子寅还是钱总。说实话，虽然我留意济源公司很长时间，但却没想到竟然能这么快扳倒它。”趁着民警在复印账目，林峰走到钱子寅曾经坐过的大班台前，看着上面贴着封条的红酒幽幽说道。

“是不是有种成就感？”唐欣恬看着感慨良多的林峰，微笑着问道。

“成就感？多少有一点儿吧，但更多的是痛心。看看吧，老百姓的钱，被这帮骗子挥霍一空，就这么一瓶酒，据说要普通人半年的工资……”林峰拿着手里包装精美的红酒，愤愤地说道。

“林科，假的！”就在林峰准备继续抒发感慨时，一旁的民警忽然插嘴道。

“什么假的？”林峰一愣反问道。

“酒，假的，刚刚鉴定过了，全是高仿。除了瓶子是真的，里面装的都是国产张裕。”民警哂笑着说道。

林峰被说得一愣，好半天才反应过来，回想起之前钱子寅表现出的自信和雍容，配合着眼前的假酒，让林峰有一种难言的尴尬，在沉默好久之后，他才不由得感叹：“靠，连我也被骗了。”

看着林峰一脸古怪的表情，一旁的唐欣恬终于按捺不住，“扑哧”一声笑了出来。

心中的感慨被闹剧冲淡了许多，林峰讪讪放下手里的假酒，正准备说话，小陈忽然急匆匆从外面走来。

“头儿，查到了，车是刘海玲的，监控记录还在调取中，不过已经可以确定，刘海玲出城了。”小陈走过来低声说道。

“刘海玲，三分公司的经理？”林峰表情慎重地问道。

“是啊，我听三分公司的人说了，虽然只是行政上的领导，但实际上，她几乎所有的事情都一把抓，无论是财务还是销售，都她一个人说了算。不仅如此，很多人都和我说，这个刘海玲连钱子寅的账都不买，据说是因为有后台！”听到林峰的询问，小陈点头说道。

“后台？好啊，我们查的就是后台。联络一下交警部门，调取监控录像，务必把刘海玲的去向给我摸清楚。”

见林峰工作繁忙，唐欣恬招呼了一声准备离开，不过林峰却要送她回去。

“你这么忙不用客气了。”唐欣恬连忙谦让，林峰却摆了摆手。

“怎么是客气，我本来也要回局里，提审一下孙雪婷。”林峰笑着说道。

“你又发现什么线索了吗？”唐欣恬笑着问道。

“线索？暂时没有，不过我觉得，如果让田桂芳见见孙雪婷的话，或许会有点儿帮助。”林峰摇头说道。

“看来你真正的目标是田桂芳吧？”唐欣恬醒悟，看着林峰道。

“目标是谁不重要，重要的是，她们能告诉我们什么。”林峰笑着摇摇头说道。

“对了，忘记和你说件事，我们央行接到一份申请，是证监会发来的关于钱子亭大鲁公司的上市报告的财务审核申请，他们要求我们提供大鲁公司最近三年的财务状况报告。”唐欣恬话头一转，忽然提到了大鲁公司。虽然她不知道这到底与案件有什么关系，但思索之后，她仍然决定将这事告诉林峰。

“钱子亭的公司要上市？”这个消息让林峰颇感意外，他去过钱子亭的公司，对方公司朴素得让人看起来和上市一点儿关系都没有。

“嗯，创业板，据说已经到了材料复核阶段，他们公司的现金流和财务状况都属于优秀的，要不是经营时间比较短，其实上主板都没有什么问题。”唐欣恬点点头，其实接到大鲁公司的申请时，她也颇感意外，于是刻意调查了对方公司的状况，让她更意外的是，大鲁公司的业绩已经不能用“好”来形容了，而是“非常好”，这让人在吃惊之余也心生疑虑。

“在这个时候，他竟然还参与到他哥的事情里，这实在有点儿太不明智了。”林峰思索着点点头。虽然对上市的流程不是太了解，但最基本的条件他还是知道的，其中有一条硬性规定就是，公司在三年内无重大违法事件，可如果查实了钱子亭与钱子寅洗钱有关系的话，那么别说上市的问题，恐怕连钱子亭本身都会受到重大影响。

“怎么，你又要利用人家？”看到林峰陷入沉思，唐欣恬脸色一变，随口反问道。虽然知道林峰是为了办案，但唐欣恬却仍然无法容忍林峰利用亲情去抓捕犯人，这让她有一种林峰被玷污的感觉。虽然她也知道，自己这么想有点儿过分，但内心的某个角落里，她仍然希望林峰是正大光明地击败对手，而不是靠一些在她看来并不高明的手段。

“当然不会了，有那一次，都把你得罪苦了，除非我想单身一辈子！”林峰随口回答道。听到他的话，唐欣恬没来由地脸一红，对方看似无心的回答，背后藏着的却是有心的暗示，不过……

对话就此终止，一路上两人都保持着各自的沉默，而心中也都各有所想。

车子很快到达了市局，田桂芳和孙雪婷早已经被分别安排到了审讯室。林峰在斟酌了一番之后，推开田桂芳所在的审讯室的门。看到林峰，田桂芳仍然用之前的沉默来对抗。林峰早预料到了会有这样的反应，毫不意外地微笑了一下，然后坐到自己的位置上。

“孙雪婷落网了，你知道吗？”林峰一边打开笔记本一边说道。对面，田桂芳的身体明显地颤抖了一下，但仍然执着地低头沉默。

“知道不知道都没关系，我只是通知你一下。其实孙雪婷是被钱子寅出卖的，本来他们俩差一点儿就逃走了。”林峰说这句话的时候，看向田桂芳，后者似乎终于抑制不住自己的反应。

“她活该！”田桂芳挤出的几个字带着压抑的仇恨。

"是啊，确实挺活该的。一个女人，为一个男人付出了那么多青春岁月，到头却成为一个牺牲品。"林峰幽幽叹息着，然后低头看向自己的笔记本。

虽然林峰没有直接观察田桂芳，但他仍然能清楚地感受到田桂芳此刻心里的波动，不过后者似乎仍然强压抑着心中的情绪，不让它表现出来，但扣着手铐攥紧的双拳却暴露了这一切。

"对了，我见过钱子寅了，他逃走之前，我们俩见了最后一面，他和我说了很多事。"林峰看着田桂芳，沉吟了片刻，再次说道，"但没提你！"

有那么一瞬间，整个房间被沉默笼罩着，但林峰却清晰地感受到有什么东西破裂的声音，那是一种对人的失望凝结成事实之后，混杂着愤怒、哀伤等一切最终被冷酷现实打碎的声音。

田桂芳心碎的声音！

林峰知道，自己的话已经彻底瓦解了田桂芳对钱子寅所有的希望，而突破也应该就在此刻了。

"你想知道什么，你问吧。"良久，田桂芳松开攥着的拳头，抬头看向林峰，表情异常平静。

"我们就说说钱子寅吧。"林峰没有提问，而是唠家常一样地说道。听到他的话，田桂芳感到有点儿意外，但在意外之后，却陷入了对往事的回忆中。

"我和子寅是一个村的，认识的那年，他二十，我十八。当时早知道他家穷，但孩子都勤奋，无论是钱子寅还是钱子亭，学习都很努力，不过家里却只能供一个孩子上大学，当时也是没办法的事，听说为了选哪个孩子上大学，他妈让他们抽签，子寅为了能让弟弟去上学，偷偷把自己抽到的长签折了一截。"田桂芳说到这里，脸上显露出罕见的笑容，似乎整个人沉浸在当初钱子寅那有担当、负责任的往昔中。

"后来，我们俩结了婚，子寅不想在家里面朝黄土背朝天地种地，就带着我进了县城，因为没有户口，我们只能打零工，他偶尔做点儿小生意，但却总是赚不了多少钱。可有一天，一向勤俭的他忽然买回来几盆君子兰，告诉我说，这一次要赚钱了，我后来才知道，当时县城有一群人在炒卖君子兰，一棵都要几百块。子寅把家里所有的钱都拿走了，买了好多的君子兰，打算等到价格上涨之后卖出去，可谁知道，君子兰很快就不值钱了，他买的一堆君子兰变成一堆没用的废物。”田桂芳说到这里，抬起头，目光茫然地看向前方。

“子寅从那个时候一下子变了，变得沉默寡言，每天更是早出晚归，直到有一天他忽然拿回来很多钱，告诉我是他赚的……”田桂芳说到这里，忽然抬头看向林峰，“后来我才知道，他和一群人合伙做什么白玉蜗牛的生意，专门骗老百姓养蜗牛。”

“从那以后，他就一发不可收拾，直到后来，济源公司的成立。”田桂芳说到这里，停住话头，再次低下头去。

“和我说说与钱子寅有关系的那些领导。”林峰缓了缓，开口说道。

“领导……这个我不知道。实际上，我只是在公司挂了个名，具体的事钱子寅都不和我说，有的时候他会因为一些事情提到一些人的名字，但大都记不得了。”田桂芳茫然地摇摇头说道。林峰凝视着对方，发现她似乎并没说谎。

“那他有没有在家里放过一些什么重要的东西？”林峰再次问道。

“重要的？之前他曾经把钱放在衣帽间里，放了好长时间才对我说。至于其他的……哦，有一次我在他的书房里收拾东西，曾经看到过一本笔记本，不过还没等我动，他就收起来放在一边，告诉我这里的东西很重要。至于里面是什么，我就不知道了。”田桂芳回忆着说道。

“好。田桂芳，今天你很配合，我们就问到这里，希望你回去再好好想想，有什么重要事情一定要及时告诉我们。”林峰说着，站起身向门外走去，在刚一关门后，就小跑着离开。

“头儿，孙雪婷还审不审了？”身后，有人大声问道。

“让她等着，我现在要去钱子寅的家。”林峰的声音留在走廊里，人已经消失不见。

钱子寅两套别墅的把戏早在调查他名下财产时就已经失效了，不过当林峰来到钱子寅真正的住宅时，所见的一切仍然让他心感意外。

钱子寅的家给他的第一感觉就是简朴。是的，除了简朴，他不知道用什么词汇来形容。无论是摆放在客厅里的那几张旧藤沙发，还是放在角落里的柜子，都与钱子寅光鲜的外表有着巨大的反差。

房间里，搜查人员仍然在对房间的每一个角落进行着彻底的搜索和检查，林峰没有打扰他们的工作，而是径自走到书房里，寻找田桂芳所说的那本笔记本。

书房的陈设普通得如同一间卧室，一张铁架子床旁边竖着两个老式书柜，上面的玻璃拉门已经被拉得很光滑。林峰本以为会在书架上看到诸如成功学、厚黑学一类的书籍，可却没想到，书架上摆放最多的竟然都是心理学的书籍，专业到让他这个曾经在犯罪心理学上拿过高分的警校毕业生都自愧不如。

林峰仔细地检查着书架的每一个角落，但最终却一无所获，田桂芳所说的那个笔记本没在书房，甚至没在书房留下它存在过的痕迹。

虽然不知道笔记本里到底记载了什么，但林峰很清楚，能让钱子寅如此重视的东西肯定不会毫无价值。

就在他思索着笔记本的去处时，口袋里的电话忽然响了起来，林峰随手拿起一看，发现竟然是唐欣恬的号码。接通电话，唐欣恬的声音从听筒里传来，动听而急切。

“账目的情况有眉目了，我们大概合算了一下账目的情况，这本账目直接支出的资金达到两亿三千万，分派到四百多个账户上，平均每个账户的支出金额超过五十万，不过这其中有多有少，最大的一个账户账目支出超过一千万，最小的只有十多万。”唐欣恬说到这里顿了一下。

“这应该是一本行贿账目，或者，有可能就是一本分赃的账目。”林峰听到唐欣恬的话，立刻判断道。

“我们有一位同事在调查的时候，发现了一点点线索。或许是巧合，他对比账目中记载的一个账户支出情况，发现和徐家斌银行账户的账目资金收入情况有很大的重合性。”听到林峰的猜测，唐欣恬再次补充道，她的话让林峰眼前一亮。

“具体情况说一下，如果方便，把对照账目用手机拍下来发我一份。”林峰连忙催促道。

在林峰的要求下，唐欣恬很快发来照片，上面清晰标注出来的地方确实让林峰看出了些许端倪。

几乎在每个月初，徐家斌的账户都会收到一笔钱，数目不等，但时间却极为固定，而相反，在账目的记载上，每个月都会有一笔支出与徐家斌账户上的收入对应，数额也大抵相当。

“有没有可能将我们掌握的所有犯罪嫌疑人的账户都与这本账本上的账户进行比对呢？”林峰再次拨通唐欣恬的电话询问道。

“理论上来说可能，但是工作量很大。钱子寅很聪明，所有账户的资金数量与实际汇出的数量有一定的差别，但都只是个位数上的，而且汇出账目大多不相同，有的是存款方式，有的是银行划转，所以，系统几乎无法对比，除非人工排查，但这需要大量的人员和工作量，并且几乎无法找到嫌疑人之外的账目信息。”唐欣恬在电话那边回答道。

“除非我们找到另外一本账本，记载着所有汇款人信息的账本。”一瞬间，林峰忽然知道田桂芳所说的那个笔记本到底记载着什么了。

“你确定有这么个账本吗？”唐欣恬反问道

“我确定，而且我知道它在谁手里。”林峰说这话的时候，想到的是孙雪婷。

再次见到孙雪婷的时候，后者已经变得有点儿让人认不出来了。原本乌黑的秀发变得斑白，失去装扮的面容变得不再那么让人惊叹，只有眼角和眉梢还遗留着往昔的美丽，但相比于以前的她来说，已经仿佛脱胎换骨一般。

看到林峰出现在自己面前，孙雪婷本能地坐直了身子，看向林峰的目光中也多了一丝仇恨的意味。

“钱子寅走了！”林峰毫不在意地迎着她的目光说道。

“你失望了吧？”孙雪婷看着林峰针锋相对地反问道。

“失望？天网恢恢，疏而不漏。你不会真的以为他能逃脱吧？”林峰哂笑着说道。

“可在我看来，你们没有一点儿能抓到他的可能。”孙雪婷冷哼了一声说道。

“我觉得谈论他不如说一下你吧。你应该很清楚，接下来将要面临着什么。”林峰没有继续和孙雪婷就钱子寅的事情交谈下去，而是直接将话题转到她身上。

“从干这件事情开始，我就知道会有这么一天，你不用提醒我。”孙雪婷木然地摇摇头说道。

“钱子寅抛下你独自离开，你也不在意吗？”林峰看着对方问道。

孙雪婷没有说话，甚至连一点点身体上的反应都没有，不过林峰却能敏锐地感觉到，钱子寅离开这件事对她的打击有多大。

“说说我吧，其实当初找你们俩的时候，我并没有多大把握，不得不说你们俩的新身份为我们的侦查工作平添了很大的障碍，当时即便是确定就是你们两个人，没有签发逮捕令我恐怕也留不下你们，所以，我才用了个花招，用广播的方式通知找人。”林峰缓缓说着，而在他对面，孙雪婷听得格外认真。

“回头去想，如果当时你们两个把这事当作耳边风的话，那么一切都不会发生，你们会坐上飞机，从容飞到国外。不过可惜的是，钱子寅太敏感了，我了解他，就如同他了解我一样。从我第一次接触他之后，他再未现身来看，他对很多事情都有着超乎寻常的敏锐性，这或许是好事，但也可能是件坏事。广播找人的时候，钱子寅很想弄清楚到底是怎么回事，即便是他不相信这是弟弟所做的，但他喜欢掌控局面的习惯让他必须弄清楚这一切。可是，为了防备可能的危险，他又不想亲自出面，于是，你成了替罪羊。”林峰刻意在“替罪羊”三个字上加重了音节，孙雪婷看向他的目光也在听到这几个字的时候颤抖了一下。

“其实你完全可以不出现的，至少钱子寅知道，并且很清楚这一点。但相比于你的安危，他更想知道我们到底对事情了解到了哪一步，或者说，他更想知道，事情是不是牵扯了他的弟弟。于是，在甄选之后，你被出卖了。”林峰顿了顿，“后来我在游轮上见到了他，才知道，游轮是他早已经选好的第二种离境方案，只是除了他以外，没人知道，估计你也不知道！”

林峰说到这里停了下来，看着对面的孙雪婷，后者沉思了好半天，才又抬起目光看向林峰。

“如果我没弄错的话，你是想提醒我，我被出卖了，是吗？”孙雪婷的口吻中多了一丝不悦。

“我不需要提醒你，因为这是事实。我们都很了解钱子寅，知道他是什么样的人，他提防所有人，也不相信所有人。这样的人，不值得为他保守忠诚。”林峰看着孙雪婷，一字一句地说道。

“我没有为谁保守忠诚，我只是为了我自己，我确实做的是坏事，我也确实该受到法律的惩罚。”孙雪婷平静地说道，坦然得仿佛已经接受了一切结果。

“谈谈钱子寅的弟弟吧。我想，你应该对他不陌生。”林峰放下了钱子寅的话题，转而提到钱子亭。突然提起另外一个话题，让孙雪婷有点儿意外，眼神也变得迷茫起来。

“他弟弟人不错，这事和他没什么关系。”孙雪婷的回答有点儿出乎林峰的预料，原本以为她仅仅只是对钱子寅忠诚，却没想到对钱子亭也不愿过多提及。

“我们已经知道你们通过大鲁公司将赃款转移的事情了。”林峰说了半句话，后半句话他没说，这样多少会对孙雪婷造成一定的压力。

“是吗？祝贺你们。”孙雪婷冷冷地回应道，看向林峰的眼神似乎已经看透了他的意图。

“作为案件的知情者和主谋之一，你或许把自己的结果想得太悲观了。”林峰看着孙雪婷，后者显然已经认为自己的未来无可更改，这让她对一切都表现出了抗拒。

“这不是悲观。我承认自己做了坏事，你们还要我怎样？”孙雪婷的语气终于不再平静，声调中也多了一丝气愤的波动。能让她的情绪有所反应，对于林峰来说，算是一个进步。

“你可以争取法律对你的宽宥，只要你帮助我们抓到那些逍遥法外的人。”林峰看着孙雪婷说道。

“为什么？抓坏人不是你们警察的职责吗？”孙雪婷讥讽道。

“作为一个公民，你有义务帮助公安机关抓捕犯罪分子。”林峰回答道。

“可我现在不是一个公民，我现在就是一个罪犯。”孙雪婷哂笑道。

“孙雪婷，你这样抗拒可能是为了发泄你的不满，我很理解，但你有没有考虑过你的家人，或者说为了你自己。你还年轻，有必要把这么美好的年华浪费在监狱中吗？”林峰沉吟了片刻，忽然感性地说道。

他的话让孙雪婷不由得闭上了嘴巴，如果说之前她还存着对这个抓住自己、破坏自己外逃大计的家伙的怨恨的话，那么此刻对方的提醒却让她重新明白了眼前的处境。

孙雪婷的沉默没有出乎林峰的预料，他在凝视了对方一会儿之后，召来了同事。在孙雪婷被带走的那一刻，他再次开口：“我们想知道，钱子寅的那份名单在哪里，我希望你能帮助我们。”

听到林峰的话，孙雪婷犹豫了一下：“名单没什么好说的，不过我希望你们不要牵连钱子亭，他是个好人。”

“我们不会牵连任何一个好人，也不会放过任何一个坏人。”林峰迅速回答道。听到他的话，孙雪婷重重看了他一眼，然后什么也没说，转身走出审讯室。

第二十七章　逼　宫

乡村的生活让刘海玲找到了一丝往昔的味道，但与以往不同的是，此刻的乡邻们对她的态度已经从以往的轻视变成了尊敬加羡慕。

刘海玲很清楚这是自己的身份所带来的光环——年轻的公司经理，在城里有着自己的住房、汽车，而且通过关系为父母办理了退休保障，这一切都是让乡亲们仰望的存在。

刘海玲曾经不止一次听到过乡亲们在背后的议论，包括对自己能力的夸赞、羡慕、妒忌，当然也有一些不和谐的声音。

“她快二十八了吧？怎么还不结婚啊？是不是有什么病啊？”在光环之外，某些一贯喜欢嚼舌头的人从她身上再次找到了可以攻讦的弱点，而这也恰恰是金钱所无法弥补的。

是啊，自己为什么还不结婚？刘海玲有的时候也扪心自问。她是不甘心还是在等待？

一想到这个问题，刘海玲眼前就浮现出一个挥之不去的形象——领导！

刘海玲至今还记得自己第一次见到领导时的场景，那时候她只是一个宾馆的服务员，而对方看到她的第一眼，目光就再也没有挪动过。刘海玲知道，那时候的自己年轻漂亮，身体散发着不可抑制的青春活力，而对方已过知天命之年。

如果说两人的见面还有一些戏剧性和一见钟情的成分在里面的话，那么接下来的发展却与这些元素毫无关系了。

为了献媚领导，经理当天晚上就安排刘海玲去照顾领导，结果在扶着醉酒的领导走进房间之后，对方借机占有了她。当时的刘海玲觉得天仿佛塌了一般，她唯一记得的就是自己一直在哭，而对方却在事后冷漠得仿佛事不关己一般。而当她威胁要报警的时候，领导理智到近乎冷酷的威胁和利诱最终打消了一个年轻女孩儿心中并不坚固的坚持。

再以后的事情就变得顺理成章，领导借机会将她调到了一处机关宾馆做事，而她也成为领导的情人。为了安置她，领导为她买了房，买了车，又把她送到钱子寅的公司担任经理。几年下来，原本乡村的打工妹，在金钱和地位的包装下，早已经蜕变成一个都市女强人的形象，但一直压在她光鲜外表包裹的内心中，却是领导对自己的态度。

刘海玲很清楚，虽然自己得到了很多，但她只是一名情妇。是的，情妇，是见不得人的角色，可是因为领导的关系，她却无法摆脱这个让人唾弃的标签，她需要在对方需要自己的时候随叫随到，更需要在对方不需要自己的时候立刻消失。有的时候，刘海玲甚至觉得自己不如一只宠物，宠物虽然也是取悦主人的，但毕竟可以见光，而自己却是见不得人的腌臜物。

刘海玲一直自问，自己到底缺什么。她忽然发现，她最最需要的，其实并不是金钱和地位，而恰恰是可以正大光明走在阳光下的权利。

她也希望自己能挽着一个男人的手臂，悠闲地走在街上，在她的前面，一个孩子或跑或跳，可惜，这在常人看来习以为常的一切，对她而言却是可望而不可即的。

刘海玲不想这样，而能改变这一切的，只有一个人——领导!

她决定向领导摊牌。她的要求不多，只要领导能离婚，她可以立刻嫁给他。她不在乎名誉、地位、金钱，也不贪图他的权力，她只想当一个好老婆和好母亲，其他一切都不在乎。

这个想法一旦萌生，就仿佛荒野中的火苗，不可抑制地燃烧起来，热量促动着刘海玲想要做点儿什么。在犹豫良久后，她拿起电话，拨通了一个熟悉的号码。

“喂！”电话那头的声音熟悉得不能再熟悉。

“是我，我想和你说点儿事。”刘海玲调整了一下自己的情绪，低声说道。

“嗯！”领导在电话里含糊地答应了一声，当作对请求的同意。

“我想结婚。”刘海玲想了想，鼓足勇气说道。

“怎么了？”领导的声音没有任何变化，但刘海玲很清楚，他认真在听。

“我已经快三十岁了，我想有自己的家、自己的孩子，所以，我想结婚。”既然已经开了口，也就无所谓顾忌，刘海玲直截了当地说道。

“回去再谈！”领导的声音透露着不容置疑的威严，但这一次，刘海玲却没有被吓到。

“不，今天你必须给我个交代。”刘海玲得势不饶人地要求道。

“我在开会。”领导的声音已经透露出不悦。

“要不你就答应我，要不我会一直打电话。”刘海玲索性威胁道，不过她的话还没说完，电话里已经传来了忙音——领导挂断了电话，再次拨打已经关机了。

一股怒火从心头腾起，就仿佛吞下了一口烧酒一样，难受得让人想吐。为了抑制怒气，刘海玲在地上走了两圈，但最终还是抓起电话在地上摔了个粉碎。

从变成他的女人到现在，几年的社会生活，已经让刘海玲很清楚，任何事情都需要自己去争取，如果你不争取，没人会让给你，任何人对你都没有责任和义务，有的也只是冷嘲和热讽。

这件事不能就这么算了，刘海玲觉得，既然事情已经摆在台面上，那么就有进行下去的必要。在沉吟了良久后，她平缓了心中的怒气，从电话碎片里找到自己的电话卡，然后快步向房间外走去。

“玲儿，咋啦？”门口，妈妈听到响声，神情不安地走出来询问道。

“没事，你好好在家待着吧。”刘海玲继续向外走去。

“玲儿啊，妈知道你难，可有些事不行就算了吧。”从语气中听出了女儿的愤怒，妈妈开口劝阻道。

“我不甘心，知道吗？我不甘心！凭什么啊？凭什么我就算了？你知道我投入了多少吗？”刘海玲仿佛找到了发泄口，忽然转过身对母亲怒吼道。被突如其来的反应吓了一跳的母亲瑟缩了一下身子，而发泄过后的刘海玲也恢复了冷静。

“妈，我给你留了点儿钱，放桌子上面了，记得收好了，别省，该花花。”刘海玲说完，转身走了出去。

一直目送着女儿离开，母亲在叹了口气之后走进房间，在瞥了一眼放在桌子上那一叠厚厚的钞票后，母亲径自走到灶膛前，对已经被烟尘熏得有点儿模糊的神龛重重地拜了几拜。

居住的山村没有卖电话的地方，刘海玲索性开车直奔最近的一个县城，而在她进入手机店的时候，店面里播放的关于济源公司案件的事情忽然让毫无头绪的她有了新的想法。

在犹豫了良久后，她买了几张不同的电话卡和手机，在售货员惊异的目光中，急匆匆地离开店面。

装上手机卡，心中牢记的那个举报电话在思索良久后被她拨通，虽然当电话里传出询问之后，刘海玲有点儿犹豫，但当回想起领导的态度时，刘海玲最终放弃了犹豫！

“我想找林峰，我有关于济源公司的线索想要向他通报！”刘海玲对着电话里说道。

在等待片刻后，电话里传出一个男性的声音：“喂，你好，我是林峰！”

“我知道所有收受济源公司贿赂的官员的名单。”刘海玲在电话里直截了当地说道。

“你想要什么？”林峰没有询问对方的身份，而是迅速反问道。

“我会先告诉你几个人，等你把他们都抓起来，我们再谈条件。”刘海玲没有说出自己的条件，只是在说完之后就挂断了电话。

林峰放下电话没多久，他的手机上就传来短信的声音，翻开内容，里面是一连串的人名和账目数据。林峰略微犹豫之后，将信息转发给了唐欣恬。电话是在稍后没多久响起的，这一次是唐欣恬。

“所有数据都确认了，都可以在账本上找到，账户的来源还在确认，不过相信应该问题不大。”唐欣恬向林峰说道。

“那就是说，这一切都是真的了？”林峰若有所思地点点头。

“怎么？孙雪婷招供了吗？”唐欣恬好奇地问道。

“不，不是孙雪婷。我们怀疑错了，或者说，孙雪婷或许知道，但真实负责的却另有其人。”林峰回答道。

“有怀疑对象了吗？”唐欣恬好奇地问道。

“嗯，八九不离十吧。我只是奇怪，她为什么要这么做？”林峰此刻心里充满了疑惑。

刘海玲一直到回到家里，心还在怦怦乱跳着，她很清楚自己刚刚所做的事情有多么危险。可是，一想到领导对自己的拒绝，她就怒火中烧。她见过领导的夫人，苍老的面容，臃肿的身材，迟钝的反应让同为女人的刘海玲生不出一点点嫉妒的心思，可就是这样一个又老又丑的家伙，领导却爱若珍宝一般，几次对他提出结婚的要求都被他毫不犹豫地拒绝了。

本来事情并没有非到摊牌的地步，但随着济源公司这座大厦的倒塌，双方原本密不可分的关系也随之变得泾渭分明，尤其当领导告诉她要离开一段时间躲一躲的时候，她分明从对方的口气中听出了一些轻松的味道。那是一种将包袱卸下来的感觉，自己竟然无形中成为对方的包袱，这让刘海玲根本无所适从。

之前，她认为自己可能是过于敏感，可是在经过几次电话交谈之后，刘海玲确认了这种感觉。领导想让自己离开，就如同对钱子寅一样。

可是，刘海玲不想这么做。她不是钱子寅，她觉得自己骨子里是传统的中国女人。母亲从小灌输的从一而终的思想让她觉得，只要跟定一个男人就不要放手。

从领导把自己骗上床，强行夺走自己一切的那一刻起，她就认为自己的命运已经与对方纠缠在一起了，现在对方却想要挥刀斩断，不可能！想到这里，原本因为担心而激动的心情变得平静了很多，模糊的想法也随之变得清晰起来。

报出几个名字的目的就是为了敲山震虎，这些人虽然都是受贿的官员，但都不过是一群小虾米，他们落网对领导没有一点儿影响，但却可以让领导明白，自己掌握的东西足以让他们覆灭。只有让他知道自己的能量，他才能重视自己的要求，想到这里，刘海玲不由得微笑了起来。

不过让刘海玲没想到的是，林峰在获知了几个人的情报之后，却并没有如她所愿动手。实际上，此刻的林峰正对着对方的资料沉思无语，就在刚刚，唐欣恬已经落实了几个人账户的信息，一切都与对方的举报内容完全符合，可越是如此，林峰就越觉得自己不该动手去抓这些人。

“你说，这个人到底什么意思啊？”思索良久，林峰抬头看向一旁忙碌的小陈，后者听到询问，凑过来看了一眼，满不在乎地耸耸肩。

“能什么意思啊？立功赎罪呗，要不就是和我们讲条件，让我们放他一马什么的。”小陈随意猜测道。

“肯定不能这么简单，她肯定有什么我们不知道的要求。”林峰断定道。

“那又怎么样？各取所需呗。先把这些人抓了，反正我们不能让犯罪分子逍遥法外。”小陈一脸无所谓地说道。

“不行，主动权可不能在别人手上。不管怎样，我们不能让犯罪分子牵着鼻子走。你告诉大家，先监视这几个人，如果有人想要外逃，立刻逮捕，如果没有，就暂时不要动他们。我就想看看，这个人到底还有什么想法。”林峰在沉思了一会儿后决定道。

几天的时间过去了，刘海玲一直在电视机旁等待着，不仅如此，她还时不时地给鲁北市的熟人挨个儿打电话。可是无论是电话还是电视，都让她得出一个无比沮丧的结论，林峰并没有去抓那几个被她举报的人。

这是为什么？刘海玲百思不得其解。按理说自己提供的账户和名称足够他们确认证据了，可是林峰为什么不动手呢？林峰不动手，就不能让领导知道自己的能量，不知道自己的能量，就不能让对方有所顾忌。想到这里，刘海玲有点儿坐不住了，她决定再给林峰打个电话催催他们。

当林峰的声音再次从电话里传来的时候，刘海玲口气不善地询问道："为什么不抓他们？"

听到刘海玲的询问，林峰笑了笑，随后说道："您提供的情报很准确。不过，我们暂时有不动他们的理由。"

林峰的回答让刘海玲感到意外，她本能地追问道："什么理由？"不过在问完之后，她又觉得后悔，公安局的理由似乎并不需要告诉她。

"嗯，理由就是一旦动了他们，会打草惊蛇，我们要抓的是大鱼。您告诉我的这三个人，最大的就是个村长，抓这些小鱼，我连工资都不涨。"林峰用对方听得懂的方式回答道。

"多大的算大鱼。"林峰的回答让刘海玲觉得还算合情合理，于是直接问道。

"怎么样也得局级吧，不行处级也可以。"林峰想了想说道。听到他的话，一旁的同事都露出惊讶的表情，此刻的林峰看起来倒不像是警察，而是讨价还价的菜贩子。

"这个有点儿难，让我找找。不过我可说好了，这次我告诉你们的话，你们一定要抓，否则咱们就没下次合作的机会了。"刘海玲说完，挂断了电话。

"跟踪到了吗？"刚一挂断电话，林峰就迅速询问道。

"电话查到了，是无记名的电话卡，销售范围应该是在鲁北以东的几个区县，暂时无法确定具体范围。通过基站跟踪，可以确定对方三百米范围的位置，距离我们大概一百二十公里。我调查了一下，在周围没有有效的监控探头。"小陈在那边摇了摇头说道。

"还有点儿手段啊。"林峰说完，低头看向自己的手机，手机里很快传来信息，这一次上面仍然罗列着三个人名和各自的具体信息。

“查一下这三个人。”林峰随手将手机交给同事吩咐道。

随着一阵噼里啪啦的键盘敲击声，小陈再次抬起头：“三个人都属于国土资源局的干部，应该与济源公司的那块地有关系，相信应该是涉嫌违法出让土地。头儿，动不动他们？”小陈说完，看向林峰。

“动两个小的，留一个大的。”林峰思索片刻后说道。

事情终于按照刘海玲的步骤向前走了，在她看到电视里那两名国土局的处级干部被抓的时候，胸口一直压抑的愤怒也仿佛阳光下的融雪，瞬间消散。不过让她意外的是，这个林峰竟然没有动那名局长。刘海玲感到有点儿奇怪，在想了想之后，她又拨通了林峰的电话。

“给你三个人，你怎么只抓两个啊？”电话一接通，刘海玲就不客气地询问道。

“哦，上面那个牵扯一条大鱼，暂时不能动啊。”林峰为难的口吻连他自己都骗了。

“不可能！他上面有没有人，我比你清楚！”听到林峰的回答，刘海玲直接否定道。

“哦，咱俩说的不是一个事。你说的是济源公司，我说的是另外一码，他牵扯另外一件案子，强奸杀人，所以刑警队那边不让动。”林峰随口胡诌道。

“刑警队？”刘海玲想要说点儿什么，但很快打住了话头，“那我再告诉你个人，你立刻抓住他，否则就别怪我以后不和你合作了。”

“没问题，就这我们还要谢谢你呢。要不，有空你出来我们吃个饭？”林峰嬉皮笑脸地说道。出人意料的是，并没有引起对方的反感。

“这还差不多，一会儿我发信息给你。”刘海玲说完，挂断了电话。

“怎么样，跟踪到了吗？”放下电话，林峰立刻追问道。

“没有，基站定位有误差，不过三次通信的基站地址分别处于三个点上，我们大概画了一个嫌疑人移动的范围图，分别以步行的一公里和开车的十公里作为半径，发现三个圈都在一个点上有重合。”小陈一边说着，一边敲打着键盘。很快，在投影仪上，显示出一个地名。

“凹山村？”

“是，凹山村！”

“联系民警，调查一下凹山村所有的户籍资料，然后逐一和我们的嫌疑人信息比对，如果发现可疑的或是高度相似的，立刻实施抓捕！”林峰迅速命令道，“另外，把这个人抓起来，要快！”

看到林峰举起的手机，众人点点头，迅速行动起来。

刘海玲终于如愿以偿了，当她看到税务局的那位副局长垂头丧气地被警察带进警车的时候，恨不得马上就拨通领导的电话，邀他一起看电视。不过想了想之后，她最终还是按下了这个念头，因为她要等领导给自己打电话。

这个副局长的事情，只有三个人知道，领导、钱子寅和每个月负责给副局长转款的自己，所以，如果对方落网，就证明必然是三个人中的一个透漏的消息。领导不是笨蛋，一定会想到自己，想到这里，刘海玲忽然觉得自己也挺聪明。

一切如她预想的一般，电话在稍后没多久就响了起来，可看到上面的号码，刘海玲却不自觉地皱起了眉头。

“喂，你怎么给我打电话？”刘海玲接通电话，奇怪地询问道。她本来是要等领导的电话，结果却等到了他的，而且通常情况下，他并不会主动联系自己，而他一旦联系自己，也意味着有什么大事要发生。

“快走，警察要过来抓你了！”电话那边，一个声音在急切地说完之后，“嘭”的一声挂断了电话。

“警察，抓我？”刘海玲的表情变了几变之后，忽然醒悟过来，连忙抓起皮包和外套，快步跑出房间。

就在她开车离开凹山村没多久，急促的警笛声中，一辆辆警车飞驰而来，车上的警察迅速包围了凹山村，可当他们推开刘海玲家的院子扑进去的时候，里面却空无一人。

“头儿，刘海玲跑了。家里的东西都没动过，电视还是开着的，估计她刚刚得到消息离开。”带队的小陈在扑空之后，迅速报告道。

“跑了？不意外，不过还有机会，你们先回来吧！”林峰在电话那边说道。

虽然开着车，刘海玲却一直哆嗦着，剧烈的颤抖让她根本没办法把车开好，索性停到路边，用力揉搓着自己的手指和双腿，她紧张地看向身后，在发现没有人追来之后，才终于松了口气瘫坐在座椅上。

警察忽然出现，让她觉得自己仿佛在老虎嘴里走了一圈，被抓的恐惧让她有一种想要马上逃走的想法，就在刘海玲犹豫着要不要离开的时候，一旁的电话忽然响了起来。

“海玲，是我！”电话那边的声音对于此刻无助的她来说，不再是那么让人厌烦，相反却格外亲切。

“我……警察来抓我了！”刘海玲委屈地说道。她希望领导能帮她出个主意，至少能安慰她两句，不过可惜的是，对方并没有那么做。

“税务局的邓局长是不是你举报的？”对方直接询问道，语气中带着一丝从未有过的冰冷和陌生。

“我……”刘海玲迟疑了一下。之前她还想要通过这件事给领导一个教训，可是现在的情况却让她犹豫着要不要承认。

“你到底想干什么？你是在自寻死路，知道吗？”不过对方却并没有给她承认的机会，而是愤怒地斥责道。

“我……我……”刘海玲想要解释，可是之前的理直气壮却随着恐惧烟消云散，脑子里空白得如同真空。

“没什么说的了。你快走，越远越好！记得，没有事情不要回来，也不要联系我。”领导说着，就要中断谈话。听到他的话，刘海玲心中原本的怯懦却瞬间消失不见，取而代之的是因为恐惧而转化成的愤怒。

“你把我当什么了？说留就留，说走就走？我是什么？你当我是婊子吗？

给点儿钱玩够了以后就甩掉？”刘海玲愤怒地质问道。对方的话，让她忽然清醒过来，或许，领导真的从来没有喜欢过自己，或许自己从来就知道，只是不愿意承认。

“你想要多少钱？”听到刘海玲的话，电话那边停顿了片刻，随后反问道。

“钱？哈，你还真当我是婊子了？好，我就婊子给你看！我今天郑重告诉你，你必须离婚，和我结婚，否则，咱俩一块完蛋。”刘海玲说到这里，重重地挂断了电话，随后将车子掉头，头也不回地向鲁北市的方向开去。认识到真相的刘海玲终于明白，自己和领导的关系真的不是自己所想的那样。一切都是自己一厢情愿的想法，原本的期盼和等待瞬间变成愤怒，烈火一样烧灼着她要做点儿什么。

林峰没想到自己会再次接到刘海玲的电话，尤其在电话接通后，对方直截了当的命令更是让他意外。

“你拿个笔记一下，这几个银行系统的人当初在贷款时帮了忙，按照约定，我们每个月会按时打款给他们。”电话里，刘海玲的声音平静而沉稳，不带丝毫的情绪波动，就仿佛机械音一般。

林峰犹豫了一下，拿起笔按照她的叙述记下了几个人的名字。

“刘海玲，自首吧！”趁着叙述的空当，林峰低声劝阻道。

“自首？有什么好处？到时候钱没了，时间没了，出来以后我还有什么？”刘海玲冷哼了一声反问道。自首这事刘海玲从来没考虑过，或者说这根本不是她的选择之一。

“你还有家人、朋友，他们肯定不希望你这样。”虽然知道自己的劝告起不到什么作用，但林峰觉得自己仍然应该说一下，因为这是他的职责。

“他们希望我什么样，我比你更清楚。不过还是要谢谢你，林科长，你让我明白了很多事情。”听到他的话，刘海玲沉吟了片刻后说道，随后挂断了电话。

林峰再次抬头看向一旁负责监听的小陈，小陈对林峰摇了摇头。

第二十八章　内　鬼

济源公司集资案的登记和审讯工作已经到了收尾的阶段，所有相关的负责人都已经落网和归案。但仍然有一个问题困扰着林峰，那就是在济源公司背后，到底有多大的保护伞在保护着他们。

两年的时间，涉案十亿的诈骗金额，办案中莫名的阻力和变故，这一切都预示着在济源公司背后，在钱子寅的背后，隐藏着很多因为私利而出卖国家利益的蛀虫。

在济源公司的汇报工作会上，省工作组以及市政府的领导已经明确表示了下一步的工作方向，就是针对济源公司背后的保护伞给予揭露和打击。而在会议结束的时候，省工作组的组长还私下找到了林峰，希望他将案件的材料汇总递交给省厅，看着对方略带神秘的表情，林峰似乎敏锐地察觉到了什么，不过却知趣地没有询问。

虽然省委、市委已经明确了办案方向，但真正对案件幕后保护伞有突破的证据仍然仅仅只有唐欣恬手中的那份不具名的账本。目前根据唐欣恬的账本，已经落实的人员超过十名，除了济源公司内部的一部分中高层负责人之外，更大一部分包含了从村长到市局级的领导干部。

单从调查情况来看，一张隐形的大网已经初具规模，这让林峰对于后续的案件侦破既期待又恐惧。他期待的是，案件到这一步，基本已经可以挖出所有潜藏的危害国家利益的腐败分子；他恐惧的则是，这个数量可能会达到一个让人咋舌的地步……

对于这点，林峰没有继续想下去，现在他需要考虑的是如何找到挖出这帮人的证据，而这个证据的关键人，就是刘海玲。这就仿佛一把锁摆在众人面前，锁头后面就是宝库，但打不开这把锁，那么一切就全无可能。

“调取所有的监控视频，无论如何，找到刘海玲！”林峰想到这里，对办公室的众人命令道。

由检察院签发的针对刘海玲的逮捕证已经下发到市局，而针对刘海玲的通缉令也已经发布到网上。相比于钱子寅，刘海玲的抓捕工作丝毫不逊色，甚至更有过之，而林峰之所以如此做，究其原因，就是想要给刘海玲身后的那个人施加压力。

从上次抓捕刘海玲失败，就可以看出，能让她从容逃脱的原因，就在于背后有一群给她通风报信的人。虽然他们无法左右办案，但至少可以提前让她逃脱，既然对方如此自信于这一点，那么林峰索性就给他们一个发挥更大能量的机会。言多必失，谁都有忙中出错的时候。只要加大对刘海玲的抓捕力度，那么他们必然要因为弥补不断而来的线索和举报而忙乱不堪。

而林峰所要做的就是静静等待，等待着他们出错的那一刻。

刘海玲并不知道林峰已经针对她发起声势浩大的通缉抓捕行动，即便是知道，她也不在乎，她相信，身后的领导能帮她摆平任何危机。实际上，对于领导，她有种莫名的信任感，作为自己的第一个也是唯一的男人，她见惯了他的呼风唤雨和叱咤风云。曾经在人前得意扬扬的钱子寅，在他面前谨小慎微，就仿佛刚刚过门的小媳妇，每说一句话都要前后思量。至于那些手握权力的官员，每当听到他的名号时候，更都是换了一副面孔一样毕恭毕敬。所以，刘海玲并不担心由济源公司所掀起的这股熊熊风暴。

她相信，这一切一定会平息，而领导仍然是领导，依然在鲁北呼风唤雨。想到这点，刘海玲似乎明白了自己为什么如此执着地希望能与领导结婚，归根结底，她迷恋的不是那个身材已经臃肿的外貌，而是那份他所掌握在手里的权力。她也想掌握这种权力，也只有这样，那些曾经辱骂、议论自己的人才会真正的在她面前闭上嘴巴，低下头，至于他们是否真心并不重要。

这种感觉再次点燃了心中的炽热，在犹豫了一下之后，刘海玲随手拿起电话，她觉得有必要催促一下领导，至少要让他知道，现在这个风口浪尖的时刻，如果不满足她的条件，那么她就有能力让大家一起同归于尽。

就在刘海玲筹措着词语准备打电话的时候，手里的手机却率先响了起来。为了方便，她准备了多部手机，而知道这部手机号码的人并不多，但个个位高权重。

刘海玲犹豫了一下，接通了电话，可还没等他开口，里面的人就迫不及待地大声质问起来："你怎么还不走？"

声音是领导的，听起来万分暴躁，少见得如同日全食。不过对于刘海玲来说，此刻的她并不需要害怕，她要的就是对方这种反应，至少代表着对方已经明白了自己的重要性。

"我为什么要走？"刘海玲平定了一下情绪之后，淡淡地说道，语气中刻意透着不在意的感觉。

"检察院下发的逮捕令和针对你的通缉令发得满世界都是。你不走，等着被抓吗？"领导暴躁地提醒刘海玲她目前的状况，威胁之意溢于言表。

"抓？抓就抓了呗。我这辈子也算够坎坷的了，多一次牢狱之灾对我来说也不算什么大事，可是对你们呢？"刘海玲完全不在乎领导的威胁，甚至对她来说，这根本不算是威胁，领导是不会让她被警察抓住的，因为她完了，他也好不了。

"你到底想要什么？"电话那边，领导忽然冷静下来，索性直截了当地问道，"如果是钱的话，我可以想办法，你需要的路费我可以帮你解决，我手里还有几百万。另外，我还可以让他们帮你弄到干净的户口和身份。"

领导的话，忽然之间点燃了刘海玲心中的怒气，事情已经到了如此紧急的地步，对方竟然还自认为可以用钱来摆平。恍惚中，刘海玲似乎觉得领导压根儿没明白她的心思和意图。

“我要什么，你还不知道吗？钱我有，不比你少。我要的是名分，你懂吗？名分！我二十一岁就跟你了，这么多年和你风里来雨里去，我得到了什么？我现在还孤身一人，没有丈夫，没有孩子，我这一辈子还剩下什么了？”刘海玲对着电话咆哮道。

电话那边，瞬间陷入了沉默，或许是刘海玲的话勾起了领导的内疚，又或许她的愤怒让对方有所退缩和顾忌。两人就这么在电话两边沉默了好久，领导才再次缓缓开口。

“你真想结婚？”领导询问道。

“嗯，我就想和你结婚，如果答应的话，我立刻走！”结婚这个念头已经成了刘海玲的执念，她甚至没想过两人婚后会怎么生活在一起，她现在所有的念头都执着在这一点上，她想要把自己的名字和领导的名字印在一起，哪怕一天也好。

“好吧，你等我电话吧。”领导说完，挂断了电话，整个人也随之陷入了沉思之中，在思索良久之后，他再次拨通了一个熟悉的号码。

“喂，是我，刘海玲疯了！”

针对刘海玲的通缉令已经发出三天了，各种线索纷至沓来，仿佛一瞬间刘海玲变得满天都是，不过很多线索在确认之后，都是子虚乌有，不但连报案人都没有，甚至所谓刘海玲出现的位置都显得扑朔迷离。林峰恍惚地感觉到，应该是有人在浑水摸鱼，而且这个人对办案的程序和手法也都了若指掌，大量的假案和报假警从某种意义上就是在麻痹大家的神经，也为了将真实的线索隐藏起来。

所以，即便是如此，林峰也严令科里众人，一定要确认每一个报案信息，即便这个信息最后调查发现是假的，也必须要做到有始有终。可这也带来了一个更大的问题，即无论是在人员上，还是车辆上，局里的资源都极端不足。一想到这点，林峰有点儿头大，在考虑良久之后，他决定找刑警队的杨队长商量一下，是不是可以找他们的人帮个忙。

驾车来到刑警队，杨队长早在接到电话后就等在了门口，看到林峰到来，前者立刻露出笑脸。

“好长时间不见了，你还那么精神啊！”杨队长看着林峰，笑着招呼道。

“精神？我马上就快神经了！”林峰叹了口气说道，随着杨队长走进办公室。

“你们这次可抓了个大案啊，整个济源公司让你们给端了。怎么样，有大鱼没？”杨队长一边让着烟，一边问道。

“大鱼，我现在发愁的就是大鱼。我们在抓刘海玲，你也知道，但现在有人插手报假案，弄得线索是扑朔迷离啊。我所有人都被调出去了，可还是不够，你也知道，咱又不能马虎不是，所以，我寻思着，你这里能不能借我点儿人手？”林峰接过烟，笑着问道。

“哎呀，人……有点儿为难，我这里有几个案子局里催得急，有些还是省里督办的。不过，如果你要只是为了处理报案的话，我其实有个好办法。”杨队长皱着眉头想了想，随后说道。

“好办法？有多好？”林峰连忙问道。

“联防队员，我们之前在督办一起刑事案件的时候，其实就靠联防队员才查清楚的。你如果只是想处理案件的话，其实完全可以联防队员，毕竟群众基础很重要，只是处理报案和线索问题，他们完全可以胜任。”杨队长看着林峰说道。

“哦？这个我倒没想过。你那里如果有现成的人选的话，不妨提供点儿，由我们的人专门负责指挥，怎么样？”林峰看着杨队长问道。

“这个，问题不大。这样吧，我现在就帮你联系！”杨队长一边说着，一边拿起电话。

大概一个小时候，林峰离开刑警队的时候，杨队长已经将所有的事情都安排妥当。在他的调度下，大概组织了四十名联防队员，并且分成二十个组，专门负责针对刘海玲的报案问题。

带着解决了一件大事的轻松感觉，林峰告别杨队长，再次返回到科里。

“对以下电话进行二十四小时跟踪监听，有任何动向的话第一时间报告给我。”刚进屋，林峰就将一串电话号码交给小陈，后者愣了一下，随后点点头接过号码。

“抽调一部分人，二十四小时监控刘海玲的老家和曾经的住所。另外，抽调一个组，专门负责在以下地区巡视！”林峰一边说着，一边将画出范围的地图交给其他人。听着林峰的安排，众人感到有点儿意外，不过都知趣地没有询问。

“剩下的，就看我们的运气了！”林峰看着众人离开的身影，自言自语地说道。

针对刘海玲的一个庞大的包围圈已经缓缓形成，对于缉捕和被缉捕的双方来说，刘海玲就是关键的关键，就仿佛一个巨大的风暴中心的暴风眼一样，一切都随同她而形成存在，并最终成为将双方搅动在一起的力量。

作为其中最大的力量之一，领导目前最迫切的事情就是让刘海玲消失，因为她的存在带来了继钱子寅之后最大的危机。而这个危机的制造者，恰恰就是领导自己。

当初，为了将钱子寅牢牢控制在手中，并且借着他的手为自己建造一个庞大的势力，刘海玲被委以重任——名义上作为三公司负责人的她，实际的工作却是为入股的领导和其他公司核心人员清算红利和结余。所有的人员名单，都按照领导的要求交给刘海玲控制，即便是钱子寅也不能插手。

在领导看来，这种钱权分立的方式可以让他从容地卡住钱子寅的脖子，同时也让他间接地掌握了一些部门领导收受贿赂的把柄，而这些人反过来，也会帮助他稳固自己的位置。

一切都计划得如此周详，但唯一没计算到的是，钱子寅竟然自己留了一个账本，而在账本中，详细地罗列了刘海玲从公司转走的每一笔款项。这就仿佛为大家提供了一个谜局，然后将所有可能是答案的人选都囊括其中。任何掌握账本的人都很清楚，只要符合账本中款项进出的人都必然要被牵扯其中，无法脱离干系。

钱子寅这招虽然不高明，但却足够狠毒。他虽然被蒙上了眼睛，但却用鼻子嗅出了个轮廓，而刘海玲的马虎大意也确实可恨，领导几次提醒她避开钱子寅，现在看来都是耳边风了。

一想到刘海玲，领导心中又是一阵愤怒混合的炽热蒸腾起来。这个女人，虽然是之前一时兴起被他变成了玩物，但一直以来都胜在听话、守规矩，而自己对她的态度也一直是包容和忍耐。可谁能想到，在这个关键时刻，这个平时最听话的人选，却要翻盘威胁到自己。

结婚！哈，这个借口太可笑了，领导不认为自己离婚以后结婚就可以平息刘海玲的欲求。更何况，刘海玲现在是什么？是逃犯，是通缉犯！让他去和对方结婚，这和自首有什么区别？领导很清楚，这不过是刘海玲的借口而已，她到底想要什么，才是问题的症结和核心。想到这里，他再次拨通了刘海玲的电话。

“你真想结婚的话，我同意！”领导在电话里直截了当地说道。在那一瞬间，刘海玲忽然觉得心中有什么东西一下子落了地。

林峰接到电话的时候，已经是深夜了，原本以为可以早早睡觉的愿望也因为电话的到来而泡汤。迷糊地拿起电话，看了一眼，林峰原本的瞌睡一下子消失不见，整个人一咕噜坐起来，揉了揉脸，停顿了一下，才按下了接听键。

“喂，我是刘海玲。”电话那边，口气仍然是那么强硬和直接。

“啊，刘海玲啊，这么晚有事吗？”林峰抬头看了看，房间里没有其他人，这让他想跟踪定位对方电话的想法落空。

“没什么，就是想找你谈谈。”刘海玲仿佛也察觉到了这点，少见地没有直接切入主题。

“哦，行啊。我们这是为人民服务，陪聊天儿也算。”林峰坐正了位置，随后按下电话的录音键。这段时间，他已经习惯了刘海玲的神出鬼没，口气中也少了以往的惊讶，变得随意了很多。

“我就想知道，你们男人说谎话的时候心里想的都是什么？”刘海玲停顿了一下，忽然问道。

“这个……还真不好说。”林峰故作为难地说道，同时掏出口袋里的另外一部电话，手指轻巧地发送着短信。

“怎么了，你也骗过人？”刘海玲听到林峰的回答，立刻追问道。

“骗人说瞎话，这个大部分都干过。不过我们是职业需要，骗的也都是坏人，这叫以彼之道还施彼身。”林峰一边胡扯着，一边给小陈发送着短信，指挥对方跟踪这个号码。

“那也是骗人，再说了，我现在就是罪犯，你跟我说的话都不可信吗？”刘海玲较真儿地追问道。

“这个事不能这么说，如果说我对你是否说过假话，这个我得承认肯定说过，但有一点我保障——我说的一定是真话！”林峰口气忽然异常严肃地说道。

“什么话？”刘海玲追问道。

“自首对你有好处，如果你能将手里掌握的证据交出来，我保证，你一定会得到宽大处理的。”林峰的话，让刘海玲一愣。电话那边也沉默很长时间，一直到林峰以为对方已经不打算说下去的时候，刘海玲的声音才再次传来。

“是啊，这么长时间，你说的这句话算是我听到的最真的一句话了。”刘海玲说完，挂断了电话。

放下电话，林峰沉默好久。作为警察，对于嫌疑人给自己打电话，他早已经从陌生和不习惯到习以为常。这些被追捕的人，有的时候迫切需要的就是一个倾诉的对象，这听起来或许有点儿耸人听闻，但如果真正进入到罪犯的内心，就会明白这种看似耸人听闻的行为，背后又有着怎样的正常需求。

不过让林峰感到奇怪的是，刘海玲这次的电话不但来得有点儿突然，更让他觉得有某种不安隐藏其中。虽然对于办案人员来说，不应该被这种第六感干扰，可是林峰却怎么也无法挥去这种感觉。

就在林峰犹豫着要不要给刘海玲打电话劝劝她的时候，手里的电话再次响了起来，接起电话，小陈的声音从里面传了出来。

“头儿，刘海玲在二环上！”小陈的话只有一句，但却激得林峰猛地跳起身，拿起衣服向宿舍外冲去。

不得不说，这次与刘海玲的对话让一直以来的跟踪终于有了一个结果，通过对电话信号的跟踪和基站的反馈，刘海玲的位置被迅速锁定在二环路的某个道路区段，按照信息的对比显示，她此刻正高速移动在几个基站的中间，这意味着此刻的她正在乘坐某种交通工具。

“要不要抓？”小陈看着定位的位置，转头向林峰询问道。

小陈的话让林峰有点儿犹豫，他很清楚，如果此刻封锁所有的路口，那么抓住刘海玲的可能性至少有80%，可他又本能地感觉到，如果真的这么做的话，会有让人意想不到的后果发生。

一种预感和一种摆在面前的机会让林峰陷入犹豫之中。感受着众人的目光，林峰在思索良久后，最终摇了摇头。

“让她走！”林峰说完，头也不回地走出办公室。

刘海玲并不担心林峰抓她，实际上，她也不在意这一点了。此刻驾驶着车辆飞奔在空旷无人的二环路上，刘海玲心情出奇地好，所有的追捕、离婚、结婚对她来说似乎都不甚在意。她甚至考虑过，如果此刻有警察拦住她，她会毫不犹豫地顺着二环路一头栽下去。

不过预想中的警察并没有出现，这说明那个林峰似乎真的没有骗自己，这种感觉让刘海玲心中安慰了不少，在安然地开下二环之后，她掉头向另外一个方向驶去。

第二十九章 成也女人，败也女人

领导和刘海玲约的地方是在两人第一次见面的那个宾馆，因为时间已经很长了，那里早就改成了一座咖啡馆。若在以往，每过一阵子两人总会到这里缅怀一下，一个缅怀曾经失身导致的生活变迁，一个则回味一下暴力剥夺人家贞洁时的那种快感。

刘海玲在将车停到咖啡馆前面之后，并没有马上下车，原因很简单，她信不过领导。虽然对方在电话里已经答应了她结婚的请求，但是刘海玲却没从对方的口气中听出哪怕一点点的诚意。不过刘海玲接到邀请仍然决定过来，因为她觉得无论真假，都是该让自己死心的时候了。

车子停在咖啡馆对面的辅道上，在等待片刻之后，刘海玲下了车。因为是深夜，咖啡馆里的灯光暗淡了很多，不过依稀还能看到些人影。推开门走进去，服务员懒洋洋地招呼了一声，见刘海玲不在意地四下寻找着，立刻知趣地躲在一边。

顺着目光，刘海玲看到曾经的位置上坐着个人，不过身影却不像领导，她好奇走过去看了一眼，来人却令人意外地认识。

“太晚了，领导说暂时过不来，所以让我先过来和你谈谈。”看到刘海玲出现，坐在位置上的男人微笑着点点头说道。

刘海玲本想转身就走，但犹豫了一下之后，仍然坐到了位置上。

“我帮你点了你喜欢的蓝山。”男人看着刘海玲说道。

“其实我不喜欢蓝山，我每次点蓝山是因为我只认识这个，我最喜欢喝我们老家的山泉水。”面对对方推过来的咖啡，刘海玲摇摇头说道。一直以来，她都在对方面前伪装着自己的高雅和个性。不过现在，她只想做自己，一个山村里出来的傻丫头。

“呵呵，也好，水比什么都强。”男人讪讪一笑，将推出去的手收了回来，“领导和我说你们的事情了，虽然我知道你不容易，但你真该好好想想。”

“想什么？”刘海玲直勾勾地看着对方问道。

“你想结婚，我能理解，可是至少要过了这阵风头，现在查得太严了，我们最好还是低调一点儿。”听到刘海玲的质问，男人低下头想了想，委婉地说道。

“过了这阵风头，事情都让他压下来了，我还有什么要挟他的？你跟他说，要不，就离了他家的那位和我结婚；要么，大家一拍两散，一起玩完。”刘海玲说完这话，起身就要向外走，却被男子一把拉住。

“你啊，脾气还是这么不好。坐下来，我话还没说完呢。”男人一把将她拉了回来。

“还有什么好说的，你们都是一伙的，别以为我不知道，你们也想让我和钱子寅那样一走了之，我可不干，走了罪名就都是我一个人担着了。再说了，我父母呢，我家人呢，我走了就别想回来。所以，咱们就索性把话挑明了，要不，和我结婚；要不，和我坐牢。”刘海玲被拉住，却没有走，就是站在男人身边，直接挑明道。

“真的没有商量的余地了吗？”男人看着刘海玲问道，语气中充满了诚恳。

“没有！”刘海玲说完，转身向外走去。

男子一直目送着刘海玲走到门外，坐进车里，才终于在叹了口气之后，缓缓起身向外走去。

门外，刘海玲坐进车内，用力关上车门，随后发动汽车，车子在颤抖了一下之后，忽然用远超过启动的速度猛地向前冲去，突如其来的变故让刘海玲慌了手脚，她本能地去踩刹车，但刹车却毫无作用，车子以让人惊诧的高速，猛地撞向前方的建筑物。

“砰”，一声沉闷的撞击声响起，车子重重地撞在路边的水泥围墙上，猛烈的撞击让车子的头部彻底凹陷进去，而车内，尚未来得及系上安全带的刘海玲已经一脸鲜血地撞破了车窗，被压在跌落的瓦砾之中。

警报和双闪尽职地工作着，在寂静的夜晚显得那么醒目。

咖啡店里，早已经清醒的服务员飞快奔到店外，在吃惊地注视了良久后，才回过神来拿起电话准备报警……

林峰是在稍后才从杨队长那里接到报告的，当他驱车赶到现场时，看到的是让他毕生难忘的一幕。

整个现场惨不忍睹，车子已经完全变形。调查显示，车子至少加速到了一百公里以上，然后又撞上了围墙。在撞击的瞬间，刘海玲整个人冲破了前挡风玻璃跌出车外，然后又被跌落的石块砸中，救护车到现场时已经死亡。

“这应该是一起蓄意谋杀案！我们检查了一下车辆，发觉刹车和油门都有动过的痕迹，但痕迹很不明显，显然是专业人员所为。”看到林峰走过来，分析人员立刻走过来报告道。

“看来，这个家伙早就被人盯上了。”一旁，早一步到了的杨队长点头猜测道。

“早就被人盯上？有多早？”林峰讶然地看了杨队长一眼后说道。

“我估计，对这个车动手脚可不是一两分钟就能干成的事。”杨队长指着地上散落的汽车碎片说道。

“哎，看来还是你们的工作费心劳力啊。我说，老杨，你也是从家里过来的吧？”林峰看着杨队长，叹了口气说道。

“可不是嘛，我这才睡下，就被电话叫起来了。”杨队长点点头，然后重重打了个哈欠。

“周围的监控录像调查了吗？”林峰拍了拍对方的肩膀，安慰了一下。

“嗯，我已经让他们找一下附近的监控，看看当时有没有什么可疑人员出没，不过如果真是专业人员提前作案的话，我觉得希望不大。”杨队长一边说着一边看向林峰，“听说你们之前定位了刘海玲的位置，不知道出事之前她在什么位置。”

“那个时候，我记得她应该是在二环。”一旁的小陈回答道。

“二环，这个应该没有什么被人插手的机会，不过也不能放过。”杨队长沉思着说道，而后快步向仍在搜集证据的同事们走去。

“小陈，我觉得，这事挺可疑。”林峰看着已经被抬起来放在担架上的，被白色布单覆盖的刘海玲的尸体，缓缓开口道。

刘海玲死了，让人意外，但却似乎又可以理解，而线索也因为她的死而暂时断掉。不过对于林峰来说，案件却因为刘海玲的死，变得透明了起来，原本扑朔迷离的案情似乎也见到了曙光。

科里和专案组的人员都在林峰的要求下停止了手头的工作，所有人得到命令，一天二十四小时待在局里等候调遣。

对于林峰的命令，众人感到疑惑，不过却没多说什么。而林峰更是在大家奇怪的目光中，信心十足地在办公楼里每天走来走去。

对于林峰忽然将工作停滞下来，刘局也流露出了关切，不过在林峰去了刘局长的办公室一趟，并且两人聊了一下午之后，刘局长的态度来了个一百八十度的大转弯。不但默认了林峰的安排，甚至有的时候还与林峰一起坐在局里大厅的角落里闲聊。这仿佛一幅奇景一样吸引着所有人的注意力，有人暗中打听，但却问不出个所以然，更多的人则从惊讶到平静再到习以为常。

可就在大家对这一切都习以为常之后，林峰却出人意料地动了。

刘海玲车祸案发生后的第二个星期一的早晨，专案组所有人员都接到命令，命令的内容让所有人感到意外。

“抓捕刑警大队队长杨志！”林峰的话让在场所有人都被吓了一大跳，但看到对方严肃的表情，大家很快就从震惊中恢复过来。显然林峰并不是在开玩笑，也不可能开玩笑，但对于杨志的抓捕行动到底依据何在却让大家心生疑问。

似乎感觉到了大家的疑惑，林峰随后出具的有检察院核准的逮捕证，瞬间打消了所有人心中的疑惑。在催促中，众人迅速坐上汽车，向刑侦大队的方向开去。

林峰出现在杨志面前时，后者脸上挂着一脸的疑惑，表情逼真得似毫无作伪，周围一些不明真相的同事们更是将林峰等人团团围住。可直到验证了逮捕证的真伪之后，所有人的阻滞和疑虑却都因此被强压下来。

“知道为什么抓你吧？”林峰看着杨志，似笑非笑地问道。

“我倒宁愿把这事当作一个玩笑。”杨志看着林峰回答道。

“其实你我心里都明白到底怎么回事。”林峰收拢笑容，看着杨志，随后挥了挥手，“带走！”

手铐被铐在杨志手腕的刹那，杨志全身不由自主地颤抖了一下，虽然轻微，但却有目共睹。

针对杨志的审讯，在到达市局之后就立刻展开。原本是同事，此刻却坐在审讯室的两端，这种感觉似乎在荒谬之中充满了不真实。不过作为审讯者的林峰和作为被审讯者的杨志却都很清楚，眼前这一步其实是经过了多少罪恶的积累。

“你有什么证据会怀疑我？”杨志率先开启了对话。听到他的询问，林峰微微一笑。

“办案流程你我都清楚。没有确凿的证据，你也不会坐在这里的。所以，与其你问我，倒不如你直接说出一切，这对你其实有好处。”林峰看着对方说道。

“想让我说可以。至少要告诉我，我输在哪里吧？”杨志抬头想了想，然后问道。

“现在回想起来，其实你的漏洞蛮多的。至少因为我们是同事，所以造成我们灯下黑。不过第一次怀疑你，确确实实是在当初毕阿姨跳楼的时候。”林峰点点头，缓缓说道。

“怎么会是那个时候？我记得那时我没做过什么出格的事情吧？”听到林峰的话，杨志略感意外地问道。

“是啊，确实没干什么出格的事情。但你考虑过没有，你们早于我们接到报警，但却并没有采取什么有力的行动，这种不作为的行为本身就已经很显眼了。”林峰回答道。听到他的回答，杨志沉思了片刻，点了点头。

“第二次，是你来打听我们去济源公司的事情。我记得，当时你连拉链都没拉，就急匆匆跑出来问我，或许我们可以理解为你是好奇心驱使，但这么旺盛的好奇心恐怕绝非普通吧？事出反常即为妖，你对事情的关切暴露了你自己。”林峰再次说道。

“是啊，我当时确实被你的大阵仗吓了一跳，有点儿失了方寸。”杨志回忆着当时的情况，不由自主地承认道。

“其实在之前你已经利用你的职务便利为钱子寅提前通风报信了。不过可惜，钱子寅的反应却丝毫没有顾及你的存在和帮你保密，或者说他压根儿也不在乎这点。也正是因为这点，我们才终于知道，在我们身边其实藏着暗鬼。”

“如果仅凭这点，你还没有把握抓我吧？”杨志抬起头看向林峰，目光炯炯，此刻的他似乎已经恢复到了曾经的刑侦队大队长的角色。

“是的。实际上，即便是在你提供给钱子寅和孙雪婷新的身份证和户口之后，我们仍然不能确定是你。因为你的手段太高明了，你一方面通过钱子寅关系网中的某些人凭空制造出一个虚拟人物，又利用补办户口的方式，弄出了完整的户籍和手续，当然可能中间你还趁某些同事疏忽大意，偷偷动了些手脚。”林峰毫不隐瞒地继续说道。

“有出入，但大体差不多。实际上，庄世仁兄妹的户口是真实的，这两个人因为煤气中毒意外丧生，但村子里的人却因为某些原因并没有为他们注销户口。我也只是趁着这个机会，让他们重新复活罢了。”杨志也索性和盘托出。

“好吧，不得不承认，你修改了他们的户籍信息方面做得很高明。”林峰赞扬了一句，杨志却没有因为赞扬而感到高兴，相反却苦笑了一下。

“真正让我们怀疑你的，是你为刘海玲通风报信。虽然你用的固定电话，并且躲开了所有人，但你却忽略了一个问题，就是抓捕刘海玲的事情知道的人并不多，而你是最不需要知道，但却恰恰知道得最详细的人。”林峰继续说道。

“所以，就因为这件事怀疑到我身上，是吗？”杨志看着林峰问道。在那一刻，林峰可以清晰地感觉到对方语气中的后悔和懊恼。

“不仅仅如此，在刘海玲被通缉之后，我们频繁接到报假案的电话，我记得为此还特意找到你帮忙，是吧？”林峰向杨志问道。

“是的，你还想问我借一些人手。”杨志老实回答道。

“但是你并没有借，或者说你借给我的都是一些和你有关系的人。”林峰继续说道。

“没办法，我虽然是队长，但刑警队也不是我一个人的，队里的同事大部分都还算正直，让他们帮你，很有可能查到我自己。”杨志补充道。

“所以，你调派了一些你认为可靠的人手，却忽略了一个问题，其实我们并不缺人，你的人手全都在我的掌控之下，他们每天的通信记录都被完整地记载下来，而他们无一例外，每个人都和你保持着联系，这才是你最大的漏洞。”林峰微笑着说道。听到他的话，杨志忽然沉默下来，过了好一会儿，才恍然大悟地点点头。

“是啊，我以为给你安插了间谍，却没想到，你对我已经开始着手调查了。”

“那并不算调查，其实当时也仅仅是怀疑，但随后的事情却让我对你的怀疑变成了确定。尤其是这一次刘海玲车祸案，你来到现场的时间是最短的，而我们在调查监控视频的时候发现一个奇怪的地方，虽然所有的监控视频里都没有作案者的存在，但同时也没有你的踪迹。准确地说，你就好像凭空出现在案发现场的，可是当时我记得我问过你，你告诉我说你是从家里来的。”林峰说道。

“是啊，我是说我从家里来的，其实不是，我一直就在案发现场。车子遭遇车祸之后，我就拨通了 110，然后才与众人一同出现。”杨志承认道。

“你在案发现场和我们说专业人员提前作案，其实是为了把我们的注意力引偏，是吗？”林峰想了想追问道。

“嗯，现在想想，其实有点儿多此一举。这个事情闹得这么大，根本瞒不住的。”杨志摇头苦笑道。

“谁对车子做的手脚？”林峰忽然问道。

“我的一个发小，汽车修理工。”杨志回答道。

“他怎么做到的？”林峰再次问道。

“很简单，他对刘海玲刹车分泵和油门上做了手脚，让它在关键时刻失灵。”杨志答道。

“为什么这么做？是谁指使的？”林峰忽然问道。

不过这一次，杨志没有回答，似乎这个问题成为他的最后底线。

“你是在包庇他吗？”林峰看着沉默的杨志，再次问道。

“是啊，有些事情，我能答应他做，就已经考虑到后果了。所以，你也别问我了，我知道的能说的都说了。”杨志看了林峰一眼，低下头嗫嚅道。

“值得吗？你这么帮他，值得吗？”林峰追问道。

不过杨志没有说话，一直到审讯结束，他都没有再说一句话。

第三十章　只有意外，没有例外

杨志真的如同他所说的那样，没有再说出点儿别的。林峰也很清楚，事情到了这一步似乎已经算是走到了尽头。如果没有新的证据，那么案件到这里已经陷入僵局，虽然所有人都很清楚，还有很多相关人员逍遥法外。

不过林峰对此却并不发愁，不但不发愁，相反整天都兴致盎然的。这让大家有点儿疑惑，这个家伙是不是悲极生乐了。对于众人的关心、猜测和询问，林峰却一致予以否定。他整天就好像个乐天派一样，乐呵呵地上班、下班，这种情况一直持续到省厅下来文件，大家才终于明白了事情的原委。

2015 年 3 月，中央反腐败协调小组国际追逃追赃工作办公室召开会议，部署 2015 年反腐败国际追逃追赃工作，决定 4 月启动“天网”行动。

而早在 2014 年，中央反腐败协调小组就已经设立国际追逃追赃办公室，建立起国际追逃追赃工作协调机制。国际追逃追赃工作办公室，作为办事机构，成员由与追逃追赃工作密切相关的中央纪委、最高法院、最高检察院、外交部、公安部、国家安全部、司法部、人民银行等单位负责相关案件的同志组成。

启动的“天网”行动也是日前由中央反腐败协调小组国际追逃追赃工作办

公室研究部署的。这一行动是中央反腐败协调小组部署开展的针对外逃腐败分子的重要行动，有关部门将从今年 4 月开始，综合运用警务、检务、外交、金融等手段，集中时间、力量“抓捕一批腐败分子，清理一批违规证照，打击一批地下钱庄，追缴一批涉案资产，劝返一批外逃人员”。

而林峰作为省里督办济源公司案的主要负责人，已经被点名加入“天网”行动，他的目标，就是抓捕已经潜逃海外的钱子寅。

一想到抓捕钱子寅，林峰就觉得全身的骨头都轻快了很多，他甚至有点儿迫不及待地想要看到钱子寅见到自己时的样子。可就在他准备收拾行装出发的时候，一个意外的来客，却打乱了他的计划。

来人是一个陌生的老人，当小陈将她领进来的时候，林峰在记忆里没有找到任何和她有关的回忆，但对方却仿佛认识他，在与小陈走进来的第一时间，就快步向林峰走了过来。

“您是林警官吧。我……我是来找您的。”老人一把抓住他的手，语气颤抖地说道。感受着对方与外表不相匹配的巨大手劲儿，林峰善意地点点头，将她拉到一旁坐了下来。

“我是林峰，您有什么事就和我说。”

“我……我……”老人激动地摇晃了两下，想说什么，却又忽然想起其他的事情来，连忙拉开衣服的开襟，从里面掏出一个用针线缝着的白色小包。

“给你，你要的东西都在这里！”老人将小包一把塞在林峰手里，坚决得就仿佛他是一座即将被炸掉的碉堡。

“您是……”林峰接过小包，用手按了按，里面传来一阵阵清脆的响声。林峰犹豫了一下，抬头看向老人，小声问道。

“我……我……我姓曹，凹山村的，我闺女叫刘海玲。”老人的一句话，将林峰瞬间从疑惑中拉了出来，摸着小包的手也不自觉地用力了很多。

“您是刘海玲的母亲？”林峰反问了一句，对方用力地点了点头。

“她让您来的？”林峰再次问道，老人又是重重地点点头。

“您知道她……”林峰小心试探着说道。

“呜……”老人终于抑制不住悲痛，痛哭起来，“俺闺女死得冤啊！”

事情的原委终于在老人发泄完心里中的哀伤之后水落石出——刘海玲在被害之前似乎已经料到了自己可能的结局，早早将一些自己掌握的证据和资料交给了母亲，并且嘱咐母亲，一旦自己有什么三长两短，就去市公安局找一个叫林峰的警察。

母亲虽然不明白女儿为什么会有如此交代，但仍牢牢记住了这一切，并且将东西珍而重之地缝在衣服里。

接下来发生的事情似乎印证了刘海玲的预感，车祸，被害，一切仿佛计算式等号后面的答案一样，必然地到来。

整个人沉浸在悲痛中的老人在帮女儿料理完后事之后，忽然想起了女儿的交代，于是才急匆匆地赶到局里，找到林峰。

听到老人断断续续地陈述着一切，林峰再次将目光投向手里的布包，里面装着的东西的分量忽然在一瞬间沉重了很多，林峰犹豫了好半天，最终还是拿起剪刀拆开了布包。小心打开包裹，首先映入眼帘的是一个薄薄的笔记本，封面有点儿陈旧，边角磨损得严重，显然是曾经历过很多次的翻看。

林峰小心翻开第一页，映入眼帘的是一个个由娟秀字体写下的人名和账户。本子的记载很简单，但数量却出人意料地多，足足三十多页，一百多个人名和账户。在人名和账户后面，记载着一些汇款的信息，并不全面，时间的跨度也足有两年之久。

看到这些，林峰心里没来由地一阵激动，他很快明白过来，眼前所看到的东西，就是他朝思暮想想要找到的账本。

一张张翻看着记载，薄薄的笔记本林峰用了足足半个小时才看完，而就在他即将合上最后一页的时候，封底贴着的一张照片忽然映入他的眼帘。

这是一张合影，一个年轻俏丽的女人和一个意气风发的男人。男人的样子有点儿模糊，常人难以辨认，可能是因为抚摩的次数过多，只能看清楚脸的轮廓，但身姿却显出他的高调和自信，女人则是刘海玲，不过照片上的刘海玲要年轻得多，也漂亮得多。

“这个人是谁？”林峰指着照片上的男人向刘海玲的母亲问道。

“不知道。”母亲摇摇头说道，目光中也充满了茫然。

“不知道……我想，有人肯定知道！”林峰点点头说道，目光则越过刘海玲母亲的肩膀，看向窗外。

杨志再次被从看守所提审出来，但在看到面前的林峰之后，却一如之前一般低下头，闭上嘴巴一语不发。

看到他的样子，林峰微微一笑，随手从桌子上拿起一张照片，向杨志晃了晃：“这个人你应该认识吧？”

听到林峰的话，杨志抬头看去，看到照片上的人，表情明显一愣，然后迅速低下头。

“不认识……”杨志的回答有点儿迟疑，而且含糊不清，不过对于林峰来说，这已经足够证明一切了。

“没关系！我们已经向他发出逮捕令了，你认识与否并不重要。”林峰随意地收起照片，再次看向杨志，“这次提审你，主要是为了能让你知道，因为你作为谋杀案的主犯，检察院建议对你提起死刑公诉。”林峰说到这里，停顿下来看向杨志，后者似乎被死刑吓了一跳，整个人都不可抑制地颤抖起来。

“你也知道，你的后台保护不了你了，不但他保护不了你，他现在恐怕都自身难保。我劝你也不要抱有不切合实际的希望，好好利用这段时间，为你已经不算太长的人生规划一下。如果有需要，你可以向我提出来，作为同事，我肯定……”

“别说了！”杨志忽然抬头看向林峰，虽然语气暴躁，但目光中却充满了哀求，“别说了，行吗？求求你！”

“为什么？你担心什么呢？我一直以为你在作案之后，就一直抱有对死亡的觉悟。”林峰看着对方，悠然地说道。

“谁没事想死？好死还不如赖活着！”听到林峰的话，杨志抬起头抱怨道。

“可是我看你之前挺坚决的，能帮你的恩人杀人，就要想到帮你的恩人顶罪。你作为办案多年的刑警，应该比我清楚，命案的犯罪嫌疑人什么时候逃脱过法律的制裁？”林峰一边说着，一边点燃一根香烟走过去递给杨志，后者接过来，重重地吸了一口，闪烁的烟头光芒以肉眼可见的速度将一支烟烧掉一大半。

“杀人偿命，欠债还钱，天经地义，这些我都认了，我只是有点儿后悔……”杨志看着林峰不由得感叹道。

“后悔帮他干了这件事？”林峰指着照片上的男子随意地说道，不过此刻他的心里却远比表面的随意要紧张得多。

在他的目光注视下，杨志凝视着对方好半天，才终于点了点头，而随着他承认，林峰心中的石头也瞬间落了地。

“其实如果可以重来的话，我觉得你真应该好好想想，多大的恩情也不能成为指使你犯罪的筹码。这个人很快就要被抓起来了，你也知道，我们是重证据的，今天能找上他，就说明证据上已经不存在缺失了。”林峰看着杨志说道，但实际上他撒了个谎，但这个谎言对于精通办案环节的杨志来说，却是无法揭破的。

“我承认，你能找到他的证据算你高明。我认识他这么长时间，他的为人我比你了解，他的缜密绝非一般人可比，若非如此，也不可能坐到现在这个位置。”杨志看着林峰说道。

“再厉害的狐狸也斗不过猎手，你比我清楚，我们是猎手，我们没有任何精神负担和压力，而作为狐狸却要始终担心什么时候会被捉住，压力之下，出现错误和纰漏完全可以理解。换句话说，我们可以失败一千次一万次，而他们只要失败一次，那也意味着他们的人生的终结。”林峰回应了一个自信的微笑，模棱两可地说道。

“话是这么说，可只有真正处在这个位置上，才明白要承担怎样的压力和负担。”杨志摇摇头，一口吸光了手里的香烟。

“再接一根！”林峰再次递来一根，杨志犹豫了一下，接过来点燃，又重重地吸了一口。

“要说他的缜密还真是没得说，我们也是费了好大劲儿才抓到他的把柄。说实话，后来我才知道，你俩之间的关系好像并不是你说的恩惠与施舍吧？”林峰凑过来说道。

“这和缜密没什么关系，本来就是一条绳上的蚂蚱。被牵扯进来，一步错，步步错，你也知道，这事和赌博没什么区别，你会跟着一步步越陷越深。你也知道，事情肯定会出，时间是早晚的，但总是有那么一丝丝的侥幸，认为总会有例外。”杨志没明白林峰为什么会扯出这么远，随意回答道。

“这句话我不同意。你要不答应，没人会利用你。钱子寅这件案子，牵扯的人多了去了，唯一卖命给他的，你还是第一个。这事，你怨不得别人。”林峰愤愤不平地说道。

“哎，有这方面的原因吧。或许我被人拿住了把柄，或者说我这地位吸引了人家，总是想方设法将我拉下去。反正各种原因吧，吃喝嫖赌的都有，向老师又刻意地……”杨志听到林峰的话，叹了口气，默默地抽了口烟，可还没等他把话说完，林峰却用提问打断了他。

“哦，领导姓向吗？”

“什么，你不知道？”杨志一瞬间醒悟过来。

“现在知道了！”林峰对他露出一个得意的笑容，然后挥了挥手，“带他走！”

杨志是骂着离开的，一直到被装进囚车，仍然破口大骂林峰的卑鄙。不过这在林峰看来，却是一种另类的赞扬。毕竟，能让一名杀人犯骂自己卑鄙，怎么说都是可遇而不可求的殊荣。

“立刻调查所有和杨志有关系的向姓人员，尤其注意在政府部门担任职务的人，与照片进行比对。”在骂声中，林峰迅速命令道。

针对杨志亲眷的调查随即展开，在经过并不长的时间之后，一份详细的资料被摆在刘局长面前。

“是他，这怎么可能？”刘局长看着照片上的人，一向沉稳的他也流露出无可掩饰的惊讶。

“我们也是在反复印证之后才确认的，央行秘密调查了他的账户，显示大笔往来账与钱子寅公司的账本相契合，并且调查周围人似乎也印证了他与刘海玲之间的关系。”林峰点点头说道。

“我明白了。通知人大吧，首先要撤销他代表的资格，然后提请检察院核发逮捕令。”刘局长说完，将手里的文件重重地放在桌子上。文件最上面，一张让他熟悉的照片赫然显现——人大副委员长、党委副书记，向正义。

领导端坐在自己的办公室内，原本压抑在心头的危机感随着刘海玲的死而轻松了很多，唯一让他有点儿不放心的是杨志，作为刻意栽培在公安局的一个种子，杨志的存在在很多时候为他提供了极大的帮助。

无论是钱子寅的证件，还是后期对公安局动向的调查，再到对钱子寅的追踪，若非杨志的努力，或许钱子寅此刻也不会安全到达国外。原本刘海玲的事情领导准备自己解决，可事情变得越来越棘手，若非刘海玲逼得急，他真不愿意动用杨志这把刀。唯一庆幸的是，杨志显然也明白荣辱与共的道理，如果自己能保留下来，那么他的问题自己必然会努力大事化小，所以，领导对杨志的态度并不担心。

想到这点，他原本忐忑的心情变得轻松了很多，再次满足地打量了一眼自己的办公室之后，他低头看向面前的发言稿。下午还有一个讨论会，关于反腐倡廉的，发言稿秘书已经写好了，不过领导还是不甚满意。反腐倡廉，最该抓的是什么？是执法监督，是把权力关在笼子里，而不是仅靠领导的自觉和节操来维系。

领导在筹措了一下词语之后，简单地补充了几句，可就在他满意地看着文稿的时候，办公室的房门忽然被推开。他皱着眉头看向门口，却被忽然进来的一群人吓了一跳。

“向正义，依照《中华人民共和国刑法》，现在正式对你实施逮捕，这是逮捕令！”领头的是林峰，此刻的他一扫之前的邋遢，身着笔挺的警服站在向正义面前，大声宣布道。

领导被突如其来的变故弄得一惊，手中的钢笔无力地滑落下来，在发言稿上的“腐”字上重重地戳了个窟窿，戳出一大团乌黑的墨迹。

第三十一章　天网猎狐

就在检察机关对济源公司相关人员提起公诉的时候，林峰已经坐上了前往哥斯达黎加的航班。在他身边，由数个部门组织的“天网”行动组成员正低声交谈着什么，并且不断就钱子寅的资料进行沟通。只有林峰，目光散漫地看向舷窗外，而思绪早已经回到了离开前……

他至今仍然记得唐欣恬站在面前时那绰约的风姿。不过相比于她的气质，她的回答却让林峰如坠冰窖。

“其实，我们俩除了案件之外，真的没有什么共同语言。”唐欣恬看着林峰如是说道。

“你还想着他吗？”林峰看着唐欣恬问道。林峰所说的，正是唐欣恬那携款潜逃的未婚夫。

“我无法忘记他。”唐欣恬没有否认，点点头说道。

“我们真的没有机会了吗？”林峰看着唐欣恬，不甘心地问道。

唐欣恬没有回答，而是轻轻地摇摇头，随后转身向来路走去。

她的身影最终与舷窗融合，而林峰也从回忆中醒来，看向周围众人。

“这是哥斯达黎加警方提供的关于钱子寅的线索。在到达美国后，他承兑了荷兰的那张支票，并且转机到达哥斯达黎加，买下了两座由当地土著人所拥有的农场，并且将部分资金投入到当地的实业之中。单从资料上看，他混得风生水起啊！”一名成员看到林峰转过头来，立刻将资料递过来，同时小声说道。

“混得再好，他也是罪犯。”林峰翻看了一眼资料，随后重重合上。

空姐的提醒声打断了两人的对话，在配合着系上安全带之后，飞机缓缓划入跑道，而后猛地加速冲向天空。

钱子寅重重地打了个喷嚏之后，坐回到自己习惯的那张躺椅上。头顶上，太阳的光芒在经过云彩和树荫的阻挡下从炽热变得暖洋洋的。身边的游泳池里，法比安娜已经在游第四圈了，身上古铜色的肌肤在水珠的映衬下闪耀着中美洲人特有的光泽，修长的身体上没有一丝赘肉，却带着惊人的诱惑力。

似乎感受到了钱子寅的注意，法比安娜回头看了他一眼，露出一个迷人的微笑之后，一个猛子扎入水中，仿佛一条美人鱼一般在水中潜行。

钱子寅重新将目光从对方身上挪走，转而巡视了一圈自己的庄园——这里曾经是哥斯达黎加原住民的自留地，现在则是自己的寓所。巨额的金钱所带来的便利之一，就是这座寓所为他提供了足够的安全，按照政府与原住民签署的协议，在这片土地上，政府的执法行为将不会被承认。这意味着，即便是有人想要抓捕他，恐怕也很难获得哥斯达黎加政府的支持。

钱子寅不知道自己到底在担心什么，虽然中国与哥斯达黎加之间并未签署引渡条约，不过他觉得小心无大错，至少这样的安排也为他自己减少了不少麻烦。

说实话，出逃以后，并非真的进入到天堂。回忆起跌宕起伏的出逃经历，似乎与好莱坞大片相比也丝毫不逊色。

钱子寅至今仍然记得自己在初踏美国时的感觉。在美国这个号称自由、民主的国度里，他最开始着实是轻松了一阵子，大笔的钞票让他很轻松地在美国纽约的黄金地带购买了房产，过起了醉生梦死的生活。发达的互联网更是让他随时关注国内关于“济源案”的相关动态，尤其是领导的情况。

很快地，钱子寅就发现，领导在党政活动方面的报道，竟然逐渐从媒体上消失，这意味着什么，他比谁都清楚，而这让他很是庆幸自己的离开。

为了找回融入“上流”社会的感觉，钱子寅开始频繁出资组织华人派对，但奇怪的是，当地华人对这种“上流”方式并不太热衷，他们实在没时间陪自己这个无所事事的人玩乐。这让抓着一堆钱不知如何花的钱子寅非常失落。因为炫富，没多长时间，他就被黑社会盯上了。

很快，一个被称为“福清帮”的黑社会组织找到了钱子寅，让他捐赠 100 万美元建一个老人会馆，并且威胁他，如果不捐就收拾他。因为身份的问题，钱子寅根本无法报警，只能采取了拖、赖的策略，但很快，“福清帮”的几个打手直接逼上门来，为首的一个还用枪抵住钱子寅的脑门儿，问他是要钱还是保命。这让他明白过来，拿钱消灾肯定是避免不了的了，所以最终拿出 100 万美元的支票，这才平了这场飞来的横祸。

如果说黑社会的麻烦只是小麻烦的话，那么中美开始联合追捕一批逃亡美国的经济重案嫌犯则是一个事关生死的大麻烦，追逃活动的展开意味着钱子寅一旦被发现，就很可能被遣返回国。一想到有朝一日被送回国内接受审判，钱子寅就恐惧得要命。他决定潜逃到英国伦敦。

半个月后，钱子寅抵达英国。为了尽快融入英国的华人社会，钱子寅通过华人商会与在伦敦做生意的华人们开始来往，其中一名在当地做房产经纪的邱先生与钱子寅很快就热络起来。很快，他们就共同出资开了一家规模较大的房产经纪公司。钱子寅投资 500 万英镑，邱先生投资 100 万英镑，由邱先生出面任总经理。此时正值世界金融危机，伦敦房产价格处于低谷，公司一口气购进了几十套公寓房，囤积着准备以后升值。哪知不到半年，钱子寅的公司就被查封了。原来，邱先生瞒着钱子寅，把所有的房产低价出售完毕后，卷款潜逃了。钱子寅没想到，自己在国内玩的把戏，被人用在了自己的身上，由于身份特殊，吃了哑巴亏的他只能忍着。

连续的挫折让钱子寅逐渐醒悟，人生地不熟的国外绝非国内可比，与其不服输地在国外挣扎，倒不如用手头拥有的财富为自己织造一个富足的下半生。

想通这一切的钱子寅索性直飞到哥斯达黎加，然后豪掷巨款，在这里购买了别墅和房产。为了保证自己的安全，更是投入一笔钱在当地的一些行业之中，交好本地的势力。种种安排下，终于让他搭建起一个稳妥富足的生活环境。

摆脱回忆的纠缠，钱子寅用力伸了个懒腰，抬头看向门外，奢华的大门外，一如往常般安静，就在钱子寅回过目光的瞬间，他似乎看到了一个熟悉的身影，而当他再次抬头看过去的时候，门口却变得一如平常般安静。

“难道我看错了？”钱子寅奇怪地揉揉眼睛，发觉自己似乎真的看错了。

“……以上就是钱子寅涉及的济源案的大体情况。”林峰坐在中国驻哥斯达黎加大使馆的会议室内，向与会的众人报告道。

“嗯，根据你们的要求，我们已经要求圣何塞警方协助我方调查钱子寅的情况，目前掌握的信息显示，钱子寅目前居住在圣何塞的富人区。哥方给我们的建议是，在具备抓捕条件的情况下，他们的移民警察会协助我们完成对钱子寅的抓捕行动。”使馆的参赞向林峰等人说道。

“那有没有可能，我们以调查的名义前往钱子寅的住所，然后……”林峰思索了片刻问道，不过还没等他的话说完，就被参赞摆手制止。

“绝对不可以。首先，哥斯达黎加属于英美法系的国家，对公民的隐私权保护得很好，不要说入户走访，就是抓捕犯罪嫌疑人，也必须在户外进行，不经法官的允许，是不能入户的。其次，钱子寅所属的区域原属于原住民的土地，在理论上，那里具备独立的司法管辖权，需要经过极其复杂的程序才能申请到搜查权，所以这条路行不通。”参赞向林峰等人解释道。

“那有没有其他的办法，比方说趁着他离开寓所的时候对他实施抓捕。”听到参赞的介绍，又有人提问道。

“目前看来可能性不大，我们在接到你们的通告之后，曾经对钱子寅进行过调查，发现他几乎是深居简出，即便是购买日用品也是由佣人代办。”参赞再次说道。

“看来抓他不是很容易啊！”组里有人感叹道。

“其实我倒有个想法，不知道可不可以。”林峰思索片刻后开口说道。所有人都看向他，可在听到他的想法之后，每个人脸上都流露出惊讶的表情……

钱子寅有点儿好奇，自己怎么会在家门外看到那个人的身影。在思索片刻后，他转身看了看周围，然后起身向门口走去。

门外的道路上仍然一片宁静，甚至连往来的车辆都没有。钱子寅迟疑着走到门口，左右张望了一眼，发现周围确实没有人，这才自嘲地摇了摇头，或许是连日在法比安娜身上发泄的次数太多了，有点儿眼花，但不管怎样，在这里想到那个人的身影，都不算是什么愉快的记忆。

就在钱子寅转身准备返回的时候，门外忽然的一声喊声，让钱子寅一愣，而当他回头看去的时候，之前那个熟悉的身影赫然出现在他面前。

林峰！他怎么在这儿？竟然还对着自己笑！

钱子寅在这一瞬间仿佛感觉心脏都停止了跳动，他的第一反应是本能地转身就跑，可在跑出去没两步之后，他却停下了脚步。

这里是哥斯达黎加，这里是自己的家，这里是富人区，为什么要跑？

想到这点，钱子寅缓缓回过身，笑着走回到大门处，好好地打量起门口的林峰。

“嗨！”看到钱子寅看向自己，林峰笑着摆手招呼道。

“你他妈的怎么在这儿？”钱子寅毫不掩饰自己对林峰的厌烦，直截了当地问道。

“我他妈的怎么就不能在这儿呢？”林峰针锋相对地反问道。

“好！”钱子寅被问得一愣，重重地点点头，“你是来抓我的吧？”

“嗯。怎么？害怕了？”林峰看着钱子寅，老实承认道。

“我？害怕？你想什么呢？还以为这里是中国，这里是鲁北？”钱子寅不堪相激，嚣张地说道。

“那既然这样，有胆子请我进去坐坐吗？”林峰不在意地耸耸肩膀，然后指着里面说道。

“好，好啊！欢迎至极！说实话，我还真想知道一下国内的情况呢，正好你跟我说说。”钱子寅想了想，挥挥手，一名全副武装的保安忽然从门内某个角落走出来，按动电钮开启大门，将林峰让了进来。

林峰仍然面带着微笑，虽然这已经是第三次面对钱子寅了，而眼前这个家伙也已经两次从他手边溜掉。

“房子不错啊！”林峰几乎用光所有的毅力才将目光从钱子寅的身上转到周围，殊无诚意地赞扬了一句。

“哪里，小意思，在这里，有钱就是一切。”钱子寅恢复了平静，仿佛熟人一般地将林峰让到泳池边，一旁的法比安娜看到林峰的到来，魅惑地看了他一眼，然后扭动着赤裸的屁股向泳池后面的别墅走去。

“怎么样，身材不错吧？”仿佛感到了林峰的不适应，钱子寅指着全身赤裸的法比安娜调笑着说道。听到他的话，林峰摇了摇头笑了笑，然后再次抬头看向钱子寅。

“向正义被抓了，杨志也被抓了。”听到林峰的话，钱子寅却并不意外。

“他们，玩得太大了。说实话，我能有今天，也是拜他们所赐。”钱子寅为林峰倒了一杯酒，递给对方，然后感叹道。“放心，这次的酒绝对是真的！”

“其实，个人的路都是个人走的。我们选择了道路，就不能怪罪外界对我们的影响，能到今天，不得不说你自己也有责任。”林峰看着钱子寅说道。

“这话在理，不过可惜知道得太晚了。”钱子寅感叹道，“对了，我弟弟怎么样？”

“他？还好，工商局正在对他的公司进行调查，因为你的原因……”林峰没继续说下去，不过他的话却让钱子寅脸上浮现出少见的愧疚。

“他是个正经生意人，事都是我做的，和他无关。”虽然明知道说这些没用，但钱子寅仍然开口说道。

“我知道，但法不容情。”

“对了，你真是来抓我的吗？”钱子寅失神地呆坐了一会儿，忽然抬头问道。

“嗯，也是，也不是。”林峰模棱两可地回答道，“有专门的抓捕组负责对你缉捕，我因为对案件了解，所以过来配合工作。”

“哦，那说说，你们到底想怎么抓我？”钱子寅扬了扬眉毛，挑衅地问道。

“其实真没什么好办法。你也知道，这里的警察和法律都和国内完全不一样，所以，现在我们还没商量出个所以然来。不过承你的情，我能出来度个假，也算换个环境放松一下。你知道，因为办你的案，身体上……”林峰说到这里，虚弱地咳嗽了两声。

“身体不好就别那么拼嘛！”林峰的遭遇让钱子寅忽然心下大慰，居高临下地开导道，“什么病啊？如果不方便，我可以找人帮你看看。”

“十几年的老病根儿了，治不好的。”林峰摇摇头说道。

“哎，你们也真是的。睡得比狗晚，起得比鸡早，干得比驴多，吃得比猪差，图的什么呢？”钱子寅拍了拍林峰的肩膀安慰道，入手处，林峰身体委顿地缩了缩，“如果条件允许，我倒是可以帮忙，奈何啊……”

听到钱子寅炫耀一般的回答，林峰虚弱地笑了笑，一口喝光杯子里的酒，起身向门口走去：“走了，钱总，这算是我们俩见的最后一面了吧？”

“以后有机会肯定还能再见。不过，你恐怕是没什么机会了。”钱子寅绝不会放过奚落林峰的机会，笑着起身说道。

“那……为了我没机会，你起码要尽地主之谊送送我。”林峰回头看向钱子寅，后者大度地耸耸肩膀，带着钱子寅向门口走去。

走到大门口，那名全副武装的保安再次用警惕的眼神打量了林峰一眼，在握紧手里的散弹枪的同时，开启了大门。可就在林峰刚刚跨出大门的时候，他却仿佛想起什么，转身看向院内。

“哎呀，钱总，手机落您桌子上了，烦劳您跑一趟？”林峰指着院子里桌子上的手机，而恰在此刻，手机也配合地响了起来。

“去，把他手机拿过来！”钱子寅不耐烦地摆摆头，保安点点头转身向院内走去。

“那……这算是永别了吧？”林峰向钱子寅伸出手，后者犹豫了一下，回应地握住了林峰的手。

有那么一瞬间，钱子寅感觉到了什么，可就在他想要后悔的时候，一股巨大的力气忽然从林峰那边传了过来，下一秒钟，他整个人就飞出院子，落在门口的车道上，而后，一群哥斯达黎加警察就仿佛从地上长出来的一般，将他团团围住。

“你是钱子寅吗？现在依照宪法赋予我们的权力，正式逮捕你！”警察说着，将手铐铐在钱子寅的手腕上……

尾　声

哥斯达黎加，圣何塞安圣玛丽亚国际机场。

钱子寅坐在国际中转区耐心地等待着登机的通知，悠闲得就仿佛要即将展开一段轻松的旅程——如果身边没有林峰和手腕上那只手铐的话。

在他旁边，林峰正襟危坐，目光一如两人初次见面时那么锐利，即便是在国际中转区，他仍然表现得警惕性颇高，就仿佛随时会有人出现将身边的囚犯一把抢走一般。

“说点儿什么吧？”看着林峰表情严肃地坐在自己身边，钱子寅转过身，好整以暇地说道。

“说点儿什么？说点儿你马上要回国受审，然后面对那些被你欺骗的人，再然后是进监狱？”林峰转过头看着钱子寅——对方保养得极好的面容上露出一丝玩味的笑容。

“怎么都好，就这么坐着你不觉得很无聊吗？”钱子寅耸了耸肩膀，感觉就仿佛某个下午，与友人在街角的咖啡馆聊天儿一般轻松，“这里真不错，我已经爱上这里了，要不是你们，我准备在这里终老一生的。”

“那我是不是该说一声对不起呢？”林峰哂笑了一声之后问道。

钱子寅并没有在意林峰的讽刺，而是看向登机口电子牌上那一直闪烁的航班代号："我有的时候真的很奇怪，你们这些警察到底是聪明呢还是愚蠢呢？说你们愚蠢吧，你们玩的一些花招和手段让我都自叹不如，可说你们聪明呢，你们却好像很相信那些看起来一成不变的东西。"

钱子寅的话让林峰警觉地感觉到了什么，他转头看向四周，坐在周围的同事们纷纷传达出一个表示一切如常的眼神，但林峰仍然感觉到不放心，这是他长期与钱子寅交锋之中因为太了解对方而从他话语里察觉到的一丝无法形容的味道。

"你想说什么？"林峰看着钱子寅索性直截了当地问道。作为一个成功的骗子，他们唯恐别人不知道他们的高明和精巧，有的时候，直截了当地询问，比和他们玩猜谜游戏更能得到想要得到的东西。

"比方说，眼前的航班，你有没有想过，其实如果没有什么问题的话，它早在一个小时前就应该起飞了？"钱子寅毫不避讳地将与林峰扣在一起的手腕拉起来放在椅背上，看着后者高深地说道。而他的话，瞬间让林峰领悟到了什么。抬头看看登机口上的电子屏幕，上面仍然显示着等待的字样，而航班延误的理由仍然是机械故障。

一切似乎并没有什么变化，可是就是这种平静，却透露着让人胆战心惊的不安。

"你弄的？"林峰故作镇静地看着钱子寅反问道。

"也许吧？你知道，我在这里混得还不错，有些人很喜欢我。"钱子寅不置可否地说道。

"他们连警察都不怕？"

机场外，还有两辆警车正在等候着，按照约定，他们会在航班起飞后才会离开。

"所以我说你们奇怪呢，总是习惯性地认为这里是国内，一切该按照国内的套路，却没想过这里的规则是完全不同的。"钱子寅哂笑着说道，"在这里，最大的不是总统，而是有钱人。我是什么？我就是有钱人！要不是你们用了花招，你觉得你能抓住我吗？”

“钱总，看样子你很笃定啊。那你透露一下，还有什么我们不知道的招？”林峰忽然笑了，看着钱子寅，用少有的礼貌态度向他询问道。林峰很清楚，对方一定会说的。钱子寅或许是个合格的骗子，但绝对不是一个合格的魔术师，他总会在即将成功之前将谜底迫不及待地揭开。

听到林峰的询问，钱子寅没有回答，而只是抬手向身后不远处的安检口做了一个手势。林峰转身向后望去，立刻发现在安检口处，数十名身穿黑衣的男子正挣扎着挤在安检口试图通过，而目光更是毫不避讳地看向他们。

“你的人？”林峰没有动，而是看向钱子寅问道，后者摊了摊手算是默认，然后一脸笑意地看着坐在周围的抓捕组成员纷纷露出惊讶的表情。

“你觉得他们能带走你吗？”林峰死盯着安检口。那里，安检人员似乎已经挡不住这些人的冲击，虽然警卫拿出枪威慑，但效果却等同于无。有几个黑衣人已经挤过安检口，将警卫团团包围，更多的人则与地勤人员纠缠在一起。

“这事你们说了不算。”钱子寅脸上的笑意变得越发地浓郁起来，不过还没等他的笑容绽放到最大，林峰已经霍然起身拉起钱子寅向中转区的深处走去。

钱子寅不想走，但抓捕组的小陈已经从一边夹住钱子寅，两人半拖着半挟持着将钱子寅带离登机口。

“你觉得这样能成功吗？你觉得这样能成功吗？”钱子寅忽然兴奋起来，大声质问道。声音瞬间传出很远，引来一些乘客好奇的目光。

“钱总，你知道吗？我出国前就下了个决心，要不，把你带回去；要不，就和你死在一起。”林峰忽然停下脚步，看着钱子寅说道。

“扯淡！”钱子寅看着林峰，嘴里挤出两个字。

“你知道吗？为了抓你，我女朋友和我分手了，我也得了治不好的病，我什么都没有了，要不是抓你这个目标一直支撑着我，我死的心都有了，你知道吗？”林峰忽然抓住钱子寅的肩膀，凄苦中略带凶狠地说道。他的话让钱子寅一愣，连忙看着对方，试图从林峰脸上找到一丝作伪的痕迹，但他除了真实什么也没看出来。

“头儿，他们过来了，怎么办？”一旁，小陈忽然开口说道。

“你去找其他人，我带他走。”林峰对小陈使了个眼色，后者会意，立刻转身离开，而林峰则拽着钱子寅快步向角落的一条走廊跑去。

“你有病可以留下，我给你治，我有钱，这里离美国近，你什么病我都能治好。”钱子寅被林峰拉了一个趔趄，连忙开口要求道。

“治不好，你懂吗？治不好！我告诉你，咱俩之间只有两个结果。”林峰一边说着，一边推着走廊两边房间的门，以期望能推开一间。

“什么结果？你说，你说，只要我能办到我都答应。”钱子寅慌忙点头道。

“第一，我安安全全地把你带回去，然后找个地方安享我所剩不多的余生。”林峰推了推门，一扇门开了一道缝隙，他随手将钱子寅拉进房间。

房间窄小而堆满杂物，因为两个人进入而越发显得拥挤。林峰四下打量一圈，发现这里是一间杂物间，一阵阵微微刺鼻的味道充斥着感官。在墙壁上一扇半开着的窗户为房间提供着唯一的光源，探头望去，距离地面极高的高度，彻底断送了林峰想要跳窗逃走的设想。

“第二呢，第二个结果是什么？”钱子寅慌忙问道。

“第二个结果就是……”

门外已经传来急促的脚步声，脚步声越来越近，林峰很清楚，此刻只要钱子寅喊一嗓子，外面的人就会进来把自己撕碎。

“第二个结果就是，咱俩一起从这里跳下去，求个同年同月同日死。”林峰将钱子寅拉倒窗户旁边，恶狠狠地说道。

门外，脚步声忽然在门口停了下来，夹杂着当地口音的对话似乎在说着什么。

对话声刺激着钱子寅，他很清楚，主动权就在自己手里，只要自己喊一声，那么外面的人就会立刻把自己救走，可他不确定林峰到底是在威胁自己还是真准备和自己同归于尽。他转头看向林峰，对方表情中流露出的坚决和狠辣让他既陌生又熟悉，陌生得仿佛从未见过，熟悉得却又仿佛似曾相识。

门外的声音越变越大，钱子寅张开嘴巴，但喊声却最终没有从他口中传出，嘴巴只是无声地张合了几下，最终无力地闭上。

嘈杂声渐渐变小，并最终消弭无声，在确定门外安全之后，林峰小心推开门，将钱子寅带出房间。

小陈他们很快赶来，同时递来重新购买的机票，马上起飞的航班将会从香港转机返回国内，一直到钱子寅被押入机舱，他目光中的希望才终于破灭。

“你真的患了绝症吗？”钱子寅看了看坐在自己一旁的林峰，小声问道。

“绝症倒不至于，就是年年犯，你也知道，脚气这个病……”林峰看着他，露出熟悉的微笑……

“2012 年 4 月，被告人钱子寅注册成立济源公司，先后在鲁北市以及周边市、县成立两百多个营业分部，并在未经中国银行行业监督管理委员会批准从事存款业务的情况下，面向社会吸收资金，以 30%—40% 的年息承诺到期还本付息。

“自 2012 年 8 月—2014 年 12 月案发，济源公司及其分部向社会公众吸收资金 10.7 亿余元。2014 年下半年，济源公司出现资金链断裂、兑付困难等情况，但该公司负责人在明知可能发生无法兑付的情况下，仍然继续对不特定群众非法吸收公众存款。

“根据已查明的事实和证据，法院认为，被告人钱子寅非法吸收公众存款，扰乱金融秩序，数额巨大，又以非法占有为目的，使用诈骗方法非法集资，致使集资款不能返还，并在成立济源公司过程中，虚假出资、抽逃出资，其行为已构成非法吸收公众存款罪，集资诈骗罪，虚假出资、抽逃出资罪。根据涉案情况，其他 100 余名被告人犯有非法吸收公众存款罪，虚假出资、抽逃出资罪等。

“根据《刑法》的相关规定，法院做出判决：被告人钱子寅犯非法吸收公众存款罪，虚假出资、抽逃出资罪，集资诈骗罪，数罪并罚，决定执行无期徒刑，剥夺政治权利终身，并没收个人财产人民币 100 万元，罚金人民币 400 万元。其他被告人犯非法吸收公众存款罪，被判处有期徒刑，并被处以罚金；部分犯罪情节较轻的被告人，免予刑事处罚。本案已经冻结、扣押在案的赃款、赃物，由扣押机关依法发还；本案未追回的赃款，依法继续追缴。

“被告人向正义、杨志在城市交通要道采用人为制造交通肇事方法杀害他人，致一人死亡，一辆轿车损毁，严重危害了公共安全，其行为构成危害公共安全罪，以及谋杀罪。二被告人的犯罪手段极其残忍，犯罪情节特别恶劣，犯罪后果特别严重，社会危害性极大，依法应当判处死刑。

“被告人向正义利用职务之便及本人职权和地位形成的便利条件，索取和收受他人财物共计人民币 1169 万余元，其行为构成受贿罪，且受贿数额巨大，应依法严惩。

“被告人向正义被扣押的财产中，有价值人民币 133 万余元的财物，本人不能说明其来源合法，其行为构成巨额财产来源不明罪，亦应依法惩处，并与所犯谋杀罪、受贿罪数罪并罚。一审判决、二审裁定认定的事实清楚，证据确实、充分，定罪准确，量刑适当，审判程序合法。遂依法核准以谋杀罪，判处向正义死刑，剥夺政治权利终身；以受贿罪，判处其有期徒刑十五年；以巨额财产来源不明罪，判处其有期徒刑两年，决定执行死刑，剥夺政治权利终身；以谋杀罪判处杨志死刑，剥夺政治权利终身的刑事裁定。”

聆听着法官宣读着对罪犯的判决，林峰沉了口气起身走出法庭。对于他来说，这次的宣判仅仅只是一次阶段性的结束，只要人类还没有放弃贪婪，那么犯罪就不会停止。

法庭外，阳光罕见地明媚，湛蓝的天空亮得刺眼，林峰找到法院门口的角落，坐了下来。可就在他刚准备掏出电话的时候，一个身影忽然出现在他眼前。

“我哥被判无期徒刑！”身影看着林峰说道。

“理论上来说，你违反了诸多财务监管条例，而且涉嫌窝藏包庇。”林峰看着身影说道。

“那为什么不抓我？”身影走过来，坐到林峰身边，阳光照耀下，一张与钱子寅相似，但却又完全不同的面孔出现在林峰面前。

“因为我们还知道，你们公司在年初刚刚打开荷兰的生物柴油市场，因为欧盟前段时间通过一项法令要求航空业必须减少3%的二氧化碳排放，而生物柴油恰恰能满足他们的需要，可荷兰国内的生物柴油产量无法满足他们的要求，所以他们辗转找到你们公司要求提供达到标准的生物柴油。作为我省的新型生物化工企业，你们是全省第一家掌握这种技术的公司，并且，根据市内的评估，一旦合同签订，你们将至少创造一千个就业岗位。”林峰看着钱子亭说道。

“所以，你们就为了这个放过我？”钱子亭看着林峰问道。

“不，没有放过你，让你免受法律惩罚的是你自己，你哥被捕后，你退赔了大部分赃款，并且承诺一赔到底，所以我们还要谢谢你。你能积极协助退赔赃款，否则你哥的结局绝不会如此。”林峰看着钱子亭说道，对方的轮廓与钱子寅有点儿相似，但却厚实稳重得多。

“其实我们该谢谢你。要不是相信你，大家是不会把钱当作股份入股我的公司，我公司的现金流也无法支撑这么大的支出。如果真的退赔，我的公司早就破产了。”对方缓缓说道。

“没什么谢不谢的，老百姓其实也是看好你，你别辜负他们才是。中国的老百姓格外不容易，谁对不起他们，我们就一定会对不起谁。”林峰笑了一下说道。

“嗯，你是个好警察！”对方说完，起身离开，灿烂的阳光中，身影变得模糊起来。

注视着对方的背影，林峰有点儿恍惚，不过好半天才想起自己刚刚要做的事情，于是拨通了电话里那个很久未拨通的号码。

“小唐吗？我是林峰。嗯，我回来了，今天有时间吗？我想约你看个电影。好吧，长话短说，我想让你当我女朋友……”